1

Teithiai'r car yn gynt ac yn gynt ar hyd troeon y ffordd fynydd.

Mi wyddwn i'n iawn beth oedd ar ddod ond doedd dim modd newid y sgript na gwasgu'r brêcs – yr oll y medrwn i ei wneud oedd disgwyl am yr anorfod.

Roedd rhywun yn y sêt wrth fy ochr. Michela, mae'n rhaid, ond roedd ei hwyneb yn y cysgod rywsut.

A dyna lle'r oedd y stondin lysiau felltith 'na, yn yr union le ac ar yr un adeg ag arfer – ar y tro reit yng nghanol y blydi ffordd.

'Keith! Keith! Gwylia-a-a!!' Rhybudd ofer Michela'n troi'n sgrech iasol.

Ro'n i'n ceisio dweud rhywbeth wrthi ond roedd fy nhafod yn glymau i gyd a dim sŵn yn dod, er i mi frwydro a brwydro i ynganu'r geiriau.

Gwyrodd y car ar draws y ffordd tua'r rhwystr diogelwch.

Eiliadau'n unig oedd gynnon ni cyn y glec a'r tywyllwch...

Yna, yn sydyn, mi gofiais i fod yna bob amser ddihangfa. Rhaid deffro, rhaid deffro...

A dyma fi'n llwyddo i lusgo fy hun o grafangau'r hunllef. Diflannodd delweddau a bloeddio mud y ddamwain. Gorweddais yno gan grynu fel deilen.

Ond ro'n i wedi deffro i sŵn y gynnau, a'r adeilad yn ysgwyd. Nid fi oedd yn crynu – fy ngwely oedd yn bownsio fel corcyn ar y môr.

Rhaid oedd mynd am y seler... Doedd fiw i mi aros yma i gael fy chwythu'n gyrbibion neu 'nghladdu'n fyw.

Ceisio codi ond roedd yr hen goes giami 'ma sydd gen i wedi cyffio'n lân ac yn hollol ddiffrwyth, yn cau symud, gan fy nal yn gaeth yn erbyn y fatras. Mi ddechreuais banicio.

'Admir! Admir! Helpa fi, dw i'n sownd!'

Ond doedd dim sôn am y Bosniac ifanc a rannai'r llofft hefo fi. Ymdrechais yn wyllt i symud fy nghoesau.

Ac wedyn peidiodd yr ysgwyd a'r daran.

Distawrwydd – heblaw am ambell gi'n coethi'n ddwl yn y tywyllwch.

Llyncais fy mhoer a blasu gwaed yn fy ngheg lle'r o'n i wedi brathu fy nhafod wrth strancio i siarad yn fy nghwsg.

Na, nid ym Mosnia roeddwn i, yn darged i ynnau mawr a mortars y Serbiaid. Ro'n i adre yn y tŷ yn Rhiwabon ar fy mhen fy hun a dim sôn am Admir, Michela na neb arall.

Be gythgam oedd wedi digwydd?

Damwain trên hwyrach? Roedd y lein o Wrecsam i'r Canolbarth yn rhedeg dros y bont lai na chanllath o'r tŷ. Daeargryn? Ro'n i wedi profi sawl un pan o'n i'n gweithio yn Indonesia, pethau digon cyffredin allan fan'na, ond do'n i erioed wedi teimlo dim byd tebyg yn y wlad yma.

Gorweddais yn y tywyllwch, fy nghlustiau wedi'u meinio i'r eithaf. Ond doedd dim i'w glywed rŵan ond murmur y nant o dan bont y rheilffordd a rhuthr ffrwydrol ambell lorri ar y ffordd fawr – a 'nghalon i'n drymio'n wyllt.

Synau arferol y nos. Dim seirens. Dim gweiddi na sgrechian. Dim saethu. Roedd hyd yn oed y cŵn wedi rhoi taw arni erbyn hyn.

Ai breuddwyd oedd y cwbl? Yr holl ysgwyd a'r twrw brawychus yn estyniad ar yr hen hunllef gyfarwydd am y ddamwain?

Wrth i'r chwys ddechrau oeri ar fy nghorff, mi dynnais y *duvet* yn dynnach am fy nghlustiau a daeth rhyw deimlad diamynedd i ddisodli'r dychryn.

Blydi *typical*!

Byth ers y ddamwain a'r holl drawma a ddaeth yn ei sgil, roedd cysgu wedi bod yn broblem, ond y noson honno ro'n i wedi llwyddo i gau fflodiart y meddyliau diflas yn well nag arfer, ar ôl cael cwpwl o beints yn y Wynnstay cyn ei throi hi'n weddol gynnar er mwyn pacio ac ymbaratoi at y daith yn y bore.

Ond bellach roedd holl ddrychiolaethau'r gorffennol yn effro, a go brin y gwelwn i gwsg eto cyn y bore. Dylswn fod wedi codi a chymryd tabled ond doedd gen i mo'r nerth.

2

Drwy ryw ryfedd wyrth, ac yn wahanol i'r arfer, rhaid fy mod i wedi syrthio i gysgu yn weddol fuan ar ôl yr holl fraw a chynnwrf, achos y peth nesaf wyddwn i oedd trydar y larwm yn cyhoeddi ei bod hi'n bryd i mi godi.

Peth haws ei ddweud na'i wneud y dyddiau hyn, yn enwedig yn y tywydd oer. Fedra i byth fod yn saff y bydda i'n gallu teimlo 'nhraed oddi tana i neu y bydd yr hen goes dde 'ma'n gweithio'n iawn ar ôl bod yn llonydd drwy'r nos. Does wybod faint o weithiau dw i wedi syrthio ar fy wyneb ar ôl camu'n dalog o'r gwely ben bore.

Wrth i mi hel paned o goffi cyn gadael y tŷ am y safle bysys, cadarnhaodd y newyddion ar y radio mai daeargryn yn mesur 4.5 ar y raddfa ac yn ymestyn o rywle yng nghanol Môr Iwerddon draw i Swydd Stafford oedd yn gyfrifol am y sgytwad a'r twrw yn ystod y nos. Roedd ambell simdde wedi'i dymchwel yn Sir Fôn, medden nhw, a chraciau mawr wedi ymddangos mewn amryw waliau ar hyd arfordir gogledd Cymru.

Diffoddais y weirles a dechrau rhoi sylw i'r bagiau a baciwyd gen i'r noson cynt, yna tsiecio switshys nwy a thrydan a ballu cyn mentro allan.

Popeth yn barod: pac ar fy nghefn, cydio yn y ffon, rhoi'r

bag arall dros fy ysgwydd a dyma fi'n hercian draw at y drws.

Wrth i mi godi fy llaw at y ddolen, daeth cnocio brwd yr ochr draw.

Diawliais dan fy ngwynt. Yr hen bostmon digywilydd 'na, saff i chi.

Sefais yn stond. Do'n i ddim isio gorfod dal pen rheswm â hwnnw ben bore fel hyn.

Daeth rhagor o gnocio yr un mor daer ac yna ymgais i wthio rhywbeth trwy'r blwch post cul, henffasiwn. Gwelais flaen amlen yn dod i'r fei a honno'n cael ei phlygu'n rhacs.

Damia fo!

Yn flin fel cacwn, rhois y bag ysgwydd a'r ffon i lawr ac agor y drws.

'A, Mr Keith Jones, bore da. Wedi codi'n gynnar heddiw, chwarae teg,' meddai'r bantam penfoel ar garreg y drws.

Atebais i ddim.

'Mae isio i ti ga'l blwch llythyrau newydd.'

'Ti 'di deud wrtha i o'r blaen.'

Tasa fo'n postio pethau i mewn fesul un a hefo bach mwy o ofal fasa 'na ddim problem. Roedd hwn a'i lol yn dân ar 'y nghroen i bob amser. Lwcus i mi roi'r ffon i lawr cyn agor y drws.

'Glywist ti'r daeargryn neithiwr?'

'Do,' meddwn i mor ddidaro ag y gallwn i.

'Ddim cynddrwg ag 1984 ond mi oedd hi'n dipyn o hergwd, doedd? Mi aeth glasiad o ddŵr wrth y gwely 'cw'n deilchion hyd y llawr. Uffar o lanast,' meddai gan graffu ar yr amlenni yn ei law.

'Dipyn o amrywiaeth i ti heddiw,' meddai wedyn. 'Un o'r cataloga 'na eto, bil trydan – a llythyr oddi wrth ryw ffansi ledi, faswn i'n deud.'

‘Dyro nhw i mi, plis,’ meddwn i heb rithyn o fynadd erbyn hyn.

Ufuddhaodd a chaeais y drws arno.

Am goc oen! Bob amser yr un fath. Rhyw chwarae plant diddiwedd.

Sylwais fod fy nwylo’n crynu a’r post yn fflapian bob sut yn fy ngafael. Mi oedd hi wastad yr un fath – y cynhyrfu lleiaf ac ro’n i’n mynd fel jeli. Un o sgileffeithiau rhai o’r tabledi dw i’n gorfod eu llyncu rownd y rîl.

Doedd heddiw ddim yn argoeli’n dda o gwbl.

Edrychais ar yr amlenni – roedd y gwalch yn iawn: y bil trydan, *final demand* debyg iawn, catalog gynnau llaw o’r Almaen a llythyr â’r cyfeiriad wedi’i sgwennu arno mewn llaw fenywaidd doeddwn i ddim yn ei nabod. Roedd yr amlen wedi’i chrychu a’r inc wedi sbrychu yma ac acw gyda ‘Not known’ a ‘Try Acre Fair’ wedi’u sgriblo’n fras drosti. Heb fy sbectol ddarllen, a oedd rywle ym mherfeddion y bag ar fy nghefn, doedd dim pwynt i mi fynd ati i ddarllen ei chynnwys rŵan.

Dyma graffu ychydig bach yn agosach ar yr amlen ac aeth ias sydyn drwydda i. Tybed ai Emma, y ferch fenga, oedd wedi sgwennu ata i? Yn ei harddegau roedd hi, fwy na thebyg, y tro diwethaf i mi weld ei sgrifen hi. Ond roedd yna rywbeth yn siâp y llythrennau oedd yn canu cloch. Sefais yno wedi hurtio braidd a heb wybod beth i’w wneud. Ro’n i isio clywed ganddi, oeddwn, ond eto’n ofni’r hyn fyddai ganddi i’w ddweud, yn enwedig ar ôl ein cyfarfyddiad diwethaf.

Roedd amser yn mynd yn brin ac fe gymerai ddeng munud go lew i mi gyrraedd y safle bysys. Gallai’r llythyr aros – byddai digon o amser dros y dyddiau nesaf. Do’n i ddim isio cynhyrfu unwaith eto cyn cychwyn. Roedd gen i daith hir a digon heriol o ’mlaen.

Mi stwffiais i’r llythyr a’r catalog i’r bag ysgwydd a gadael y bil trydan ar y llawr ger y drws cyn camu allan i niwl ben bore mis Tachwedd.

3

Roedd rhuthro ar hyd y llwybr ar lan yr afon, mynd dan y bont ac i fyny'r grisiau metel serth i'r safle bysys o flaen y stesion drenau yn dipyn o gamp i mi yn fuan yn y bore fel hyn.

Erbyn cyrraedd ro'n i'n chwys doman ac yn tuchan fel hen gi. Diolch byth mai dim ond fi oedd yno. Prin 'mod i wedi dechrau cael fy ngwynt ataf na chyrhaeddodd y bws.

Camais arno gan fflachio'r pas at y dreifar. Ro'n i'n licio hynny – 'mod i ddim yn gorfod cyhoeddi i'r byd a'r betws i le'r o'n i'n mynd. Ro'n i'n arfer cael yr un fath o wefr pan fyddwn i'n hedfan rownd y byd hefo 'ngwaith erstalwm – neb yn gwybod bod y boi yn y sêt nesaf atynt yn y dosbarth cyntaf ar y ffleit i Jakarta neu Karachi neu ble bynnag ar ei ffordd i selio dêl i werthu tomen o arfau i bwy bynnag oedd yn fodlon talu pris y farchnad amdanynt ar y pryd.

Dim ond ychydig o bobl oedd ar y bws y bore hwnnw. Dw i'n casáu mynd ar fws llawn pan na fydd pobl yn fodlon symud eu bagiau na chynnig yr un fodfedd sgwâr o le ar ymyl y sêt. Ond y tro yma roedd yna hen ddigon o seti gwag.

Mi 'nelais i'n syth at y cefn. Cychwynnodd y bws cyn i mi gyrraedd y sêt a dyma fi'n cael fy hyrddio iddi wysg fy nhrwyn, y bag ysgwydd yn bygwth fy nhagu a'r llall fel maen melin ar fy nghefn, yn fy atal rhag sefyll yn syth i gael trefn ar bethau. Syrthiodd y ffon o 'ngafael a dechrau clecian yma ac acw hyd lawr y bws, a phob pen yn troi.

Ro'n i'n dal i geisio cael trefn ar bethau a ffeindio ffordd o eistedd fel na fasa 'mhennau gliniau yn cael eu jamio'n sownd yn erbyn y sêt o 'mlaen i wrth i'r bws adael y stesion a throi i'r dde am Langollen.

Mi oedd hi'n chwilboeth yn y cefn ger yr injan a'r chwys yn dal i lifo. Erbyn hyn ro'n i'n difaru fy enaid 'mod i wedi cychwyn o'r tŷ ar y fenter wirion yma. Mi ddylswn i fod wedi aros lle'r oeddwn i i sbio ar fy nghatalog a threfnu talu'r blincin bil trydan 'na.

Wrth ymbalfalu i wneud fy hun yn gyfforddus, meddyliais am eiriau honedig Magi Thatcher wrth sôn am fysys – 'a man who, beyond the age of twenty six, finds himself on a bus can count himself as a failure'. Heb os, a finnau'n bum deg pedwar, roedd yr hen Fagi yn llygad ei lle.

Nid methiant fues i erioed, cofiwch. Ddeng mlynedd ar hugain a mwy yn ôl, ro'n i wedi hedeg y nyth ac wedi mynd ati i dorri fy nghwys fy hun a gwneud fy ffortiwn ym myd y fasnach arfau – fy enw a 'mhrofiad yn y maes yn denu sylw, a chynigion o bob math yn dod o bedwar ban byd, o bob gwlad lle'r oedd galw am arfau.

Ond erbyn hyn ro'n i'n grupl yn gorfforol a'r meddwl yn rhacs, yn un gybolfa ddiffaith, a finnau'n gorfod llyncu tabledi bob munud awr i 'nghadw fy hun yn gall ac i gadw'r boen dan reolaeth.

Bellach, a'r rhan fwyaf o ffortiwn y dyddiau da wedi'i sbydu, a'r arian yn dechrau gwirioneddol brinhau, ro'n i wedi glanio – am fy mhechodau, am wn i – mewn treflan ddi-nod dan gysgod Clawdd Offa, rhywle oedd yn enwocach am ei waith brics na dim byd arall.

Ro'n i wedi trio bob sut i gael fy myd yn ôl ar ei echel ac wedi gwario pres mawr dros y blynyddoedd ar bob math o driniaethau i'r corff a'r meddwl – ond doedd dim byd yn tycio'n llwyr.

'Rhaid i chi ailymweld â tharddiad eich angst,' meddai'r

therapydd (drud) yng Nghaer gan edrych arna i â'i llygaid mawr llwyd. 'Rhaid i chi fynd yn ôl at eich gwreiddiau, i fro eich mebyd.'

Oedd hon o ddifri, dŵad?

'Wedi'r cwbl,' meddai wedyn yn ei llais neis-neis, ''dach chi wedi penderfynu symud yn ôl i Gymru. Rhaid bod rhywbeth wedi eich denu chi'n ôl.'

Iesgob! Prisiau tai oedd y prif reswm dros i mi ddychwelyd, nid rhyw hiraeth nac ysfa sentimental. Costau byw yn Chorleywood yng nghanol broceriaid y Ddinas yn codi o hyd a 'mhres innau'n mynd yn brinnach – dyna oedd yr atyniad. Ro'n i'n gorfod chwilio am rywle rhatach i fyw. Mi ges i achlust am y lle 'ma yn Rhiwabon drwy rywun a yfai yn y Con Club, a mynd amdano.

Ond roedd hedyn syniad wedi'i hau gan y ddynes therapi.

Flwyddyn yn ôl y cefais i'r sesiynau yng Nghaer, ac erbyn yr haf eleni rhaid cyfadda fy mod i'n dechrau teimlo ychydig yn gryfach. Ai oherwydd y therapi neu jest treigl amser – pwy a ŵyr?

Ta waeth, dyma fi'n penderfynu ar ddiwrnod andros o braf ddechrau mis Medi falla y basa'n dipyn o hwyl mynd yn ôl i'r hen ardal – jest o ran myrrath. Wedi'r cwbl, doedd dim byd i'w ofni yno. Doeddwn i ddim yn nabod neb yno, ddim yn perthyn i neb oedd yn dal ar dir y byw yno. Mae'n lle reit hardd a dweud y gwir ac ro'n i'n weddol ffyddiog na faswn i'n cael 'yn hambygio gan unrhyw ysbrydion drwg yn ystod fy ymweliad.

Serch hynny, mi wyddwn y basa'r daith yn dipyn o strach ac mi gymerodd amser hir i mi fagu'r plwc a'r egni i roi cynnig arni – ac erbyn diwedd mis Hydref roedd y tywydd wedi troi a'r tymor yn dechrau dangos ei ddannedd. Ond roedd y penderfyniad wedi'i wneud.

Yn sicr, doedd duwiau'r tywydd ddim yn gwenu arna i'r bore hwnnw. Wrth i'r bws gyrraedd Cynwyd dechreuodd hi fwrw, stwmpian bwrw heb arlliw o addewid y byddai unrhyw haul yn ymddangos eto ar fryn na dôl yn fuan.

4

'Sut oedd y ffyrdd?'

'Gwlyb.'

'Mae'n lladdfa gyrru yn y glaw, tydi?' meddai'r gwestywr – dyn porthiannus tua'r un oed â fi – wrth fwrw golwg ar y cerdyn cofrestru. 'O, 'dach chi heb nodi rhif y car.'

'Hefo'r bws ddes i.'

'Y bws? O Riwabon? Tipyn o daith.' Lledodd ei lygaid mewn anghrediniaeth.

'Oedd.'

Doeddwn i ddim wedi ystyried profiad mor anghyfforddus a blinedig fyddai teithio o Riwabon i Gricieth mewn diwrnod ar fws.

Erbyn cyrraedd y Bala, rhyw awr o daith o adre, teimlai 'nhin i fel crempog. Erbyn Dolgellau, roedd y goes dde'n ddiffrwyth fel arfer a 'nghefn yn sgrechian ac ar gyrraedd y Bermo ro'n i'n ofni na faswn i'n gallu codi ar 'y nhraed byth eto.

Yn rhyfedd ddigon, y tro diwethaf i mi wneud siwrnai mor hegar oedd ar fws o ganol Bosnia i'r ffin â Chroatia yng nghwmni criw o ffoaduriaid oedrannus. Mi dyngais lw yr adeg honno na faswn i byth yn gwneud taith o'r fath eto tra byddwn i. Ond os rhywbeth, roedd y seti ar y bws ym Mosnia yn fwy cyfforddus!

Roedd hi wedi'i thywallt hi bob cam ac roedd y golygfeydd o

fôr a mynydd yr edrychais ymlaen at eu gweld wedi'u cuddio o dan flanced o gymylau llwydwyn.

Ar ôl y Bermo, ro'n i'n gorfod newid bws ddwywaith cyn cyrraedd Cricieth. Mwy fyth o straffîg yng nghanol y dilyw. Ond wrth gyrraedd pen y daith dyma lygedyn o fachlud digywilydd yn dod i oleuo'r gorwel tywyll y tu draw i silwét y castell ac o'r diwedd fe beidiodd y glaw.

''Dach chi'n nabod Cricieth?'

Fel arfer dw i'n ceisio osgoi rhyw fân siarad fel hyn, gan gynnig ymateb unsill yn unig, os hynny, ond cymaint oedd y rhyddhad o gyrraedd nes fy mod i'n teimlo'n eithaf meddw ac yn barod i falu awyr hefo unrhyw un.

'Fa'ma ro'n i'n arfer dod ar 'y ngwylia pan o'n i'n blentyn.'

'Tewch â sôn. Sbel yn ôl, 'lly… hynny ydi…'

'Hidiwch befo. 'Dach chi'n iawn, sbel hir iawn yn ôl. 'Sdim modd gwadu hynny.'

'Un o ffor 'ma 'dach chi'n wreiddiol?'

'Naci.'

Diolch byth, roedd lifft yn y gwesty ac roedd y perchennog yn barod iawn i helpu hefo'r bagiau. Roedd hi'n dawel braf yno hefyd – carpedi moethus, drysau tân trwm a fawr neb yn aros, wrth reswm, a hithau'n fis Tachwedd.

'Bydd yna griw mawr o olffwyr yn dod i mewn cyn diwedd yr wythnos, ond ddydd Mercher 'dach chi'n 'i throi hi, yntê?'

'Dyna fo,' meddwn i, gan ddechrau tynnu'n ôl i 'nghragen unwaith eto wrth i ni gyrraedd y stafell a fyntau'n datgloi'r drws i mi.

Roedd y llofft yn ateb pob gofyn. Yn gyfforddus, yn lân a golygfa arbennig o braf dros y môr tuag at fryniau Ardudwy. Dipyn yn fwy cysurus na'r tŷ acw adre.

'Mae 'na fwyd yn cael 'i serfio yn y bar o hanner awr wedi

saith tan naw,' meddai'r lletywr yn frwd. 'Os bydd angen rhywbath arnach chi, rhowch waedd.'

'Diolch,' meddwn wrth gau'r drws ar ei ôl o gyda bach gormod o glep.

Es at y ffenest a sbio am yn hir ar y panorama o 'mlaen. Roedd yr awyr yn dechrau clirio ac edrychai Harlech a mynyddoedd Meirionnydd yn rhyfeddol o agos yn y gwyll cynyddol wrth i belydrau heulwen diwedd y dydd anwesu llethrau'r bryniau ac adeiladau'r dre dros y don.

Ro'n i'n hollol *knackered*. Gorweddais ar y gwely yn fy nillad. Doedd gen i ddim mynadd tynnu fy sgidiau hyd yn oed.

Pan ddeffrais i ryw awran yn ddiweddarach, roedd hi wedi nosi go iawn a lliw oren goleuadau'r stryd yn ymledu dros y nenfwd. Ro'n i wedi cyffio, wrth gwrs, ac wedi oeri, er bod gwres canolog drwy'r lle.

Waeth i mi 'i throi hi i'r gwely, meddyliais. Doedd dim isio bwyd arna i a dweud y gwir. Ro'n i wedi cael sosej a tships yn y Bermo a sgonsan mewn caffi yn Port, ac ro'n i wedi blino gormod i wynebu mynd i lawr i'r bar, lle baswn i, o bosib, yn gorfod cymdeithasu.

Wrth dynnu fy stwff o'r bag ysgwydd, mi ddes i o hyd i'r llythyr ro'n i wedi'i gael wrth adael y tŷ. Gwisgais fy sbectol ddarllen a gweld ei bod yn bur debyg mai Emma, y ferch fenga, oedd ei awdur. Mi ystyriais ei agor o ond penderfynu wedyn nad peth doeth fyddai darllen llythyr o'r fath cyn cysgu. Bore fory ddaw, meddyliais, a'i adael wrth ochr y gwely.

Ro'n i rhwng dau feddwl a ddylwn i gymryd tabled cysgu ai peidio. Penderfynais, gan fy mod i wedi blino cymaint, nad oedd arna i angen un. Doedden nhw ddim bob amser yn dygymod â fi ac mi fydden nhw'n chwarae'r diawl â'r system ym mhob ffordd.

Roedd y gwely'n reit gyfforddus. Digon o le ynddo fo, a'r

cynfasau'n ogleuo'n ffres braf. Ymlaciais ychydig, gan wrando ar guriad y tonnau ar y traeth, a chyn pen dim mi gysgais.

5

'Keith! Keith! Gwylia-a-a!!'

Ac yn sydyn roeddwn i'n effro a sŵn tragwyddoldeb y tonnau ar draeth Cricieth yn fy nghlustiau ynghyd â sŵn taflegrau'n ffrwydro a'u fflachiadau'n goleuo'r nos, merched a phlant yn sgrechian a lleisiau'r dynion yn gweiddi'n groch.

Safai Michela o 'mlaen i'n noeth. Hi oedd yno'n bendant. Yn union fel ro'n i'n ei chofio, yn dalsyth herfeiddiol, ei chorff yn goch i gyd yn llewyrch goleuadau stryd Cricieth a fflachiadau tanio gynnau'r Serbiaid…

'Michela…'

A gwelais mai gwaed oedd y cochni, bod tyllau lle dylai ei llygaid fod a bod rheini'n gynrhon byw.

Ond nid hi oedd yno rŵan. Rhywun hollol ddiarth oedd hi. Hefyd, roedd yna rywun arall yn y stafell – dyn. Mi wyddwn i hynny er na fedrwn i 'i weld o ac mi oedd y diawl yn gwneud dŵr yn rhywle, yn piso fel march draw tua'r alcof lle'r oedd y bocsyn bach o *en suite*. Yn sydyn gallwn flasu cyfog yn fy ngwddf. Mi orfodais fy hun i ddeffro gan ymladd yn erbyn y pwys yn fy stumog a llyncu'r chwd oedd yn codi ac yn bygwth fy nhagu.

Llwyddais rywsut i gyrraedd y lle chwech ond er cyfogi'n wag am sbel, fues i ddim yn sâl go iawn.

Wedi i'r pwys a'r cryndod gilio, es yn ôl i'r gwely a'r tro yma mi gymerais dabled cysgu.

Gorweddais yno'n syllu ar batrymau golau'r stryd ar y nenfwd ac yn gwrando ar sŵn y môr. Daliai fy nannedd i rincian, teimlai fy nghoes fel plwm a gyda hyn dyma'r meddyliau llethol arferol yn dechrau cronni. Roedd yna stwmp hiraethus yng nghrombil fy stumog a phryder yn parlysu pob cynnig ar reswm.

O'r diwedd, tyciodd y bilsen a llithrais i gwsg difreuddwyd.

6

Gwawriodd y bore trannoeth yn syfrdanol o braf, gyda heulwen lachar yn disodli patrymau oren y nos ar y nenfwd.

Fel arfer byddwn yn codi tua'r hanner awr wedi chwech 'ma a hynny ar ôl bod yn effro ers rhyw bump o'r gloch neu ynghynt. Heddiw roedd hi'n nes at hanner awr wedi wyth cyn imi agor fy llygaid hyd yn oed. Bu bron i mi golli brecwast ond roedd y cwsg wedi gwneud lles i mi. Doedd y goes ddim mor drafferthus ag arfer a doedd cwmwl y felan ddim mor isel.

Y perchennog ei hun oedd yn gweini, am fod y lle mor dawel.

'Lle'r ewch chi heddiw? Bws arall i rywle?' meddai'n siriol wrth osod platiad o frecwast o 'mlaen.

'Dim ffiars!' meddwn ac oglau'r bacwn ac wy yn tynnu dŵr i 'nannedd. Roedd yn amser hir ers y sgonsan yn Port y prynhawn cynt. Amser hir hefyd ers i mi gael brecwast call.

'Tacsi bia hi heddiw – llai o strach o lawer,' meddwn wrth dyrchu iddi.

Ro'n i'n haeddu ychydig o fwythau ar ôl y daith ofnadwy ddoe – doedd bysys bach y wlad ddim yn mynd ar gyfyl yr hen gynefin bellach beth bynnag, ac os nad ydach chi'n cynnal car a chithau'n cael teithio am ddim ar y bysys, dydi ambell siwrnai hirach na'i gilydd mewn tacsi ddim yn torri'r banc.

Awr yn ddiweddarach ro'n i'n eistedd ar fainc yn yr haul ger y castell. Ro'n i wedi trefnu i'r tacsi ddod i'n nôl i o ganol y dre erbyn hanner awr wedi un. Digon o amser i ddarllen y papur, cael pei a pheint falla a mynd am swae bach ar lan y môr. Yn fy mhoced roedd llythyr Emma – pwy a ŵyr na faswn i'n ddigon o foi i'w agor o cyn diwedd y bore?

Ond doedd gen i ddim awydd darllen dim ar hyn o bryd. Mwynhau gwres annisgwyl yr haul oeddwn i, gan ryfeddu 'mod i'n ôl yng Nghricieth unwaith eto wedi cymaint o flynyddoedd a bod cyn lleied wedi newid.

Os bu unrhyw gyfnod gwirioneddol hapus yn ystod fy mhlentyndod, fan hyn y profais i o. Yn chwarae ar y traeth dan ofal Mam, yn pysgota hefo 'Nhad yng nghorsydd Ystumllyn neu'n macrella o gwch bach yn y bae.

O hyd yn fy meddwl, gallwn glywed ogla'r cyfuniad pwerus o wymon a tharmac poeth a blasu tships a hufen iâ... hufen iâ oedd yn dal i gael ei werthu o'r siop ychydig lathenni o ble'r oeddwn i'n eistedd. Rhyfedd be sy'n newid a be sy'n aros yr un fath yn y byd 'ma.

Ond er hapused y gwyliau yr adeg honno, doedd y byd ddim cweit ar ei echel nac yn sefyll yn ei unfan, ac fel yr hen blatiau tectonig 'na y noson o'r blaen, roedd pethau'n bownd o lithro...

Ymhell uwch fy mhen tra eisteddwn yno mi fedrwn glywed sŵn awyrennau'n rhuo'n ôl a 'mlaen. Sbiais i fyny ond allwn i mo'u gweld, er mor glir oedd yr awyr.

Doedd dim rhyfedd bod hogia'r RAF yn brysur y dyddiau yma a'r rhyfel yn Irac yn dechrau poethi go iawn ar ôl llwyddiant twyllodrus y gwanwyn. Roedd pennawd y *Daily Telegraph* ar y fainc wrth fy ymyl yn sôn am hofrennydd Americanaidd yn cael ei saethu i lawr ac 16 o fywydau wedi'u colli ger dinas Fallujah.

Roedd hi'n ddigon posib mai fi oedd wedi gwerthu'r

taflegrau i luoedd Saddam a ddaeth â'r hofrennydd yn belen o dân i'r ddaear.

Mi gaeais fy llygaid a gadael i daranu'r jets lenwi fy nghlustiau a llifo i bob twll a chornel o 'mhen. Wrth i'r sŵn godi'n uwch ac yn uwch, llithrodd fy meddwl yn ôl ddeng mlynedd i'r siwrnai dyngedfennol honno roeddwn wedi'i gwneud i bair rhyfel arall – ym Mosnia-Herzegovina...

... ac i'r diwrnod pan wnes i gyfarfod â Michela.

7

Taith hir a blinedig oedd hi hefyd – hedfan o Stuttgart i ddinas Trieste gan yrru o fan'no i lawr drwy Groatia, a hynny drwy wlad lle nad oedd unrhyw arwydd bod y rhyfel ffyrnicaf ar dir Ewrop ers hanner can mlynedd yn rhwygo'r hen Iwgoslafia'n ddarnau mân.

Ar drydydd bore'r siwrnai, dyma lle'r oeddwn i'n brecwasta ar fy mhen fy hun yn stafell fwyta anferth rhyw balas o westy yng ngogledd Croatia – honglad ysblennydd o le ar lan yr Adriatig. Hyd y gallwn farnu, fi oedd yr unig westai oedd yn aros yno. Ofn y rhyfel rhwng llywodraeth annibynnol Croatia a lluoedd Serbia oedd yn cadw'r twristiaid draw, a hynny er mawr syndod a siom i berchenogion a staff y gwesty.

'Does dim ymladd yma. Mae'r ymladd yn digwydd 500 cilometr o fan hyn. Beth sy'n bod ar bobl?' cwynai'r gweinydd ifanc â'i wallt wedi'i glymu'n gynffon dywyll i lawr ei gefn, ei lais yn llawn dirmyg am dwristiaid llwfr y Gorllewin nad oedden nhw am fentro i fwynhau traethau godidog ei wlad oherwydd 'rhyw dipyn o gwffas rhwng cymdogion' ymhell i'r de.

Ciliodd y gweinydd yn ôl i grombil yr adeilad, yn dal i leisio'i gŵyn wrth garreg ateb waliau'r stafell fwyta farmor. Pellhaodd ei gamau ac mi es i'n ôl at daclo'r ffrwythau ffres ar fy mhlât.

Pan godais fy mhen eto, safai dynes yn dawel o 'mlaen gan edrych arna i'n ddisgwylgar gyda'i llygaid mawr gwyrdd. A hithau'n gefnsyth a gosgeiddig, roedd wedi ymddangos fel ysbryd o nunlle ac mae'n siŵr bod y braw yn amlwg ar fy wyneb.

'O… mae digon o bopeth gen i, diolch,' meddwn gan dybio mai un o'r staff oedd hi.

Siaradais yn Almaeneg. Wedi'r cwbl, contractiwr o'r Almaen oeddwn i i fod, ar fy ffordd i drafod cytundeb i werthu deunyddiau glanweithdra fel papur tŷ bach, clytiau babis a phethau merched â chwmni dosbarthu yn ninas glan môr enwog Dubrovnik ymhellach i'r de.

'Dw i ddim yma i weini arnoch chi,' atebodd y ddynes yn gwrtais yn Saesneg. 'Fy enw ydi Michela Hubiar a fi yw'ch cyfieithydd.'

Peryg mai golwg fel pysgodyn a'i fryd ar lyncu pry oedd arna i erbyn hyn.

'Oes 'na broblem?' gofynnodd yn ddigynnwrf, gan wyro ei phen ychydig a gwenu'n gynnil.

'Nag oes,' meddwn i yn Saesneg gan godi'n lletchwith ar fy nhraed. 'Mae'n flin iawn gen i am feddwl… doeddwn i ddim yn sylweddoli. Mae braidd yn od bod yn y lle 'ma ar fy mhen fy hun… do'n i ddim yn disgwyl gweld neb arall heblaw'r staff ac mae'r rheini'n heidio o 'nghwmpas fel 'swn i'n rhyw frenin neu rywbeth…'

'Does dim rhaid i chi ymddiheuro.'

'Sut gwyddech chi fy mod i yma?' gofynnais wedyn, yn fwy siarp na'r bwriad.

'Drwy ffrindiau.'

Roedd hyn yn dipyn o syndod a dirgelwch; roeddwn i

wedi disgwyl cyfarfod â'r cyfieithydd yn Dubrovnik ei hun y diwrnod canlynol. Gwelodd y ddynes yr olwg ddryslyd ar fy wyneb.

'Peidiwch â phoeni. Dw i'n nabod Goran yn dda. Roedden ni'n teimlo y basa'n saffach cyfarfod fan hyn – mae 'na lai o glustiau a llygaid bach busneslyd yma.'

Tybed, meddyliais.

Goran Fancovic oedd enw'r dyn o Fosnia roeddwn i i fod i gysylltu ag o yn Dubrovnik. Doeddwn i ddim yn hollol hapus â'r newid yn y cynlluniau, ond penderfynais ymddiried yn y ddynes ddiarth 'ma. Estynnais fy llaw, cyn sylweddoli'n sydyn bod fy mysedd yn sudd i gyd ar ôl bod yn sglaffio eirin gwlanog a ffigys. Gwelodd hi fy mhenbleth, codi napcyn o ben draw'r bwrdd a'i estyn ataf.

'Diolch. Dw i'n rial mochyn weithia,' meddwn i gan faglu dros bob sill.

Sychais fy mysedd yn frysiog cyn ysgwyd llaw â hi'n ochelgar. Roedd ei llaw hi'n teimlo'n sych ac yn syndod o oer.

'Steddwch, plis. Gymerwch chi baned o goffi?'

'Diolch,' meddai hi ac ar amrantiad cododd gwên braf, yn fwy agored na'r un fach gynt – gwên swil a sydyn a'm swynodd yn lân.

Mi es i chwilio am rywun i ddod â chwaneg o goffi i ni. Cymerodd dipyn o amser a brysiais yn ôl gan amau falla y basa hi wedi diflannu neu y basa'r lle'n llawn plismyn neu filwyr neu ryw bobl eraill ar berwyl drwg. Ond na, dyna lle'r oedd hi yn eistedd yn llonydd braf, yn wylaidd bron, wrth y bwrdd, ei dwylo yn ei harffed, yn syllu allan drwy'r drysau agored a thros y balconi a'i holl botiau teracota enfawr yn llawn rhedyn a phlanhigion egsotig eraill, tuag at lesni'r môr.

Eisteddais innau, yn llawn ymddiheuriadau am fod mor hir, ac wedyn bu tawelwch anghyfforddus am funudau hir.

Doeddwn i ddim yn gwybod lle i ddechrau. Oedd hi'n gwybod gwir bwrpas fy nhaith? Cyrhaeddodd y gweinydd â photiad arall o goffi. Doedd o ddim fel pe bai'n synnu gweld y wraig ddiarth wrth y bwrdd ac ar ôl cyflawni'i ddyletswydd diflannodd eto heb ddweud yr un gair.

'Mae'n ddrwg gen i, be ddwedsoch chi oedd eich enw?'

'Michela. Michela Hubiar.'

'Keith. Keith Jones.' Ond roedd hi'n gwybod hynny'n barod, wrth gwrs.

Llymeitiodd ei choffi. Sylwais fod ei llaw'n crynu ychydig wrth godi'r gwpan.

'Plis...' meddwn i gan gyfeirio at weddillion y brecwast hael ar y bwrdd. 'Helpwch eich hun i rywbeth. *Croissant*, ffrwythau... Dw i wedi gorffen ond mae 'na ddigon i bump o bobl fan hyn.'

'Dim diolch yn fawr. Dw i'n iawn dim ond i mi gael coffi.'

Bu distawrwydd eto a dechreuais deimlo'n fwyfwy anghyfforddus.

'Oes gennych chi awydd tro bach yn yr ardd?' gofynnais o'r diwedd.

'Pam lai?' meddai gan glecio'i choffi bach a chodi ar ei thraed, yn amlwg yr un mor falch â finnau o dorri'r ias.

Aethon ni drwy'r drysau agored i'r balconi ac i lawr rhyw ddwsin o risiau serth i'r ardd islaw. Safai'r gwesty ar ben creigiau dramatig uwchben y môr. O'i flaen, hyd at ddibyn y creigiau, ymestynnai gardd helaeth, wedi'i threfnu mewn cyfres o derasau llydain gydag ambell ddeildy'n swatio'n wahoddgar dan ganghennau'r coed.

Roedd yr haul eisoes yn ffwrnais yn yr awyr a sylweddolais nad o'n i'n gwisgo dim byd am fy mhen. Byddai'r hen gorun moel yn siŵr o ddiodda yn nes ymlaen.

'Ydych chi wedi bod yng Nghroatia o'r blaen, Mr Jones?'

gofynnodd wrth i ni gyfeirio ein camau tua therfyn yr ardd a'i chreigiau uchel.

Swniai'r enw'n rhyfedd. Roeddwn i mor gyfarwydd â defnyddio ffugenwau yn fy ngwaith fel bod yr hen Jôs 'na'n swnio'n ddiarth iawn. Byddai 'Herr Schuhle o Stuttgart' yn swnio'n well.

'Dim ond ar wyliau hefo Sharon, y wraig, a'r plant flynyddoedd maith yn ôl.'

Celwydd noeth.

Digon teg, ro'n i wedi dod yma hefo'r teulu erstalwm, ond dyma'r ail ymweliad i mi â'r wlad hon o fewn deunaw mis. Roeddwn i, eto fel Herr Schuhle, wedi bod yma yn ôl yn 1991, toc cyn i'r rhyfel ddechrau rhwng y Serbiaid a'r Croatiaid, ar fy ffordd i selio dêl am offer gweld-yn-y-nos hefo un o filisias y Serbiaid yn ne Croatia.

Tasa hi neu rywun arall yn gwybod hynny, baswn i'n gelain gorn o fewn yr awr.

'Ydach chi'n briod, Michela?'

'Cafodd fy ngŵr ei ladd. Yn y rhyfel.'

'Mae'n wir ddrwg gen i. Peth ofnadwy ydi rhyfel.'

Ro'n i'n gwingo tu mewn. Am beth hurt i'w ddweud. Roedd Michela siŵr o fod yn gwybod pam roeddwn i yng Nghroatia. Ond wnaeth hi ddim dangos.

'Oes plant gennych chi?' gofynnodd.

'Oes. Dwy ferch… a chi?'

Wnaeth hi ddim ateb ar unwaith, dim ond syllu tua'r môr. Daeth chwa o wynt o rywle yn cario holl sawr gogleisiol yr ardd i'm ffroenau, yn gymysgedd meddwol o berlysiau, pinwydd a heli.

Aeth Michela i sefyllian ar wylfan fach a naddwyd o'r graig uwchben y dibyn ac edrych i lawr ar lesni'r môr a'i donnau gwynion yn trimio godre'r graig.

Ro'n i'n ei chael hi'n anodd peidio â syllu arni fel llo. Doedd ei harddwch ddim yn glasurol fel y cyfryw ond roedd yna rywbeth amdani, am ei hosgo a'r ffordd y daliai ei chorff, oedd yn hudolus ac yn mynnu sylw.

Teimlwn ryw symudiad y tu mewn i mi a dw i ddim yn sôn am rywbeth erotig na rhamantaidd na dim byd mor benodol â hynny. Roedd rhywbeth arall ar waith – teimlad od ar y naw... fel llanw'n troi.

'Mae gen i ddau fab,' meddai Michela o'r diwedd wrth ddisgyn o'r wylfan ac edrych yn syth i 'ngwyneb i â'i llygaid gwyrdd siâp almon.

'Mae un yn byw yn Zagreb gyda pherthnasau ac mae'r llall mewn gwersyll i ffoaduriaid yn Slofenia.'

'Mae'r rhain yn amseroedd anodd i chi.'

'Ydyn.'

Gwisgai ffrog laes lliw mwstard – dw i'n cofio hynny hefyd.

'Ydych chi'n siarad Serbo-Croat, Mr Jones?'

'Galwch fi'n Keith, plis. Ychydig eiriau'n unig. Dw i'n gallu deall mwy na dw i'n ei siarad. Almaeneg, Ffrangeg, Sbaeneg ac Eidaleg ydi fy ieithoedd i – heblaw am Saesneg, wrth gwrs.'

Do'n i ddim isio brolio ac felly wnes i ddim sôn bod gen i grap go lew ar Arabeg, Wrdw a Hindi hefyd – ac ni welwn unrhyw bwynt sôn am y Gymraeg.

'Ond beth am eich Saesneg chi, Michela?' holais. 'Mae'n ardderchog.'

Cododd ei sgwyddau a gwgu.

'Dylai fod yn well. Mae wedi rhydu.'

'Na, wir. Mae'n rhagorol.'

'Diolch yn fawr.'

'Lle wnaethoch chi ddysgu?'

'Pan o'n i'n astudio yn yr Eidal.'

Gwenodd unwaith eto a chefais yr un teimlad drachefn.

Yn y llwyni a'r gweiriach tal o bobtu, canai corws o bryfetach anweledig, eu sŵn trydanol yn cnoi ac yn crafu yn fy mhen. Wrth ein traed, yn swil a chyfriniol, sgathrai genau-goegiaid i bob cyfeiriad ar hyd y llwybrau.

8

Chwa o wynt a min y gaeaf arni a chwalodd ddelweddau'r ardd hudolus uwchben y môr.

Tipyn o siom oedd agor fy llygaid a chael fy mod i'n dal i eistedd ar y fainc o dan gastell Cricieth.

Daliai'r awyrennau i ruo'n anweledig dros Fae Ceredigion. Awyrennau Hawk TMk 1 o'r Fali, debyg iawn. Roeddwn i'n gyfarwydd iawn â nhw, yn gwybod eu *spec* at y manylyn olaf. Wedi eu marchnata mewn sawl man ar draws y byd – India, Sweden, y Swistir, y Dwyrain Canol, Affrica... Diwydiant byd-eang go iawn ydi'r diwydiant arfau ac mae'n ffynnu o ba gyfeiriad bynnag y mae gwyntoedd rhyfel yn chwythu.

Roedd sŵn awyrennau'r Fali'n tanio atgofion eraill hefyd, atgofion llai dymunol na'r ardd a llygaid almon Michela.

Bellach clywn sŵn y MiGs yn sgrechian yn isel dros berllannau gwyrdd a thoeau cochion, eu canonau'n dryllio tŵr y pwmp dŵr, yn tolcio'r tai ac yn rhwygo cnawd... Michela a finnau'n gwasgu ein hwynebau i'r pridd mewn ffos ar ochr y lôn ar ein ffordd i groesi'r ffin rhwng Croatia a Bosnia-Herzegovina...

Aeth ysgryd drwydda i. Faint o'r gloch oedd hi erbyn hyn? Os oeddwn i am gyrraedd canol y dre i gwrdd â'r tacsi byddai'n rhaid i mi ei chychwyn hi rŵan.

Wrth i mi gerdded yn ara deg i lawr o'r castell, mynnai atgofion o'r ffos a'r golygfeydd hyll a welswn dros ei hymyl fflachio drwy 'mhen – y mochyn marw ar wastad ei gefn ar y ffordd o'm blaen, ei lygaid yn agored, ei ddwy goes flaen yn stiff fel proceri yn yr awyr, ei ran ôl wedi'i chwythu i ebargofiant... a'r hen ddynes ddryslyd a grwydrai ar hyd y ffordd a sieliau'r canon yn gwibio o'i chwmpas, yn datgan drosodd a throsodd nad oedd hi'n 'gwybod dim' am beth oedd yn digwydd... a'r cyrff wedyn... teulu cyfan, eu dillad yn dal i fudlosgi, yn cael eu tynnu o gragen un o'r tai a'u cludo i ffwrdd fesul un mewn berfa gan y cymdogion... Doedd dim diwedd i'r delweddau, ac ro'n i'n dechrau teimlo'n gyfoglyd a chrynedig.

Byddai'n rhaid eu dileu o 'mhen rywsut...

Yr ochr draw i orsaf y bad achub, oedais gan anadlu'n ddwfn. Roedd 'na fainc ger reilins y prom. Eisteddais eto gan geisio canolbwyntio ar yr olygfa – y trai llonydd, cadernid y tai ar y lan, siâp trawiadol Moel-y-Gest yn codi yn y pellter, cwch hwylio bach yn powlio mynd tua'r môr agored...

Yn raddol, ciliodd y teimladau annifyr a llwyddais i sadio fy meddwl unwaith eto ar Michela a'r gwesty gwag yng ngogledd Croatia.

Bu Michela'n cadw cwmni i mi yn yr ardd am sbel y bore hwnnw. Roedd naws ysgafnach i'r sgwrs erbyn hynny. Ar ôl rhyw awr, dywedodd ei bod yn gorfod cwrdd â rhywun arall mewn tre ychydig gilometrau i ffwrdd. Cytunon ni i gael swper gyda'n gilydd am wyth y noson honno yn y stafell fwyta. Mi wyliais hi'n mynd a theimlo unigrwydd anarferol wrth fod ar fy mhen fy hun unwaith eto.

Mi dreuliais i tan amser cinio'n crwydro yn yr ardd gan geisio dod o hyd i ffordd o fynd i lawr at y traeth o dan y graig, ond doedd dim sôn am lwybr dros y dibyn.

Amser cinio holais yn y gwesty a oedd modd cyrraedd y môr a ches fy nghyfeirio at gildraeth creigiog rhyw bum cilometr i ffwrdd. Doedd neb o gwmpas a nofiais yn noeth. Dw i ddim yn nofiwr cryf ac mi fydda i bob amser ychydig yn ofnus, ond roedd glesni'r Adriatig yn fy nenu. Do'n i ddim wedi ymdrochi fel hyn ers blynyddoedd, ers imi fod ar fy ngwyliau hefo Sharon a'r plant, ac mi ddes o'r môr wedi fy adfywio'n llwyr, cyn dychwelyd i'r gwesty i ymbaratoi at fy nêt hefo Michela.

Roedd hi eisoes wrth y bwrdd pan gyrhaeddais i'r stafell fwyta am bum munud i wyth.

'Ddrwg gen i 'mod i'n hwyr,' meddwn i. Doeddwn i ddim, wrth gwrs.

Roedd hi wedi nosi erbyn hyn a'r bwrdd wedi'i oleuo â chanhwyllau. Daliai Michela i wisgo'r un ffrog ag a wnâi yn y bore ond roedd golwg wahanol arni rywsut – yn hŷn neu'n aeddfetach yn y golau meddal melynaidd. Roedd y swyn yno yr un fath, ac ro'n i'n rhythu arni'n ddigon agored erbyn hyn.

Llithrai'r staff gweini yn ôl ac ymlaen fel ysbrydion yn y gwyll, gan lechu'n anweledig ar gyrion y stafell cyn ymddangos yn ddisymwth wrth benelin i dywallt rhagor o win neu ad-drefnu'r cyllyll a'r ffyrc.

Newydd orffen y prif gwrs oedden ni pan dynnodd Michela y gwynt o'm hwyliau braidd drwy gyhoeddi'n ddidaro braf bod y cynlluniau wedi newid. Yn lle cynnal trafodaethau yn Dubrovnik fory, bydden ni'n gorfod teithio i'r ffin â Bosnia a'i chroesi wedyn trwy'r mynyddoedd, ar hyd lonydd anghysbell a pheryglus.

'Bydd yn daith anghyfforddus iawn, mae arna i ofn,' dywedodd Michela wrth dywallt mwy o win iddi'i hun.

Fel arfer, byddwn wedi ffromi a mynnu fy ffordd fy hun neu fygwth dileu'r ddêl yn gyfan gwbl. Dw i wedi dysgu bod yn amheus o unrhyw newid cynlluniau ar y funud olaf fel hyn a dydi masnachwr arfau gwerth ei halen ddim yn hoffi mynd yn rhy agos i faes y gad!

Fodd bynnag, y tro hwn roedd yna ran ohona i wedi'i swyno

gan y syniad o antur yng nghwmni'r ddynes 'ma. Ond am y tro, penderfynais fod yn ochelgar.

'Mae'n ddrwg gen i ond fedra i ddim cytuno i hynny,' dywedais yn swta. 'Mae'n rhy beryglus o lawer. Mae gen i wraig a phlant i'w hystyried, cofiwch,' ychwanegais.

Doedd yna fawr o wirionedd yn perthyn i'r gosodiad hwnnw fodd bynnag. Roeddwn i a Sharon wedi gwahanu ers blynyddoedd a phrin fy mod i wedi meddwl amdani hi na'r genod ers gadael Prydain gyfnod go hir yn ôl. Roedd y merched wedi hedfan y nyth fwy neu lai, a'r ddwy heb fawr i'w ddweud wrth eu tad beth bynnag.

Cymerais lwnc arall o win. Gallwn weld nad oedd Michela'n blês. Roedd ei hwyneb wedi caledu.

'Mae amgylchiadau'n newid yn barhaus mewn rhyfel, Mr Jones,' meddai gan edrych ar ei dwylo ymhleth ar y bwrdd o'i blaen.

Yr hen Jones 'na eto. Teimlais fy ngwrychyn yn codi.

'Na, dw i'n ofni...'

Ond cyn i mi orffen y frawddeg, torrodd Michela ar fy nhraws, ei llais yn gadarn ac awdurdodol a golwg ffyrnig yn ei llygaid.

'Dw inna'n ofni mai dyna be 'di'r broblem, Mr Jones. Llond tin o ofn peryglu eich croen eich hun. Fel 'na mae eich teip chi bob amser. O'r gora. Does dim bargen i'w tharo bellach. Mi awn ni at rywun arall sydd â bach mwy o asgwrn cefn... at rywun sy'n fwy o ddyn.'

Roedd hi eisoes ar ei thraed ac yn dechrau camu i'r tywyllwch ym mhen draw'r stafell fwyta. Yna, cyn diflannu i'r gwyll, oedodd a throi i'm hwynebu.

'Cymerwch ofal ar y ffordd adre at eich gwraig a'ch plant annwyl, Mr Jones. Mae damweiniau rhyfedd yn digwydd ar ffyrdd Croatia y dyddiau yma, cofiwch.'

Yna trodd ar ei sawdl a chilio i'r cysgodion.

Bu pendantrwydd ei hymateb yn sioc. Shit, shit, shit! Ro'n i wedi gwneud smonach ohoni. Doeddwn i ddim wedi disgwyl dyrnod o'r fath, yn sicr. Medrai ennyd bach hurt gostio'n ddrud. Wedi'r cwbl, roedd yna fwy yn y fantol fan hyn na gwerthu llwyth o arfau'n unig. Roedd yna rai o'r 'chwaraewyr mawr' yn sbio dros fy ysgwydd y tro yma.

Dyrnais y bwrdd mewn rhwystredigaeth. Ro'n i'n flin iawn hefo fi fy hun. Rhaid bod hon yn fwy na rhyw ffifflen o gyfieithydd; roedd hi wedi siarad â gwir awdurdod gynnau bach, awdurdod i herio a bygwth – a'r awdurdod i chwalu'r ddêl yn yfflon os dymunai. Doeddwn i ddim yn canolbwyntio digon; ro'n i wedi ffwndro ar gownt pâr o lygaid gwyrdd.

Eisteddais yn syn wrth y bwrdd am ychydig, yn ansicr beth i'w wneud nesaf. Yn y diwedd, cydiais yn fy ngwin a'i glecio cyn codi a mynd i chwilio amdani.

9

Tua hanner dydd oedd hi, a hynny drannoeth y ffrwgwd yma, pan gyrhaeddon ni'r dre lle cawson ni ein dal gan y MiGs a'n gorfodi i gladdu ein trwynau ym mhridd llychlyd y ffos.

Roedden ni wedi gadael y gwesty cyn toriad y wawr a theithio ar ffyrdd oedd bron â bod yn wag ac eithrio ambell gonfoi milwrol neu ddyngarol. Bu'n rhaid i ni stopio wrth sawl rheolfa a chwysu dan drem dynion ifainc a'u bysedd am glicied eu Kalashnikovs, ond roedd fy mhasbort Almaenig ffug a'r dogfennau eraill i'w gweld yn gweithio i'r dim. Yn sicr, pa bynnag bapurau oedd gan Michela, roedd pawb fel petaen nhw'n fwy na pharod i'w gadael hi drwodd.

Ar y cychwyn buon ni'n teithio heb fawr o sgwrs, yn swil braidd ar ôl stranciau'r noson cynt.

Ar ôl iddi hi ei heglu hi o'r stafell fwyta, chwiliais ym mhob twll a chornel, gan alw ei henw yng nghysgodion yr ardd ac ar hyd coridorau tywyll yr adeilad. Erbyn hynny, doedd dim sôn am y staff niferus a fu'n tyrru fel morgrug dros y lle yn ystod y dydd ac roedd y rhai oedd wedi bod yn gweini wrth y bwrdd swper bellach wedi ymdoddi'n gyfan gwbl i'r tywyllwch.

Dechreuais deimlo ychydig yn nerfus. Sawl pâr o lygaid oedd yn fy ngwylio wrth i mi chwilota yn y gwyll, tybed?

Yn y pen draw, mi ges i hyd i Michela ar sêt fach dan olewydden hynafol heb fod ymhell o'r brif fynedfa, yn smocio'n dawel, mor llonydd ag yr oedd hi'r tro cyntaf i ni gwrdd y bore hwnnw. Wnaeth hi ddim cynhyrfu dim wrth i mi eistedd wrth ei hochr yn ddiwahoddiad a 'ngwynt yn fy nwrn.

Gorffennodd Michela ei sigarét a sathru ar y bonyn. Yna trodd ei phen ychydig i edrych arna i. Mi ddaliais i rythu'n syth o 'mlaen heb syniad beth i'w wneud nac i'w ddweud.

'Gad i mi ddeud ambell beth wrthat ti, Keith. Jest i ti gael rhyw syniad o sut mae hi yma ar hyn o bryd. Falla gweli di wedyn pam nad ydw i'n un sy'n chwarae unrhyw gemau.'

Swniai'n llai pig nag oedd hi gynnau bach, ac roedd y cwrteisi ffurfiol blaenorol wedi'i ddisodli gan ryw oslef agos-atoch, gysglyd bron.

'Gwreiddiau cymysg sy gen i, ti'n gweld. Mewn gwlad sy'n gymaint o frithwaith o wahanol bobloedd ag Iwgoslafia, falla mai dyna be fasa rhywun yn ei ddisgwyl, ond dim ar chwarae bach mae'r hen raniadau'n cael eu hanwybyddu ffor hyn.'

Bu saib wrth iddi danio sigarét arall.

'Croat ydi Mam ac mae hi'n Gatholig; Mwslim ydi fy nhad. Uniad llawn problemau falla, ond... hei!' Taflodd ei dwylo i'r awyr. 'Roedden ni'n byw yn Sarajevo – dinas oddefgar a modern lle'r oedd yna fwy o briodasau cymysg nag yn unman arall yn y wlad drwyddi draw. Doedd ein cymdogion ni ddim fel 'sen nhw'n malio botwm corn am dras neb. Ni oedd y bobl fyddai'n ateb cwestiynau'r cyfrifiad melltith am grefydd a thras ethnig drwy roi pethau fel "Hottentot" a "Bwja-bwja" ar y ffurflen i dynnu blewyn.'

Chwarddodd ac ochneidio.

'Mi briodais innau heb fawr o stŵr. Mae'r plant wedi'u magu'n Fwslimiaid.'

Oedodd. Daliai i edrych arna i yn y tywyllwch. Yn raddol, troais fy mhen. Roedd y lleuad dan gwmwl a fedrwn i 'mond gweld amlinelliad ei phen ond gallwn synhwyro'r llygaid gwyrdd 'na wedi'u hoelio ar fy wyneb.

Llyncais yn anghyfforddus. Doeddwn i erioed wedi bod mewn sefyllfa cweit fel hon o'r blaen. Gan amlaf, byddwn i'n trafod â dynion mewn siwtiau, neu â chadfridogion llawn rhesymeg oer, mewn gwestai a *villas* crand yn Lausanne, Monaco, Jakarta, Dubai neu Santiago. Ambell waith, byddwn i'n gorfod trafod hefo rhyw griw anystywallt oedd yn cario digon o ynnau i gyflenwi byddin fach yn barod. Fyddai cymhellion neb o dan y chwyddwydr ar adegau felly. Roedd 'na fargen i'w tharo a dyna fo. Fyddai gen i fawr o ots am y cefndir na'r hanes na'r wleidyddiaeth, heblaw ar yr adegau hynny pan fyddai'n effeithio'n uniongyrchol ar selio'r contract a gallu'r cleient i dalu.

Wedi saib, ychwanegodd Michela, 'Roedden ni'n meddwl y gallen ni atal y gwallgofrwydd, ti'n gweld,' â'r un crygni blinedig, breuddwydiol yn ei llais. 'Roedden ni'n credu y gallen ni roi taw ar y cenedlaetholwyr cul a'u holl faneri a chaneuon – dynion fel Karadžić ar ran y Serbiaid ac Izetbegović ar ran y Mwslimiaid a'r lleill i gyd. Doedden ni ddim isio byw mewn rhyw Fosnia oedd wedi'i darnio yn ôl llwythau'r hen fyd. Roedden ni isio bod yn Ewropeaidd. Roedden ni'n galw am heddwch.'

Saib arall. Dechreuodd ci gyfarth yn gynhyrfus yn rhywle a chlywyd llais dyn yn rhoi taw arno.

'Mi wnaethon ni feddiannu'r Senedd, miloedd ohonon ni'n llifo trwy'r strydoedd yn llafarganu ac yn llawn gobaith. A'r peth nesa… crac! crac! – a dyna waed ar y pafin a dynion Karadžić yn saethu aton ni o'r Holiday Inn a'r holl obeithion mawr yn chwilfriw ac yn chwalu fel y dorf o flaen y gynnau.'

Tynnodd Michela'n ddwfn ar ei sigarét a sylwais eto fod ei dwylo'n crynu wrth iddi wneud. Roedd gen i ryw ysfa sydyn i gydio yn y dwylo crynedig 'na a rhoi rhyw sicrwydd iddi – ond daliais i eistedd fel delw. Wrth i'r lleuad fwrw ei goleuni mi wnes i ostwng fy llygaid a dim ond rhyw daflu cipolwg arni bob hyn a hyn. Daliai ei llygaid hithau arna i'n ddiwyro.

'Llwyddodd Karadžić i ddianc ar ôl y saethu, ond megis dechrau'r miri oedd y chwe bywyd a gollwyd o flaen yr Holiday Inn y diwrnod hwnnw. Cyn pen dim roedd Sarajevo dan warchae a'r Serbiaid yn saethu mortars ac yn ei sielio rownd y rîl, heb boeni dim pwy fyddai'n diodde. Ac mae'r gwarchae'n parhau…'

Roedd ei llais wedi caledu eto wrth iddi ychwanegu, 'Maen nhw'n lladd pobl jest am fod yn Fwslimiaid. Yn bwriadol dargedu'r diniwed. Sneipars yn saethu plantos bach wrth iddyn nhw chwarae, yn saethu hen ddynion sy'n mynd i nôl dŵr, yn saethu gwragedd sy'n ceisio prynu torth o fara yn y farchnad… Tydi rhywun 'mond yn cael byw neu farw yn ôl mympwy'r dyn â'r dryll, p'un ai ydi o'n cysgu ai peidio ar y pryd.'

O'r diwedd, trodd ei phen a ches i lonydd gan y llygaid 'na.

'Fedri di ddychmygu rhywbeth fel'na'n digwydd lle'r wyt ti'n byw, Keith?'

Meddyliais am yr helyntion yng Ngogledd Iwerddon, am deulu Sharon – teyrngarwyr digyfaddawd – ac am ddechrau fy ngyrfa…

'Y gwir amdani, Keith, ydi bod angen arfau arnon ni i oroesi. Rydyn ni'n ymladd am ein bywydau yn llythrennol, nid am ryw fwg tatws o freuddwyd wleidyddol. Mae angen arfau arnon ni fel mae eraill angen bwyd a dŵr a tho uwch eu pennau ar ôl corwynt neu ddaeargryn.'

Mi wyddwn i'r ffeithiau'n barod ond roedd eu clywed fel hyn yn wahanol.

'A beth ydi ymateb y Gorllewin gwâr i hyn i gyd, a'u hymateb i'r lleisiau sy'n ymbil arnyn nhw?'

Cyn i mi fentro ymateb, roedd hi wedi ailddechrau.

'Ein gwahardd rhag cael arfau. O, dw i'n gwbod mai gwaharddiad ar Iwgoslafia gyfan ydi o, ond ni, ym Mosnia, sy'n diodde waetha. Mae digon o arfau gan y Serbiaid beth bynnag, maen nhw wedi bod yn eu storio nhw ers blynyddoedd; mae Croatia'n gallu smyglo faint fynnon nhw o arfau i mewn ar hyd yr arfordir yma, ond ym Mosnia rydyn ni yng nghanol y mynyddoedd. Mae ein ffatrïoedd arfau yn nwylo'r Serbiaid. Ac oherwydd nad ydyn ni'n cael prynu arfau'n agored, rydyn ni'n gorfod dod ar ofyn pobl fel ti. Masnachwyr marwolaeth, yntê?'

Roedd y label yma'n hen gyfarwydd, a doedd o'n mennu dim arna i bellach, hyd yn oed gan fy merch fy hun. Ond dyma'r tro cyntaf i mi gael fy herio fel hyn gan gleient.

'Dydi o ddim yn brofiad dymunol, Keith. Dydi o ddim yn brofiad dymunol i bobl sy'n credu mewn heddwch orfod codi arfau a thrafod prynu arfau. Mi ges i fy hyfforddi i fod yn dwrna. Ro'n i'n arbenigo ar hawliau dynol – a dyma fi'n gorfod chwarae rhyw gêm beryg a budur liw nos a mentro fy mywyd yn lle chwarae gyda fy mhlant. Os na wna i hynny, bydd fy nheulu, fy nghymdogion a'm ffrindiau'n cael eu difa... nid jest eu caethiwo a gorfod byw o dan ryw drefn filain, ond cael eu difa fel y ceisiodd Hitler ddifa'r Iddewon. Dydyn ni ddim yn ffitio eu cynlluniau nhw. Dydi cael pobl o dras Dwrcaidd ac Asiaidd ddim yn gydnaws â'r freuddwyd Serbiaidd.'

Wedyn tawodd a pharodd y tawelwch am yn hir. Yna clywais fy llais fy hun yn siarad.

'Mi…' dechreuais i, ond roedd fy llwnc wedi crimpio. Llyncais sawl gwaith. 'Mi ddo i hefo ti i Fosnia.'

Ei thro hi oedd hi i rythu yn ei blaen a pheidio â dangos dim emosiwn.

'Diolch yn fawr, Keith,' meddai o'r diwedd, gan godi ar ei thraed.

Ro'n i am ofyn iddi aros.

'Bydd yn rhaid i ni adael yn fore iawn,' meddai, fel tasa hi'n darllen fy meddwl. 'Am chwech, felly waeth i ni noswylio'n weddol fuan. Nos da.'

Ac i ffwrdd â hi gan fy ngadael ar fy mhen fy hun yng ngolau'r lleuad yn gwrando ar gôr y llyffantod a'r pryfaid, ond heb fod yn sicr o ddim byd.

10

Faint o'r gloch oedd hi erbyn hyn?

Ro'n i wedi gobeithio cael tamaid o fwyd cyn lansio allan ar gam olaf fy nhaith i fro fy mebyd, ond roedd ymhél â'r holl atgofion wedi mynd yn drech na'r amserlen. Roedd y llanw wedi troi ac yn dechrau sleifio'n ôl dros y traeth, a finnau wedi eistedd yn hirach o lawer na'r bwriad ar y sêt gyferbyn â gorsaf y bad achub.

Edrychais ar fy watsh. Yn sicr, roedd gen i flys peint a rhywbeth i'w fwyta.

Gydag atgofion am Michela'n troelli yn fy mhen o hyd, dyma fi'n anelu at y maes bach gwyrdd yng nghanol y dre.

Doedd dim sôn am y tacsi eto. Siawns am hanner bach sydyn falla? Draw â fi at y Prince of Wales, lle'r oeddwn i wedi trefnu cyfarfod â'r cab, ond jest wrth i mi gyrraedd y trothwy sylwais ar Peugeot lliw arian hefo arwydd 'Tacsi' yn amlwg ar y to wedi'i barcio ychydig ymhellach i lawr y lôn o'r dafarn.

A dweud y gwir, ro'n i wedi'i glywed o cyn ei weld o. Drwy gil y ffenest agored ar ochr y gyrrwr dylifai roc trwm byddarol. Does wybod sut roedd y gyrrwr yn gallu meddwl heb sôn am yrru yn y ffasiwn storm o fetel.

Es draw ato fo a chnocio ar ffenest ochr y teithiwr. Dim ymateb. Curais eto – yn galetach o dipyn hefo'r ffon y tro 'ma. Neidiodd y dyn yn sêt y gyrrwr ac wrth iddo 'ngweld i dyma'r roc trwm yn cael ei ddiffodd yn syth a'r ffenest yn llithro'n llydan agored.

Wrth y llyw eisteddai dyn cymharol ifanc mewn dillad denim tyllog a thomen o wallt cyrliog cringoch yn hongian at ei war. Yn cuddio popeth o'i ffroen hyd at ganol ei frest roedd yna das flêr o farf ychydig yn oleuach ei lliw na'r mwng ar ei ben.

'Sori, *chief*,' meddai'n hamddenol braf mewn llais annisgwyl o addfwyn. 'Chi 'di Keith Jôs, ma raid?'

'Ia.'

Agorais y drws gan geisio camu i'r cerbyd – gweithred oedd bob amser yn achosi tipyn o strach a phoen i mi.

Gwelodd y gyrrwr fy mod i'n cael trafferth.

''Snam brys,' meddai. 'Cymwch eich amsar. 'Dach chi isio i mi helpu?'

'Na.'

Cymerodd dipyn o amser a straffîg cyn 'mod i a'r ffon yn sownd yn y sêt ac yn barod i deithio.

''Na fo,' meddai'r gyrrwr fel rhyw hen ewythr clên. 'Cofiwch am y belt.'

Caeais y gwregys.

Edrychodd arna i'n ddisgwylgar fel ci defaid. Mi welais nad oedd o mor ifanc ag ro'n i wedi tybio ar y dechrau. Roedd rhychau dyfnion o gwmpas ei lygaid brown meddal.

'Bryngwyn,' meddwn i gan ynganu enw fy mhentre genedigol yn uchel am y tro cyntaf ers blynyddoedd maith. Teimlais ryw blwc bach rhwng cyffro a phryder yn fy mol.

Doedd bron neb ar y ffordd wrth i ni dynnu o'r Maes i'r stryd fawr. Roedd injan y car yn dawel iawn ac roedd popeth yn glyd braf. Ar ôl bod allan yn yr awyr agored drwy'r bore, mi allswn i fod wedi cysgu yn y fan a'r lle.

'Un o ffor 'ma 'dach chi?' gofynnodd y gyrrwr.

'Ia. Erstalwm iawn.'

'Ymweliad â'r hen gynefin?'

'Rhwbath fel'na.'

Bu distawrwydd am sbel a theimlwn ychydig yn annifyr. Ro'n i'n licio'r boi ac yn teimlo y gallwn i ymlacio yn ei gwmni, ond doeddwn i ddim wedi arfer cynnal rhyw fân siarad ers cymaint o amser. Penderfynais y dylwn wneud rhywfaint o ymdrech hefo fo. Wedi'r cwbl, roedden ni'n mynd i fod yng nghwmni ein gilydd am weddill y prynhawn o leiaf.

'Sut mae'r busnes tacsis y dyddia 'ma?'

Hen ystrydeb, ond rhaid cychwyn yn rhywle.

'Slo,' atebodd gan chwerthin.

'Sgynnoch chi waith arall – neu jest y tacsis?'

'Na, hwn sy'n 'y nghadw i… a'r pensiwn.'

Edrychais draw ato fo'n syn. Doedd bosib ei fod o'n ddigon hen i fod ar ei bensiwn? Hyd yn oed hefo'r holl rychau 'na am ei lygaid, doedd o ddim lot hŷn na thri deg pump – os hynny. Edrychais ar ei ddwylo i weld oedden nhw'n dangos olion heneiddio a sylwais ar datŵ eithaf ffres ar gefn ei law chwith – tatŵ o fathodyn Catrawd y Parasiwtwyr. Sylwodd o ar yr hyn roeddwn i'n sbio arno a chodi ei law oddi ar y llyw, gan ei chwifio yn ôl ac ymlaen mewn ffordd smala.

'Ro'n i hefo'r Paras am bymtheng mlynedd – tan bedair blynedd yn ôl.'

'Amsar da?'

'Wel, oedd mewn ffordd. Ro'n i'n dipyn o *smack'ead* cyn hynny, a deud y gwir. Mi wna'th mêt i fi *OD*o a marw. *Wake-up call* go iawn, a rywsut mi lwyddais i i roi'r gora iddi a mynd i'r armi er mwyn cadw'n lân. Do, mewn rhai ffyrdd mi wnaeth o uffar o les i mi.'

'Ond ymddeol yn gynnar i fod yn yrrwr tacsi?'

Chwarddodd eto, rhyw gilchwerthin heintus, a phlygu i lawr a chodi defnydd godre coes ei drowsus wrth ei ffêr i ddatgelu darn o fetel sgleiniog yn codi'n dalog o'i esgid.

'Argol!'

'Dw i ddim yn dangos honna i'r pyntars i gyd, cofiwch,' meddai gan wenu'n siriol. 'Basa rhai o'r hen lêdis yn cael dipyn o fraw. Ond 'snam isio poeni. Dw i'n hollol saff. Yn saffach rŵan na phan fyddwn i'n 'i choedio hi hyd y lle 'ma ryw ugain mlynadd yn ôl.'

Sbiodd draw i weld fy ymateb.

Rhyfedd o fyd. Dyma fi'n anabl oherwydd bod y llawfeddygon a'r doctoriaid wedi llwyddo i achub fy nghoes tra oedd hwn yn gallu gwneud popeth hefo sleifar o goes fetel newydd sbon yn hytrach na gorfod baglu o gwmpas ar stwcyn diffaith o gig a gwaed.

'Be ddigwyddodd 'lly?'

'Mi wnes i sefyll ar rywbath nasti pan o'n i yn Kosovo – rhyw fath o IED, 'sneb yn gwbod pwy oedd wedi'i gadael hi yno. Cafodd y boi nesa ata i 'i ladd. Lwcus o'n i.'

'Oeddach,' meddwn i ac aeth hi'n dawel eto.

Tua chwarter awr yr ochr draw i Port dyma ni'n dynesu at y

pentre lle bues i'n byw hefo Mam a 'Nhad nes 'mod i'n rhyw ddeuddeg oed.

Mi gyrhaeddon ni'n sydyn yn y diwedd, a do'n i ddim yn siŵr beth yn union o'n i am ei wneud tra oeddwn i yma. Do'n i ddim wedi meddwl pethau i'r pen.

'Fedrwch chi stopio o flaen yr ysgol, plis?' gofynnais mewn panig braidd o weld popeth yn dechrau gwibio heibio.

'Dim problem.'

Tynnodd y car oddi ar y lôn o flaen yr ysgol fach Fictoraidd ar gyrion y pentre. Roedd hi wedi hen gau a rhyw olwg ddigon anghofiedig ar y lle.

'Yn reit debyg i'r un lle bues i,' meddai'r gyrrwr ar ôl diffodd yr injan. 'O'n i'n licio bod yno, a deud y gwir.'

'Do'n i ddim,' meddwn i. ''Nhad oedd y sgwlyn.'

'Aaa, wela i – ac yn fwy o ddiawl hefo chi na neb arall, mwn?'

Nodiais fy mhen. Roedd o'n llygad ei le. Mi fuo 'Nhad yn frwnt iawn wrtha i mewn sawl ffordd yn yr ysgol – ac adre weithiau. Dyn parchus, poblogaidd, ond yn rial angel pen ffordd, diawl pen pentan.

Ro'n i'n synnu pa mor fyw yr oedd yr atgofion am yr ysgol yn dechrau dod yn ôl – yr ogla, yr ofn, brathiad y gansan, pob llygad arna i…

''Dach chi isio mynd allan?'

'Na, ddim fan hyn… Dw i ddim yn siŵr be dw i isio 'neud, a deud y gwir wrtha chdi.'

Daliwn i sbio i fyny ar yr hen gragen â'i ffenestri tyllog. Falla fod y lêdi *therapist* yn iawn ac mai Bryngwyn oedd tarddiad fy holl angst, nid erchyllterau Bosnia.

Roedd syched mawr arna i a finnau heb gael dim i'w yfed ers brecwast.

''Sgen ti'm llymad o ddŵr yn y cab?' gofynnais.

'Lemonêd?' gofynnodd y gyrrwr gan estyn potel blastig o'r boced yn ei ddrws.

Llowciais yr hylif gorfelys yn ddiolchgar a phasio'r botel yn ôl. Cymerodd y gyrrwr yntau swig helaeth. Dim ymdrech i sychu ceg y botel na dim byd. Chwarae teg iddo fo. Os mêts, meddyliais.

Dechreuais deimlo braidd yn hunanymwybodol, ond doedd dyn y tacsi ddim i'w weld ar frys i symud ymlaen. Eisteddai'n ôl gan sbio trwy'r ffenest yn ddigon diddig.

'Be 'di dy enw di, gyda llaw?' gofynnais.

'Cemlyn,' meddai gan estyn ei law dde. Cydiais ynddi. Roedd y croen yn arw iawn, fel papur swnd, a sylwais fod yna ddau fys ar goll.

Fan'no fuon ni wedyn am dipyn o amser, a finnau'n tyrchu'n ddwfn i'r cof. Roedd yr atgofion cryfaf a mwyaf annifyr wedi cilio o 'ngafael i ar ôl y don nerthol gyntaf a dim ond rhyw allanolion dibwys y gallwn i eu dwyn i gof erbyn hyn.

'O 'ma, plis,' dywedais o'r diwedd dan ochneidio.

Aildaniodd Cemlyn yr injan.

'Lle nesa?' meddai.

'Cym y troad cynta ar y chwith ar ôl y bont.'

Roedd prif stryd y pentre'n wacach nag y gwelais hi erioed yn ystod yr wythnos. Chwiliais am y post a'r cigydd, y siop baent a siop y crydd, ond doedd dim sôn amdanynt ac roedd hyd yn oed union leoliadau y gwahanol siopau a arferai fritho'r stryd yn anodd eu cofio a'u nabod.

Ger y bont safai dwy ddynes wargrwm tua'r saith deg oed 'ma yn sgwrsio benben â'i gilydd. Craffais arnynt wrth fynd heibio a dyma nhw'n sbio'n ôl arna i'n amheus braidd. Os mai pobl leol oedden nhw, mi fasen nhw tua deg ar hugain y tro diwethaf i mi eu gweld nhw – yr un oed â Mam a 'Nhad ar y pryd. Hwyrach mai un ohonynt oedd y 'ddynes ddiarth' fondigrybwyll a ddaethai i ddifetha'r sioe.

Ar ôl croesi'r bont gul dyma ni'n troi i'r chwith gan ddringo'n syth i fyny rhiw serth efo waliau cerrig sychion yn tyrru'n uchel o bobtu i'r lôn. Aethon ni dros grid gwartheg a diflannodd y waliau wrth i ni gyrraedd y ffridd agored. Yma ac acw safai coed drain yn crymu fel y gwragedd wrth y bont, yn dyst i gryfder y gwyntoedd a sgubai dros lethrau'r mynydd yn y gaeaf. Dal i bori roedd y defaid mân.

Hon oedd y lôn a arweiniai at fy nghartre gynt. Lle braf ar un wedd, gyda'i olygfeydd eang dros fôr a mynydd, ond i mi roedd o'n lle trist yn llawn atgofion chwerw.

Daeth y tŷ i'r golwg yn ddisymwth. Safai mewn pant cysgodol ychydig o'r neilltu i'r lôn ond erbyn hyn edrychai'n llai o lawer nag roeddwn i'n ei gofio. Cafodd ei godi'n dŷ fferm yn wreiddiol, ymhell cyn i ni fod yno, ac erbyn hyn roedd rhes o gonwydd pwrpasol wedi tyfu'n dal o'i flaen gan guddio'r ffenestri ar y llawr gwaelod.

Bu bron i mi anghofio dweud wrth Cemlyn am stopio.

'Fa'ma oeddach chdi'n byw? Tŷ clyfar. Bach ymhell o bob man, 'ddyliwn i. Mi werthai am grocbris y dyddia 'ma, cofia.'

Gwelais fod lwmp o Audi glas tywyll wedi'i barcio o flaen y tŷ, felly doedd dim modd i ni fynd yn agosach i fusnesa. Troais fy mhen a sbio'n ôl i lawr yr allt. Roedd Cemlyn wedi clocio'r Audi hefyd, a'r cwch modur dan darpawlin gerllaw.

'Saeson sy'n byw 'ma, beryg.'

Ddywedais i ddim byd. Roedd y plwc o bryder a deimlais gynnau wedi troi'n rhywbeth mwy a gallwn synhwyro rhyw wacter yn ymagor y tu mewn i mi.

'Tan pryd fuest ti'n byw 'ma 'ta?'

'Tan 'mod i'n rhyw ddeuddag oed, rhwbath fel'na,'

meddwn i gan ddal i sbio i lawr yr hen allt. 'Aeth Mam yn sâl,' ychwanegais.

I fyny'r allt 'na, meddyliais, y deuai hi, y ddynes ddiarth ddiawledig, gan sleifio acw pan fyddai Mam yn gweithio drwy'r nos yn yr ysbyty. Welais i erioed mohoni, dim ond nabod sŵn ei thraed.

Ar y nosweithiau hynny, byddai 'Nhad yn ceisio fy hel i'r gwely'n fuan, a byddai'n gleniach nag arfer wrtha i, yn dweud jôcs a chymryd diddordeb mawr yn y modelau o awyrennau rhyfel oedd gen i'n hongian o nenfwd y llofft a'r tanciau a'r cerbydau arfog a stelciai ar hyd pob silff, gan ganmol sut ro'n i wedi'u paentio a'u gosod at ei gilydd mor dwt ac mor lân.

Tipyn o sioe oedd hynny i gyd, fel pob dim arall oedd a wnelo â 'Nhad, ond ro'n i'n licio'r sylw ac yn falch ei fod o'n gweld mor dda oeddwn i am wneud modelau a bod hynny i'w weld yn ei blesio.

Ar ôl cael fy hel i'r ciando ganddo, darllen comics hefo tortsh o dan y blancedi fyddwn i fel arfer, fel pob hogyn 'r oes honno. Yna, tua deg o'r gloch neu ychydig yn hwyrach falla, mi fyddwn i'n clywed clecian sodlau'r ddynes ddiarth ar ei ffordd i fyny'r rhiw o'r pentre. Sŵn y drws ffrynt yn agor. Chwerthin a lleisiau tawel bach. Lleisiau ychydig yn uwch yn y gegin gefn wedyn. Mwy o chwerthin. Ogla sigaréts. Ogla sent hefyd, yn dal yno'r bore wedyn.

Yn y pen draw, byddwn i'n diffodd y tortsh ac yn syrthio i gysgu, dim ond i gael fy neffro ambell dro ym mherfeddion y nos gan ryw sŵn na wyddwn i beth oedd o, cathod yn cwffio hwyrach, neu gri llwynoges ar y mynydd.

Ychydig ar ôl hynny, os byddwn i'n dal yn effro, byddwn yn clywed sŵn traed ar y landin, y closet yn fflyshio ac yna'r drws ffrynt yn cau eto a chlec-clecian y sodlau'n mynd i lawr yr allt tua'r pentre.

Do'n i'n dallt dim ond, eto, ro'n i am ddweud rhywbeth wrth fy mam. Yn synhwyro falla nad oedd popeth fel y dylen nhw fod. Ond wnes i ddim dweud gair – a da o beth hwyrach, achos toc wedyn dechreuodd Mam fynd yn sâl.

'Oedd dy fam yn sâl iawn 'lly?' gofynnodd Cemlyn yn dawel.

'Rhyw gansar o fath, mae'n siŵr. Buo hi farw cyn pen dim a deud y gwir.'

Roedd Cemlyn wedi gostwng ei ben ychydig, ac er gwaetha'r cyrten cringoch gallwn weld bod 'na olwg ddwys ar ei wyneb

'A chdi? Dy fam ditha?'

'O, ia... wel...' Ochneidiodd a chodi'i ben. 'Hen hanas digon pethma, mae arna i ofn. Dim heddiw ella,' meddai gan droi i ffwrdd a sbio drwy ffenest y gyrrwr.

Daeth yr haul o'r tu ôl i'r cymylau lle bu'n swatio ers i ni adael Cricieth.

'Ew! 'Na welliant. Chwalu tipyn o'r felan,' meddai Cemlyn gan gydio eto yn y llyw, yn awyddus i ni symud.

'Yli, oes ots gen ti fynd yr holl ffordd i flaen y cwm – at un o'r tyddynnod ar y topia? Mi dala i ecstra i chdi am y draffarth. Ac os bydd y lôn yn rhy wael, mi gawn ni droi'n ôl yn syth. Dim isio i chdi wneud niwed i'r car.'

'Duw mawr, pam lai?' meddai Cemlyn. 'Awê 'ta.'

Ac i ffwrdd â ni yn yr heulwen welw tuag at y mynydd-dir ym mhen ucha'r cwm, y lôn fetlin yn troi'n fwyfwy mwsoglyd gan fynd drwy sawl giât a thros sawl grid gwartheg. Cemlyn a âi allan i agor y giatiau.

'Paid ti â styrbio, *chief*. Dydi hi ddim yn broblam i mi.'

Synnais mor ddi-herc a chwim y cerddai ar ei goes fetel.

'Be da oeddach chdi'n byw fyny fa'ma?' gofynnodd i mi wrth i'r Peugeot ddechrau dowcio a sboncian wrth dramwyo ambell dwll yn y lôn ddidarmac erbyn hyn. Doedd hi ddim wedi gwella dim dros y blynyddoedd.

'Chwaer 'Nhad, Anti Nel, oedd yn byw ar dyddyn yma – Cefn Foel. Mi wnaethon nhw benderfynu 'ngyrru fi ati hi tra oedd fy mam yn sâl. Roedd 'Nhad wedi dechrau hitio'r botal.'

'Sut un oedd hi, yr hen Neli, 'ta? Tipyn o wariar, mae'n rhaid, yn cadw i fyw i fyny ffor 'ma.'

'Dwn i'm am wariar. Dynas ddibriod oedd hi. Mi fu'n rhaid iddi ofalu am ei mam ac yna am ei thad am flynyddoedd maith, heb gael fawr o gyfle i fachu mewn gŵr. Doedd dim rhithyn o sbri ar ei chyfyl hi, druan. Roedd bywyd wedi crimpio'i hysbryd a'i gadael hi'n glincar o galed.'

'Goelia i,' meddai Cemlyn wrth lywio'r cab fesul modfedd dros hen grawen o bont ddiganllaw.

Crefydd a ffydd Anti Nel oedd alffa ac omega ei bywyd, yn cynnig gobaith ac ystyr ar ôl yr holl flynyddoedd yn crafu byw ar y llethrau llwm. Edwino oedd hanes y moddion agosaf fan hyn, rhyw getyn o gapel bychan tua milltir o'i thyddyn, ond fe gerddai draw, a finnau yn ei sgil – dan orfodaeth lem a phrotest fud – bob Sul i ymuno â'r llond dyrnaid a gadwai ddrysau'r lle'n agored.

Bu farw fy mam toc cyn fy mhen blwydd yn ddeuddeg oed. Ar y pryd, yn ogystal â'm holl hiraeth amdani hi, mi wnes i ddigalonni'n llwyr wrth sylweddoli mai hefo Anti Nel y baswn i'n byw am byth o bosib. Dw i'n meddwl hefyd mai dyna'r adeg y dechreuais i golli'r gallu i deimlo pethau fel y dylwn i. Roedd hi fel taswn i wedi magu rhyw groen ychwanegol ac yn edrych ar y byd o bell rywsut.

Torrodd llais Cemlyn ar draws fy meddyliau.

'Jest chdi ac Anti Nel, ia? I fyny fa'ma. Asu, 'swn i wedi mynd yn honco.'

Roedden ni o fewn golwg i'r tyddyn erbyn hyn, ond doedd cyflwr y lôn ddim yn caniatáu i ni fynd ymhellach. Go brin bod neb yn byw yno erbyn hyn – doedd y lle ddim yn ddigon mawr i gynnal teulu y dyddiau yma. Roedd hi'n amlwg bod rhywun yn tendio'r lle, ond dim ond fel rhyw fath o stordy a bugeildy amser wyna.

'Jest hi a fi – a Meurig.'

'A phwy oedd Meurig?'

'Rhyw foi o Fryngwyn oedd yn rhoi help llaw i Anti Nel. Hebddo fo, mi faswn innau wedi mynd yn honco yn bendant… rhedag i ffwrdd i'r môr… neu wneud am Anti Nel hefo bwyall.'

Chwarddodd Cemlyn gan dynnu pecyn o ffags o'i boced a chynnig un i mi, er gwaetha'r arwydd 'Dim Ysmygu' ar y dashbord. Mi gymerais un a phlygodd Cemlyn draw i'w thanio i mi. Sugnais yn galed arni a mwynhau'r *hit*.

Dw i'n cofio dweud wrth Meurig ryw fis ar ôl i fy mam farw, ac yntau'n naddu ffon yn y beudy bach,

'Mae'n teimlo'n rhyfedd, wchi.'

'Wn i, boi, wn i,' meddai hwnnw, a'i dwca'n plicio'r gollen feddal yn gawod o siafins.

'Ydi eich mam chi'n fyw, Meurig?' gofynnais.

Chwerthin ddaru Meurig.

'Arswyd y byd, nac ydi. Basa hi 'mhell dros ei chant tasa hi.'

I mi, roedd Meurig yn edrych yn iau nag Anti Nel ond roedd o'n tynnu'i bensiwn ers tipyn.

Do, mi dreuliais i lot o amser hefo Meurig. Fo oedd yn mynd â fi yn y Land Rover i lawr at y lôn bost bob dydd i ddal y bws i'r ysgol. Dwy filltir o gael fy hyrddio bob siâp wrth i ni drybowndio dros y tyllau, a Meurig yn rhegi'n chwyrn ac yn diawlio'r rheidrwydd i mi fynd i'r ysgol bob cam o'r ffordd.

'Mi ges i dipyn o hwyl hefo Meurig,' meddwn i wrth Cemlyn.

Nodiodd yntau ei ben.

Teimlai'r haul yn gynnes drwy'r ffenest flaen a deuai brefu'r defaid a chrawc y gigfran â'u hatgofion eu hunain. Gallwn glywed ogla'r lle unwaith eto hefyd wedi i Cemlyn agor y ffenest er mwyn i'r mwg ddianc – ogla tail a madredd o bob math.

'Fo ro'th y sigarét gynta i mi,' meddwn i, gan fflician llwch i gwpan bolystyren roedd Cemlyn wedi'i sodro rhyngddon ni.

Rhyw laschwerthin wnaeth Cemlyn a chwythu cwmwl o fwg drwy'r ffenest agored.

'Nain ddysgodd fi, chwarae teg iddi.'

Roedd Meurig yn gwybod yn iawn na allai Nel ymdopi hebddo ac felly roedd o'n cael tipyn o leisans ganddi, a hynny'n golygu nad oedd hi'n cwestiynu be oedd o'n 'i wneud hefo fi. Cyn belled ag mai yn ei gwmni o roeddwn i, mi gawn i rwydd hynt i rodio.

Saethu brain a chwningod, potsio brithyll, hel wyau adar, blasu gwin a chwrw cartra – pob math o sbri a mân bechodau, ac er na faswn i'n galw fy hun yn un o feibion y tir nac yn hogyn cefn gwlad hyd yn oed, erbyn hyn dw i'n ddiolchgar iddo am y pethau a ddangosodd o i mi. O edrych yn ôl, ro'n i'n hoffi ei optimistiaeth stoicaidd a'i symlrwydd di-lol, oedd yn wrthgyferbyniad llwyr i holl ddarogan gwae a negatifrwydd yr hen Nel yng nghyffion ei chrefydd a'i meudwyaeth.

Saethu hefo Meurig oedd fy nghyflwyniad cyntaf i ynnau – yr hyn a fyddai'n sail i bopeth a feddwn am gyfnod, a'r hyn a fyddai'n arwain at fy nghwymp yn y pen draw.

'Argol! Mae gen ti ddawn fan'na, was. Dylet ti joinio'r armi,' fyddai sylw'r hen Meurig bob tro y byddwn i'n llorio brân ar aden neu lwynog dros ehangder y ffridd.

'Ond wnest ti ddim joinio 'ta?' gofynnodd Cemlyn yn ystod hoe yn yr ymson.

'Wel, mi wnes i ymuno â'r cadéts a mynd yn aelod o'u tîm saethu. Ond na, wnes i ddim joinio.'

Ro'n i wrth fy modd â gynnau ac arfau a geriach militaraidd o bob math, fel y rhan fwyaf o hogiau am wn i, ond doedd y martsio a'r saliwtio a bod yn ufudd ddim yn apelio. Rhy debyg i be ro'n i wedi'i gael ar yr aelwyd hefo 'Nhad ac wedyn hefo Anti Nel, beryg. P'run bynnag, doeddwn i ddim yn ddigon sentimental i fod yn sowldiwr.

'Mi oedd Meurig yn dipyn o dad i mi,' meddwn gan ddiffodd y sigarét yn y gwpan bolystyren.

'Mae'n siŵr bod rheina'n betha handi,' meddai Cemlyn gan fflicio bonyn ei ffag yntau drwy'r ffenest, a bu distawrwydd am yn hir.

'Tadau dw i'n feddwl,' meddai wedyn.

Distawrwydd eto. Dim ond brefu'r defaid a sŵn y gwynt...

Ar ôl marwolaeth Mam, wrth i'r blynyddoedd fynd heibio, welwn i fawr o 'Nhad. Roedd o'n prysur fynd yn ddyn hollol ddiarth i mi.

Roedd yntau wedi troi at y ddiod am gysur. Does wybod beth yn union oedd ei deimladau ar y pryd. Hollol *screwed up*, 'ddyliwn i. Fuodd o ddim yn arbennig o gefnogol i Mam yn ystod ei salwch. Dw i'n meddwl bod yna edifeirwch yn llechu'n rhywle ond ei fod o'n methu â'i fynegi. Yn sicr, doedd o ddim am rannu dim byd fel'na hefo'i unig fab.

Yn y diwedd, cafwyd hyd iddo wedi boddi yn yr afon ger yr ysgol – wedi meddwi a baglu, mae'n debyg. Fyddwn i byth yn gwybod y gwir am hynny chwaith.

'Tisio chwanag o lemonêd?' gofynnodd Cemlyn gan dorri ar y distawrwydd.

‘Mi gymera i lwnc arall, diolch.’

Ac yna fe rannon ni weddill cynnwys y botel blastig rhyngddon ni nes ei bod yn wag.

‘’Nest ti ddianc yn y diwedd?’ gofynnodd Cemlyn wrth gadw’r botel ym mhoced y drws.

‘Do. Rhyw un ar bymtheg o’n i pan fu farw ’Nhad a rhwng popeth ro’n i’n torri fy mol isio dianc.’

‘Ei heglu hi am y ddinas fawr?’

‘Wel, naci. Mi ges i ’nhemtio ond rywsut mi fues i’n ddigon call i benderfynu mai aros yn yr ysgol oedd orau, sticio iddi am ddwy flynedd fach arall. Mi oedd gwaith ysgol yn dod yn hawdd i mi. Yn dipyn o ddihangfa ar brydiau. Roedd Nel druan yn methu credu. Mi wnes i sbowtian rhyw lol am addysg fel yr agoriad i lwyddiant ac mai dyna fasa ’Nhad isio i mi ’neud bla-bla-bla. Mi ges i fwy o lonydd ganddi ar ôl hynny.’

‘Tisio mynd allan?’ gofynnodd Cemlyn yn sydyn. ‘Rhaid i mi gael pisiad.’

‘Na, dos di. Gormod o strach i mi. Rhyw goes feionig fel sy gen ti sy angen arna i.’

Chwarddodd Cemlyn a chamu o’r car. Gadawodd y drws yn agored led y pen a daeth gwynt main i mewn, ac atgof amserol o unigedd ac oerni Cefn Foel yng nghanol y gaeaf erstalwm hefo fo.

Doedd ryfedd mai cyffro a gorfoledd a deimlwn i’r bore hwnnw yn ôl yn 1967 ar blatfform gorsaf Bangor a finnau ar fy ffordd i’r brifysgol yn Lloegr.

Druan â Meurig. Fo oedd wedi dod â fi i’r orsaf ac wedi fy helpu i gario’r bagiau niferus i fyny’r grisiau i’r platfform. Ar ôl gorffen y dasg yma, prowliai ’nôl ac ymlaen hyd y lle gan atalnodi ei rawd bob hyn a hyn â rhyw ‘Ia wir’ bach digalon.

O edrych yn ôl, rhaid bod yr hen foi dan deimlad. Roedd o wedi ymwneud tipyn â fi dros y blynyddoedd a fyntau heb fab ei hun na fawr neb arall o ran hynny. Ond roeddwn i mor uffernol o hyderus, yn arbennig ar ôl cael ysgoloriaeth i Gaergrawnt dan fy nghesail, nes i mi ddiystyru ei deimladau'n llwyr. Wedi'r cwbl, dyma oedd dechrau'r dyfodol. Rhan o'r gorffennol bellach oedd Anti Nel, Meurig, Mam a 'Nhad a gogledd Cymru yn gyffredinol – rhyw bethau i'w taflu i'r sgip fel petai.

'Mi arhosa i i roi help llaw i chdi hefo'r bagia pan ddaw'r trên,' meddai Meurig ar ôl gorffen rhodio hyd y platfform am y pumed tro.

''Sdim isio, wchi, mae digon o borthorion o gwmpas,' dywedais i'n ffwr-bwt. 'Well i chi ei throi hi siŵr o fod. Bydd Anti Nel angen help hefo rhwbath gyda hyn, siawns.'

Chwarddodd Meurig a nodio ei ben yn ostyngedig.

'Wel… hwyl fawr,' meddai gan ymestyn ei law.

'Ia, hwyl… Diolch am helpu hefo'r bagia,' meddwn gan gydio yn y llaw fawr a'i chledr o ledr. Diolch byth imi fod yn ddigon graslon i wneud cymaint â hynny.

Daliodd Meurig i wasgu'n dynn wrth i mi geisio tynnu fy llaw'n rhydd.

'Byddi di'n ôl dros Dolig, beryg?'

A'r cotsyn bach anniolchgar ag oeddwn i, dyma fi'n dweud: 'Gawn ni weld, ia?'

'Ia, cawn weld,' meddai yntau heb ddangos dim.

'Iawn. Ta-ra 'de.'

Ac i ffwrdd ag o i lawr y grisiau at y Land Rover. A dyna'r tro olaf i mi ei weld o, er imi gofio amdano droeon. Yn ddigon rhyfedd, doedd hi erioed wedi fy nharo jest pa mor uffernol o annigonol oedd y ffarwél 'na.

Heddiw, fe'm trawodd fel gordd.

11

Doedd gen i fawr i'w ddweud ar y daith yn ôl o flaen y cwm a finnau wedi ymgolli yn fy meddyliau braidd. Gwnaeth Cemlyn sawl ymgais i godi sgwrs.

'Be oedd dy waith di 'ta?' gofynnodd wrth i ni gyrraedd Bryngwyn a mynd yn ôl dros y bont.

'O, ro'n i yn y diwydiant arfau,' meddwn i'n ddigon anfoddog.

'Duw, ia?'

Roedd o'n amlwg isio clywed mwy.

'Tipyn o wahaniaeth i fyw ar ben y mynydd fa'ma 'lly.'

'Oedd, braidd,' meddwn i. 'Tipyn o newid byd.'

Prin oedd y sgwrs rhyngddon ni wedyn nes cyrraedd mynedfa'r gwesty bach yng Nghricieth. Wrth dalu Cemlyn, teimlwn yn chwithig am fod mor dawedog a cheisiais wneud iawn am hyn drwy roi cildwrn sylweddol ar ben y tâl y cytunwyd arno.

'Asu, wyt ti'n siŵr?' Edrychodd arna i â'i lygaid diffuant.

'Yndw. Mae o wedi bod yn drip gwerth chweil. A fedswn i byth fod wedi'i 'neud o hebddach chdi.'

Wrth geisio codi o'r sêt, ces y broblem arferol.

'Mi ddo i rownd i helpu,' meddai Cemlyn.

Gyda'i gymorth, llwyddais i ddod o'r cerbyd.

'Sut est ti fel hyn?' gofynnodd.

'Stori hir,' meddwn i.

'Rywbryd arall, ia?'

'Ia.'

Aeth yn ôl at ochr y gyrrwr.

'Cemlyn,' meddwn i'n sydyn, 'wyt ti'n rhydd fory?'

'Ar ôl ryw un ar ddeg, yndw.'

'Ella byddi di'n clywed gen i.'

'Tshiampion! Hwyl ŵan!'

Ac i ffwrdd ag o gan ganu'i gorn yn siriol wrth fynd.

Gwyliais y cab nes iddo fynd o'r golwg, cyn troi i wynebu'r gwesty a hercio'r ychydig lathenni i fyny'r llethr darmac at oleuni croesawgar y cyntedd. Er bod rhyw bigyn o chwithdod yn 'y mol ar ôl tramwyo cynifer o lwybrau'r gorffennol, yn enwedig wrth gofio am Meurig, sylweddolais fy mod i'n teimlo'n fwy bodlon fy myd nag roeddwn i wedi'i deimlo ers sbel go hir.

Un da oedd Cemlyn. Roedd cael ei gwmni wedi gwneud lles mawr i mi – a finnau wedi bod yn dipyn o feudwy ers cymaint o amser. Ro'n i wir wedi cymryd ato a siawns na faswn i'n manteisio ar ei wasanaeth eto cyn diwedd y jolihoet 'ma.

Yn sydyn, am unwaith, awydd bwyd oedd yn llenwi fy mryd. Roedd y brecwast roeddwn i wedi'i fwyta y bore hwnnw wedi bod yn gefn gwerth chweil i mi drwy'r dydd, ond erbyn hyn ro'n i jest â hegru. Wrth i'r golau bylu'n gyflym ac i'r noson hel o gwmpas y tai, penderfynais fy mod am fentro i lawr i'r bar yn y gwesty. Roedd angen sgram go iawn arna i cyn taclo'r dasg nesaf – llythyr Emma.

12

Mewn hen gwt lloi ar fuarth ffermdy ar gyrion Caergybi, o fynd ar flaenau ei thraed ar ben y bwced, gallai Nina Puskar weld yr awyr a'r môr drwy gwareli mân y sgwaryn bach budur o ffenest.

Roedd y golau'n brifo ei llygaid, gydag un ohonynt wedi chwyddo'n ddu-las yn sgil y gweir a gafodd gan Eamonn y noson cynt.

Edrychai'r awyr a'r môr yn oer ac yn flin. Oer fyddai hi adre erbyn hyn, meddyliodd. Wedi i'r hydref gyrraedd byddai'r tymheredd yn plymio gyda'r nos, ond rhyw oerni iachus oedd hi yno. Oerni oedd yn puro'r pridd ac yn puro'r enaid rywsut. Yma, roedd popeth yn teimlo'n llaith a'r lleithder hwnnw'n cripian i'r esgyrn a'r ysbryd.

Roedd ei thraed yn blino ar falansio ar ben ei phulpud simsan. A hithau heb fwyta ers oriau, teimlai'n benysgafn ac roedd ergydion y gweir a gafodd yn dal i ganu yn ei chlustiau.

Hanner cwympodd oddi ar y bwced i lechfeini anwastad y llawr. Gwaeddodd mewn poen wrth i wayw cas redeg ar hyd ei hystlys ac ar draws ei mynwes.

Roedd Eamonn, eu ceidwad, wedi bod mewn hwyliau mwy brwnt nag erioed neithiwr. Trosedd Nina oedd mynd at un o'r merched eraill i'w chysuro ar ôl iddi gael slaes hegar ar draws ei gwep am beidio â gwenu'n ddigon del arno fo.

Roedd y Gwyddel wedi colli'i limpin yn lân hefo Nina wedyn gan ei hyrddio'n galed yn erbyn y wal a'i chicio'n ffyrnig ar lawr wrth iddi geisio codi. A'i phen yn troi, roedd Nina wedi llusgo ei hun yn simsan ar ei thraed. Yna, syllodd Eamonn arni â golwg braidd yn ansicr ar ei wyneb hirfain wrth iddo grafu dyfnderoedd ei feddwl am y cast diraddiol nesaf y gallai ei chwarae arni hi. Camodd ati a bytheirio o fewn modfeddi i'w chlust:

'Ti'n llond trol o ffycin traffarth, dwyt? Wel, mi gei di stiwio yn dy gachu dy hun am gwpwl o ddyddia. Ffycin wast o le wyt ti os bu un erioed. Diolch i Grist, mi fyddwch chi i gyd o 'ngolwg i cyn bo hir rŵan – 'dach chi'n cael eich symud o'r twll cachu yma at un arall, un gwaeth o lawer gobeithio.'

A dyma fo'n cydio yng ngwallt Nina a'i llusgo a'i hysio a'i gyrru gydag aml gic a chelpan o'r groglofft yn nhop yr adeilad, lle cedwid y chwe merch, i lawr sawl set o risiau i'r gwaelod ac allan i'r buarth cyn mynd i mewn i'r cwt.

Doedd dim sgrepyn o gysur yn ei chell newydd. Lloriau caled, hen dap dŵr yn dripian yn ddi-baid, y waliau'n llaith a rhyw hen oglau biswail drwy'r lle.

Pan ddaeth llwydolau'r bore o'r diwedd, roedd hi wedi sefyll ar ben y bwced y byddai'n gorfod ei ddefnyddio fel ei thoiled cyn bo hir i gael gweld y diwrnod newydd a'r wlad o gwmpas ei charchar. Ond ni wnaeth y cip a gawsai ar diroedd gwyllt gogledd Môn fawr ddim i godi'i chalon.

Cyrcydiodd yng nghongl sychaf y cwt â'i phen yn ei dwylo. A hithau wedi colli pob gobaith, ei hunig ddihangfa oedd ei hatgofion. Ceisiodd feddwl am ei theulu yn ôl ym Mosnia-Herzegovina, ond er hapused rhai o'r delweddau hynny o'i phlentyndod cynnar, buan iawn y caent eu disodli gan luniau diflas o gyfnod y rhyfel. Roedd y gwewyr meddwl dirdynnol yn fwy poenus na dolur ei hasennau briw hyd yn oed, wrth iddi gofio o'r newydd am golli ei thad a'i brodyr, ill tri wedi'u claddu o dan weryd stadiwm bêl-droed Sarajevo – y brif gladdfa ar ôl i fynwentydd y ddinas orlifo yn ystod y gwarchae ddeng mlynedd yn ôl.

Fyddai ei thad a'i brodyr byth wedi gadael iddi gael ei thrin fel hyn, ond doedden nhw ddim yno iddi bellach…

Yn halen ar y briw, roedd ei mam hefyd wedi darfod toc ar ôl i'r heddwch gael ei gyhoeddi ym mis Tachwedd 1995. Roedd cyfuniad o dorcalon, afiechyd a straen y tair blynedd flaenorol wedi sigo'i nerth a diffodd ei bywyd yn rhy fuan o lawer. Bellach, dim ond Eldina a Lara, chwiorydd Nina, oedd ar ôl ac ni wyddai Nina ddim oll o'u hanes er pan gafodd ei chipio, ddwy flynedd a rhagor yn ôl bellach.

Clywai gamau'n dynesu dros y buarth at ei chell. Aeth ei bol yn gwlwm tyn a dechreuodd grynu. Trodd y goriad yn nrws y cwt a dyna lle'r oedd Eamonn yn cario hambwrdd a rhyw fath o frecwast arno.

Edrychai Nina'n syn.

'Sôn am ffycin lwcus, yntê? Mae'r dyn mawr ei hun yn dod draw cyn diwedd yr wsnos ac mae o isio siarad hefo chdi'n benodol.'

Gollyngodd Eamonn yr hambwrdd ar y llechi nes bod cynnwys y myg te yn slochian dros bob man.

'Fydd o ddim isio siarad hefo rhyw ddrychiolaeth o Belsen, na fydd? Felly byta hwn a dos i gael cawod. Ti'n drewi fatha ffycin ffwlbart.'

Camodd yn nes ati a gafael yn ei sgwyddau. Gwingodd Nina mewn poen ac roedd hi'n barod am yr ergyd nesaf neu i deimlo'r dwylo garw yn rhedeg dros ei chorff a than ei dillad, ond ni wnaeth Eamonn ddim ond craffu ar y briwiau ar ei hwyneb.

'A slapia dipyn o golur ar hwnna. Mae golwg boenus iawn arno fo,' meddai'n dynerach a heb dinc o eironi yn ei lais. Mwythodd ei boch a gwenu arni gan ddangos ei ddannedd prin.

Daliai Nina i syllu ar y fflags ac anadlu'n ofnus.

'Gwaedda os byddi di isio chwanag o dôst,' gwaeddodd Eamonn dros ei ysgwydd gan gamu trwy'r drws a'i adael yn agored led y pen y tu ôl iddo.

13

'Diwrnod da?' holodd y rheolwr dan wenu ei wên lydan.

'Ddim yn bad,' meddwn i wrth bwyso ar y bar a chodi'r fwydlen.

'Lle buoch chi?'

'Yma ac acw,' atebais gan graffu ar y cerdyn. 'Dw i'n meddwl a' i am y stêc, os ga i, plis. *Medium rare.* Diolch yn fawr i chi.'

Roedd y bwyd yn rhagorol. Rial bwyd cysur – platiad di-lol yn ticio'r holl flychau fel petai. Mi ges i homar o stêc dendar a'r holl drimins a phwdin bara menyn a chwstard i'w ganlyn. I'w olchi o i lawr ro'n i wedi archebu potelaid o Rioja tebol.

Ro'n i wedi eistedd mewn encil bach ger y ffenest ym mhen pella'r stafell i fwyta fy mhryd. Gallwn glywed y tonnau yn y pellter a chrynai'r llenni rhyw fymryn yn yr awel ysgafn a ddeuai drwy'r hen ffrâm. Dim ond fi ac ambell gwsmer lleol oedd o gwmpas yr adeg yma o'r nos mor gynnar yn yr wythnos a hithau'n fis Tachwedd, ond ro'n i isio bod yn siŵr na fyddai neb yn tarfu arna i wrth i mi droi at y llythyr.

Ar ôl llwyddiant fy mhererindod i Fryngwyn a Chefn Foel,

teimlwn fy mod i'n barod erbyn hyn i wasgu'r danadl a'r dannedd a gweld beth oedd gan y corwynt o ferch oedd gen i i'w ddweud wrth ei hannwyl dad ar ôl ein cyfarfyddiad trychinebus diwethaf. Doedd fy nisgwyliadau ddim yn arbennig o uchel.

Ro'n i wedi yfed dwy ran o dair o'r botel o Rioja ac roedd hwnnw wedi llacio ychydig ar y gewynnau criclyd – byddwn i'n diodde drannoeth yn anffodus. Ond am y tro teimlwn yn esmwyth braf yn yr hen gadair freichiau. Trueni fy mod i'n gorfod delio â'r llythyr 'ma rŵan.

Edrychais unwaith eto ar y sgrifen flêr. Doedd traed brain ddim ynddi. Un ar ruthr fu Emma erioed, ddeng niwrnod yn gynnar yn cael ei geni ac ar ryw frys parhaus byth ers hynny.

Sylwais fod cryndod wedi dod yn ôl i'm llaw wrth i mi geisio agor yr amlen, oedd yn blastar o selotêp crinclyd, ond doedd dim troi'n ôl rŵan. O'r diwedd, llwyddais i grafu'r tâp styfnig a rhwygo'r amlen yn agored er mwyn mynd at y swp trwchus o bapur oedd ynddi.

Bu darllen yr ychydig baragraffau cyntaf yn ddigon. Doedd y cywair ddim wedi newid ers yr hen ddyddiau, ers y tro diwethaf i ni weld ein gilydd ar ôl i mi ddod yn ôl o Fosnia a dweud y gwir.

'*... Doeddat ti byth yno i ni... Oni bai amdanat ti mi fysa Mam yn iawn o hyd... Sut medri di fod yn rhan o ffordd o fyw mor ffiaidd o sinigaidd ac sy'n achosi cymaint o ddioddefaint i gymaint o bobl?... Mi wyt ti bob amser wedi wfftio a diystyru pob dim dw i'n ei wneud...*'

Tudalen ar ôl tudalen, yn fflangell ddiarbed. Mi rois i'r gorau i ddarllen a stwffio'r cwbl yn ôl i'r amlen cyn rhoi clec i weddill y gwin.

Torrodd llais y rheolwr rhadlon ar draws fy meddyliau.

'Popeth yn iawn? Rhywbeth arall? Paned bach o goffi hwyrach?'

'Brandi mawr, plis.'

Mi welais ei lygaid yn taro cip syn braidd tua'r botel wag ar y bwrdd.

'Ar bob cyfri.'

Cyn i mi adael y bar y noson honno, daeth y rheolwr mwyn â brandi mawr ata i bedair gwaith, a golwg eithaf gofidus ar ei wyneb bob tro.

Rhwng llythyr Emma, y goryfed a holl gorddi emosiynol y daith, doedd ryfedd bod fy mhen yn stemio erbyn imi gyrraedd y llofft, lle cropiais i'r gwely toc ar ôl hanner nos. Mi wyddwn yn iawn y byddai yna bris i'w dalu.

Nid yn annisgwyl, mi gollais i'r brecwast yn y gwesty fore trannoeth. Ro'n i wedi cael noson ar y diawl o gwsg, un o'r rhai gwaethaf ers tro byd – yn llawn poen, gofid a drychiolaethau o bob lliw a llun. Michela, Sharon, y genod, Meurig, y ddamwain, y brwydro, y gynnau… a'r holl bethau eraill fyddai'n aml yn fy nghadw i'n effro neu'n plagio fy mreuddwydion tan y wawr.

Mi fues i'n diodde rhwng cwsg ac effro drwy'r nos bron, ond doedd fiw i mi gymryd tabled cysgu ar ôl cymaint o lysh. Ro'n i wedi gobeithio y byddai'r ddiod yn gweithio fel anesthetig, ond na, dim ond wrth i'r traffig plygeiniol ddechrau swisian yn gyfeiliant i'r tonnau y tu allan y disgynnais i ryw drwmgwsg afiach. Y tro nesaf i mi gael cip ar y ffigurau coch ar y cloc, roedd hi'n chwarter wedi deg.

Roedd 'y mhen i'n hollti a doedd gen i ddim amcan sut ro'n i'n mynd i wynebu'r diwrnod.

Roedd y rhegfeydd yn llenwi'r awyr a thynnais ddillad y gwely yn dynn am fy mhen gan riddfan a swnian fel plentyn. Yna gorweddais yn hollol lonydd a gwylio ffigurau'r cloc yn newid – 10.16… 10.17… 10.18… 10.25 – cyn i'm llaw ymgrafangu i'r golwg a chwilota am y ffôn bach ar ben y cwpwrdd wrth y gwely.

14

Drwy gil y drws, gwyliai Nina wrth i'r car mawr arian grensian ei ffordd i ganol y cowt. Roedd y ffenestri gwydr tywyll yn ei hatal rhag gweld pwy oedd y gyrrwr, ond roedd ganddi syniad go lew.

Sgubai'r glaw dros y cowt a phan agorodd drws y car o'r diwedd, ymbarél golff gwyrdd yn ymagor a ddaeth i'r fei gyntaf, gan guddio pen pwy bynnag oedd yn ymadael â'r cerbyd.

Sgrialodd Nina'n ôl o'r drws. Doedd hi ddim yn awyddus i groesawu'r ymwelydd na chael ei dal fan'na gan yr annwyl Eamonn. Rhedodd yn nhraed ei sanau i fyny'r grisiau a chuddio yn ei chwrcwd fel plentyn bach y tu ôl i'r canllaw, gan sbecian rhwng y prennau ar y grisiau wrth i'r dyn diarth gamu dros y trothwy.

Llamodd ei chalon a throdd ei thu mewn yn ddŵr.

Ie, dyna fo. Awdur ei holl wae. Y Capten Richard Cunliffe o Heddlu Milwrol Lluoedd Amddiffyn Iwerddon, er nad oedd sôn am ei iwnifform heddiw. Gwisgai gôt laes ffasiynol, ac aeth ati i'w thynnu'n ofalus gan ysgwyd y diferion glaw oddi arni wrth i Nina ddal i sbecian yn ofnus rhwng ffyn y canllaw. O dan y gôt gwisgai siwt frown golau a chrys melynwyrdd heb dei ac roedd triongl bychan o hances o'r un lliw i'w weld yn brigo o'r boced frest. Roedd golwg gymen iawn arno, ac edrychai'r un mor olygus ag y gwnâi ar y noson y cafodd Nina ei chyflwyno iddo gan ei brawd-yng-nghyfraith yn ôl yn y Grand Canyon Bar yn Sarajevo dros ddwy flynedd ynghynt.

Dowciodd Nina i lawr wrth i Eamonn ymddangos o gefn y tŷ. Gwahanol iawn oedd ei olwg o o'i chymharu â chymhendod y dyn arall. Gwisgai'r un crys-T a jîns ers pythefnos. Edrychai ei fwng cochfrown, cyrliog fel pe bai newydd gael ei lusgo wysg ei din drwy bob math o ddrain a drysni, a gallai Nina glywed oglau ei dreinyrs carpiog o ben y grisiau.

'Sut mae'n mynd, Eamonn?' meddai Cunliffe yn siriol.

'Da iawn, Mr Cunliffe, syr. Dim problemau.'

'Y c'wennod i gyd yn bihafio, gobeithio?'

'Fel angylion bach, Mr Cunliffe. Fel angylion.'

'Dda gen i glywed, washi.'

'Ga i gymryd eich côt chi, Mr Cunliffe?'

'Wel, cei tad, diolch yn fawr i ti, Eamonn. Mae'n ddiwrnod ffwcedig o wael, tydi? Roedd y fferi'n gogordroi fatha chwadan feddw jest tu allan i'r harbwr am dair awr – a chwd at dy fferau ymhobman, ych-a-fi!'

Symudodd y ddau i'r stafell yng nghefn y tŷ. Wrth i'r drws gau, clywodd Nina'r geiriau:

'A sut mae Nina Puskar erbyn hyn? Wedi dod dros y codwm roeddet ti'n sôn amdano, gobeithio...'

Arhosodd Nina lle'r oedd hi am sbel hir ar ôl i'r drws gau, er bod hynny wedi atal y lleisiau rhag ei chyrraedd nes eu bod fel rhyw furmur pell. Teimlai ei phen yn gwagio, fel y gwnâi erbyn hyn bob tro y ceisiai grisialu ei meddwl.

Ai peth drwg ynteu beth da oedd dyfodiad Cunliffe a'i ddiddordeb ynddi?

Am gwestiwn gwirion. Pa ots mewn gwirionedd? Ar un wedd, teimlai fod ei bywyd wedi dod i ben beth bynnag, bod ei holl freuddwydion am wella ei byd, am gael gwaith ac addysg a thorri'n rhydd o fagl y tlodi a'r dinistr yn ei mamwlad wedi darfod unwaith ac am byth.

A hithau'n bedair ar bymtheg oed ers ychydig fisoedd, ym marn Nina roedd hi eisoes wedi'i chladdu'n fyw...

15

'Ffycin hel, Keith! Mae golwg uffernol arna chdi! Be ddiawl ti 'di bod yn 'i wneud?'

Ro'n i mor falch o weld Cemlyn â'i wallt anniben a'i ddenims blêr, gallwn fod wedi'i gofleidio yn y fan a'r lle.

Gadewais iddo ddod allan o'r cab a thynnu fy magiau oddi arna i, fel rhiant yn dadwisgo plentyn, a'u cadw yn y cefn. Agorodd y drws i mi a'm helpu'n dringar i sêt y teithiwr gan basio'r ffon i mi cyn mynd yn ôl at ei ochr yntau.

'Pa ffor heddiw 'ta, bos?'

Sgwydais i 'mhen.

'Dim clem.'

Edrychodd arna i gan grafu'i locsyn yn ddiamynedd. Yna taniodd yr injan.

'Ocê 'ta. Rho wbod i mi pan fyddi di wedi penderfynu, ond cofia, dw i'n gorfod bod yn ôl ym Minffordd erbyn hannar 'di dau i fynd â Gwenan Cwmlewrog at y doctor traed.'

Ac i ffwrdd â ni dan wybren lwydaidd ychydig yn fygythiol.

Caeais fy llygaid gan adael i sŵn yr injan a'r gwres a sain Pink Floyd fy suo i gysgu. Wrth hepian, mi ges i ryw fflach o freuddwyd – breuddwyd gynnes, braf, rhywbeth am Sharon a'r plant a'r tŷ yn Solihull erstalwm…

Ac wedyn ro'n i'n effro eto a sŵn injan y cab wedi darfod a dim ond Pink Floyd i'w glywed. Roedd Cemlyn wedi stopio mewn cilfan yng ngolwg y môr ac wrthi'n tanio ffag gan gynnig un i mi.

Cododd yr oglau fymryn o bwys arna i'n sydyn. O nefi, do'n i ddim isio chwydu fan hyn.

'Dim diolch, boi,' meddwn i gan geisio cuddio'r panig yn fy llais.

Agorais dipyn o'r ffenest a llowcio awel y môr am ennyd. Ciliodd y cyfog.

'Mi fydda i'n licio dŵad yma pan fydda i'n gweitsiad am alwad. Yn brafiach na stelcian yn y dre – er ei bod hi'n g'neud mwy o sens aros fan'na, wrth gwrs. Ma petha i'w gweld yn gliriach o fa'ma.'

Daeth CD Pink Floyd i ben a bu tawelwch esmwyth

rhyngddon ni. Sŵn y tonnau, sŵn y gwynt, a'r cab yn siglo ychydig mewn ambell hyrddiad cryfach na'i gilydd.

''Sgen ti blant, Cemlyn?' gofynnais o'r diwedd.

'Mab – rhywle yn yr Alban, tro diwetha glywais i.'

'A'r fam?'

'Yn yr un lle â fo, am wn i. Mi 'nes i gwarfod â hi pan o'n i yn Colchester hefo'r Paras. *Essex girl* go iawn ond mi wnaeth ei heglu hi hefo rhyw Sgotyn oedd yn cadw pyb yno. Dipyn o lanast a deud y gwir,' a phwffiodd chwerthin cyn i hwnnw ildio i bwl o beswch smociwr.

Ar ôl i'r pwl dawelu, gofynnodd:

'A chdi?'

'Dwy ferch – Abigail ac Emma. Y fam – 'nghyn-wraig 'lly – o Ogledd Iwerddon.'

'Ti'n 'u gweld nhw? Y genod?'

Sgwydais 'y mhen.

'Mi welais i'r fenga rai blynyddoedd yn ôl. Dydi'r llall ddim isio'n nabod i, mae'n debyg. Dw i wedi trio cysylltu â hi ond heb lwc. Dydi'r fenga ddim yn torri'i bol isio 'ngweld i chwaith.'

'A'u mam nhw?'

'Alci. Ma'r fenga yn rhoi'r bai arna i.'

'Diflas,' meddai Cemlyn. 'Roedd Mam yr un fath... hefo'r ddiod 'lly...'

Bu distawrwydd unwaith eto. Gwyliais y tonnau'n rhedeg i mewn o bellter allan ar y môr, rhai'n chwythu eu plwc ymhell cyn cyrraedd y lan ac yn cael eu llyncu gan y cefnfor, eraill yn cyrraedd pen eu taith ac yn chwalu'n yfflon ar y creigiau.

Yn sydyn, dyma glamp o *camper van* yn cyrraedd pen arall y gilfan ac mi wylion ni deulu bach a chi mawr afreolus yn tasgu allan ohoni hi ac yn anelu am y llwybr i lawr at y traeth. Roedd golwg eithaf pisd off ar y plant a gallem glywed eu holl nadu a'u cwyno wrth iddynt gael eu hysio'n anfoddog o flaen eu rhieni.

‘*Happy families*, ia?’ meddai Cemlyn gan edrych arna i’n ddireidus a chwerthin o’r newydd.

‘Dw i ’di cael llythyr gan y fenga – Emma,’ meddwn i a methu mynd ymhellach gan gofio’r stwmp annifyr yn fy stumog neithiwr ar ôl cael cip ar y llythyr yn y bar.

‘*Heavy*?’

‘Fatha Dydd y Farn.’

‘Wel, o leia ma hi isio deud rhwbath wrtha chdi. Dydi’r mab sy gen i – na’i fam o ran hynny – heb gydnabod fy mod i’n bod o gwbl ers iddyn nhw fynd.’

‘Hwyrach bo chdi’n iawn,’ meddwn i. ‘Do’n i ddim wedi edrych arni fel’na.’

‘Roedd y ddwy mor wahanol i’w gilydd pan oeddan nhw’n fach,’ dywedais wedyn. ‘Abigail yn santes o ferch. Ffefryn ei thad bob gafael. G’neud yn dda iawn yn yr ysgol a ballu. Ond roedd Emma’n poeri hoelion o’r eiliad gafodd hi ei geni. Gadael ysgol yn un ar bymtheg… yn herian, herian o hyd, a dadlau… “Pam, Dad? Pam ti’n ’i ’neud o?”’

‘G’neud be ’lly?’

‘Wel, y gwaith… y busnes arfau. Pedlera marwolaeth, yndê?’

Sgubodd chwip o gawod genllysg i mewn o’r môr gan daro’r tacsi fel shrapnel – sŵn cras a sydyn a yrrodd ias ac ofn drwydda i.

‘Ma’n nhw’n sôn am eira erbyn diwadd yr wsnos,’ meddai Cemlyn ac yna sylwodd fy mod i wedi gwelwi ac yn gafael yn dynn yn ymyl y sêt, fel pe bai fy mywyd i’n dibynnu arni hi.

‘Ti’n iawn, boi?’

Rhoddodd ei law ar ’y mraich.

Nodiais fy mhen ac ymlacio wrth i’r gawod ostegu mor sydyn ag y daeth.

‘Ddim yn licio synau sydyn, ’na gyd – ers Bosnia,’ eglurais yn lletchwith.

‘Sut ddoist ti i weithio yn y byd arfau, ar ôl cael dy fagu ar ben mynydd yng ngorllewin Cymru?’

‘Hap a damwain.’

‘Dw i’n glustia i gyd,’ meddai Cemlyn, gan sgubo’i fwng caglog yn ôl i ddangos ei glustiau modrwyog. Clustiau nobl oedd ganddo fo hefyd, fel ffermwr. Estynnodd sigarét arall o’r paced.

Edrychais drwy’r ffenest am ysbrydoliaeth yn nhafodau’r tonnau wrth iddynt gychwyn ar eu hynt tua’r lan. O leiaf byddai Cemlyn yn dallt rhywfaint o’r hyn y baswn i’n sôn amdano fo – yn wahanol i’r holl therapyddion a seiciatryddion oedd wedi gofyn yr un cwestiwn.

‘Mi ges i ysgoloriaeth i Gaergrawnt yn ôl yn ’67 i ’studio ieithoedd modern.’

‘Posh iawn,’ meddai Cemlyn wrth danio’i smôc nesaf ar fonyn y llall.

‘Oedd, mi oedd – yn andros o posh. Ond ro’n i wrth fy modd â’r holl grandrwydd a deud y gwir. Roedd o’n hollol wahanol i fywyd ffor ’ma a sut ro’n i wedi cael fy magu ac ro’n i’n methu coelio faint o ryddid oedd gen i. Dyna oedd y peth mwya. Ac yn bendant, doedd dim byd yn mynd i fy llusgo fi’n ôl i Gefn Foel na Bryngwyn nac unman tebyg.’

‘Roedd y byd yn agor o dy flaen di, doedd?’

‘Oedd, mewn ffordd. Eniwe, mi ddes i’n dipyn o ffrindia hefo rhyw foi yng Nghymdeithas Reiffls y Brifysgol. Adrian Sharman oedd ’i enw fo. Roedd ’i dad yn berchen ar gwmni bach oedd yn gwneud gynnau saethu adar a ballu yng ngogledd Lloegr – yn Sheffield neu rywla fel’na. Yn rhowlio mewn pres. Mi fyddai Adrian yn cael gweithio i’w dad dros y gwyliau ac mi fues i’n ddigon digywilydd i sôn wrtho fo nad oeddwn i am fynd adre dros y Dolig a tybad fasa gan ei dad ryw waith i mi hefyd.

'Mi wnaeth Adrian ofyn drosta i, chwarae teg. Doedd dim byd gan ei dad i'w gynnig ond mi oedd o'n nabod y dyn 'ma yn yr Almaen oedd yn chwilio am stiwdants o Oxbridge oedd yn medru Almaeneg i weithio dros y gwyliau mewn lle o'r enw Oberndorf am Neckar – ffatri g'neud peiriannau gwnïo a ballu, meddai Adrian.

'Doedd gen i fawr o awydd gweithio mewn lle felly, ond yn fuan iawn mi ges i wbod eu bod nhw'n g'neud gynnau hefyd. Dim ond am ryw hyd y buon nhw'n g'neud y stwff arall, ar ddiwedd y rhyfel.'

Edrychais draw ar Cemlyn, oedd yn dilyn pob gair yn astud.

'Gesia pwy oeddan nhw.'

Cododd Cemlyn ei sgwyddau. 'Dwn i'm.'

'Neb llai na Heckler & Koch, cwmni Mauser gynt ar ôl i hwnnw gael ei ddiddymu yn 1945.'

'Iesu, *the dog's bollocks* 'lly!'

'Yn union. A dyna fo i chdi. Dyna sut dechreuais i weithio yn niwydiant Satan.'

A dim ond y dechrau oedd hynny hefyd. Roedd o'n swnio'n hanes diniwed iawn rywsut.

'Heckler & Koch,' meddai Cemlyn gan ysgwyd ei ben yn llawn edmygedd. 'Roedd yn well gen rai o'r hogia *kit* HK na'n stwff ni. Dyna'r *standard issue* i'r SAS. Gynnau clyfar ar y naw. Perffeithrwydd mewn gwn, 'swn i'n ddeud,' ychwanegodd yn frwd.

'*Keine Kompromisse* – dim cyfaddawd. Dyna oedd eu slogan.'

Erbyn hyn roedd gen i awydd symud ymlaen o'r gilfan uwch y weilgi.

'Reit 'ta, Cemlyn bach, dw i 'di penderfynu lle dw i am fynd. Oes gen ti amser i bicio fi draw i Gaernarfon?'

Cododd Cemlyn ei ddwylo a'u chwifio yn yr awyr fel canwr gospel.

'Ar y ffordd yn barod, bos. Mae'r cloc yn rhedeg,' meddai gan wasgu botymau'r peiriant CD. 'Ond bydd yn rhaid i mi roi tân 'dani go iawn os dw i am gyrraedd yn ôl i Minffordd erbyn hannar awr wedi dau.'

'Mi 'nei di hi'n hawdd,' meddwn i gan ddal fy hun yn gwenu am y tro cyntaf ers amser go hir.

A dyma injan y cab a riff agoriadol trac gan AC/DC yn cyd-danio a'r cerbyd yn sgrialu ar ei ffordd.

16

Gwta awr ar ôl i Nina wylio Richard Cunliffe yn cyrraedd yr hen ffermdy o'i chuddfan ar ben y grisiau, a'i weld yn cael ei groesawu gan yr anhyfryd Eamonn, dyma hi'n cael ei gwysio gan y cyfryw lob i ddod gerbron y Gwyddel trwsiadus.

Safai Cunliffe o flaen tân agored yn y stafell fyw a glasiad o wisgi yn ei law.

'Nina Puskar, f'anwylyd bach,' meddai gan roi'r gwydr i lawr ar y silff ben tân a gwenu'n llydan braf. 'Sut mae hi'n mynd ers tro byd? Clywais i gan Eamonn dy fod ti wedi cael damwain fach yn ddiweddar. Heb frifo dy hun yn ormodol, gobeithio?'

Cadwodd Nina ei phen yn isel gan edrych ar ei thraed. Teimlai, petasai hi'n edrych i'w wyneb, y byddai hi'n datgelu'r holl arswyd a gronnai y tu mewn iddi ac yn torri i lawr yn llwyr, felly safodd o'i flaen â'i llygaid tua'r llawr fel hogan ysgol yn cael cerydd, gan frathu ei gwefus isaf nes blasu gwaed bron mewn ymgais i atal ei dagrau.

Daeth Cunliffe ati a sefyll yn union o'i blaen. Gosododd ei fys o dan ei gên a'i gorfodi i edrych i mewn i'w lygaid. Gwrthsafodd Nina'r pwysau ond trodd y bys yn figwrn ac un migwrn yn ddau a dwriai'n gas ar ei phibell wynt ac yn erbyn asgwrn ei gên. Aeth yr anghysur yn ormod ac o'r diwedd bu'n rhaid iddi godi ei golygon.

'Dyna welliant. Ro'n i wedi anghofio pa mor hardd oedd y llygaid 'na.'

Syllai Nina ar ryw fan amhendant rhwng y ddau lygad genau goeg a wibiai'n ymchwilgar ar draws ei hwyneb.

'O, dw i'n gweld be sy gan Eamonn. Mae yna glais bach ond mi eith. Wyt wir, rwyt ti bron mor hardd â dy chwaer fach, cofia.'

Wrth ei glywed yn sôn am Lara, ei chwaer annwyl bymtheg oed yn ôl ym Mosnia, teimlodd Nina rywbeth oer yn troi yn ei chalon ac am ennyd edrychodd yn syth i'r llygaid anghynnes a gweld gwên fach feddal yn hofran ar y gwefusau pert – y gwefusau oedd unwaith wedi'i hudo.

'Paid â phoeni, Nina fach. Mae Lara lygatddu yn hollol ddiogel. Mae Danko yn cadw llygad barcud arni tra bydd hi yn y ddinas fawr ddrwg. Rhag ofn iddi syrthio i'r afon neu rywbeth felly – rhywbeth sy'n digwydd i gymaint o ferched ifainc y dyddiau hyn yn y rhan yna o'r byd, mae'n debyg.'

Danko – y cythraul mewn croen o frawd-yng-nghyfraith oedd ganddi, yr adyn o ddyn oedd wedi'i chyflwyno i Cunliffe yn y lle cyntaf pan oedd Nina'n gweithio yn y bar ger pencadlys y Cenhedloedd Unedig. Ceisiodd beidio â dangos ei gofid ond roedd Cunliffe yn gwybod yn iawn am ei man gwan. Fel y rhybuddiodd hi fwy nag unwaith, pe na bai hi'n hollol ufudd, byddai Lara'n wynebu'r un dynged â'i chwaer hŷn. Lara oedd ei bolisi yswiriant, meddai.

Hyd y gwyddai ei chwaer iau, wrth gwrs, roedd Nina'n gweithio mewn swyddfa barchus yn Nulyn, wedi iddi gychwyn gyrfa a bywyd newydd llewyrchus yn y Gorllewin. Sylweddolai Nina y cywilydd a deimlai pe bai Lara'n cael clywed am wir natur ei gwaith.

'Ond dyna ddigon o fân siarad,' aeth Cunliffe yn ei flaen yn awr. 'Dw i heb deithio bob cam o'r Ynys Werdd er budd fy iechyd. Mae wedi bod yn hen daith drafferthus felly dw i angen ychydig o hamdden… cyfle i ymlacio… ac ymollwng… a phwy'n well i roi help llaw i mi, yntê?'

Roedd o mor agos erbyn hyn. Wrth iddo siarad, symudai ei geg yn nes ac yn nes at ei gwefusau hithau. Gallai Nina glywed oglau rhyw stwff ôl-siafio, digon drud bid siŵr, yn gymysg â brath y wisgi ar ei wynt. Codai'r oglau bwys arni wrth i Cunliffe ddechrau anadlu'n gynt ac yn drymach a rhoi ei freichiau am ei chanol a'i thynnu'n dynn ato.

Yn sydyn, dyma fo'n sodro ei wefusau'n galed ac ymwthiol yn erbyn ei cheg blêt gan frathu'i gwefus yn filain. Rhedodd ei fysedd a chledrau ei ddwylo i fyny ei hystlys gan dynnu ar ei blows cyn sleifio ar draws ei bronnau fel rhyw lygod mawr mewn hunllef. Sgrechiodd Nina yn ei hofn ac wrth iddi agor ei cheg bron na thagodd ar slywen ei dafod wrth iddi lithro ar wib dros ei dannedd. Yn reddfol, cododd ei dwylo i'w gwthio yn ei erbyn er mwyn iddi gael anadlu.

Daeth y slaes ar draws ei hwyneb yn chwip o galed.

'Canolbwyntia, Nina fach. Doeddet ti ddim mor ddi-hid pan oedden ni'n nabod ein gilydd gynta, nag oeddet ti? Yn methu cael digon, os dw i'n cofio'n iawn. Dagrau'n llenwi'r llygaid mawr 'na bob tro y byddwn i'n gorfod mynd yn ôl ar ddyletswydd. Gwên fawr i 'nghroesawu wrth imi ddod i mewn i'r bar bob nos.'

Roedd ei ddwylo bellach o dan ei dillad ac roedd hi'n cael ei gwthio'n ôl dros y soffa.

'Rwyt ti'n gallu g'neud yn well na hyn, Nina. Lot yn well. 'Dan ni'n dau'n gwybod hynny, tydyn?'

Roedd ei chefn bron â thorri wrth iddi gael ei gwasgu yn erbyn y celficyn, a'i hasennau'n dal i fod yn boenus ar ôl y gweir y noson o'r blaen. Ond ni allai ymwrthod. Ildiodd, a syrthiodd y ddau yn glewt i'r llawr. Ni fedrai Nina symud o dan ei bwysau. Roedd yn gryf ac yn heini a hithau'n wan ar ôl cael ei bwydo mor wael ers misoedd. Teimlai'r bysedd hir yn ymbalfalu o dan ei sgert a chlywodd ddefnydd ei dillad isa'n cael ei rwygo. Ymbalfalodd Cunliffe eto i ddatod ei wregys a'i falog cyn mynd ati i'w gwanu'n nerthol. Roedd y boen mor ofnadwy, yn ei llosgi a'i rhwygo, nes y bu'n rhaid iddi weiddi'n uchel eto.

'Dyna fo, y wenci fach gocwyllt, gad i mi dy glywed di'n sgrechian amdani...' hisiodd Cunliffe rhwng ei ddannedd wrth gyflymu ac atgyfnerthu ei waniadau.

Ceisiodd Nina feddwl am rywbeth arall i bylu'r boen, i leddfu'r ofn. Meddyliodd am ei theulu, am ei chwiorydd a'i brodyr druain, am noson glir a thyner yn y gwanwyn yn y wlad ger tre Hadžići lle'r oedd ei nain a'i thaid yn byw, lle'r oedd wedi treulio gwyliau ei phlentyndod a lle cafodd loches ar ôl dianc o'r gwarchae yn Sarajevo.

Diolch i drugaredd, ni pharodd y pwnio gorffwyll yn hir. Ychydig yn ddiweddarach, roedd Nina'n ymwybodol o'r pwysau'n codi oddi arni. Cododd Cunliffe ar ei draed a chau ei falog a'i wregys. Chwibanai rhyw jig fach joli drwy'i ddannedd wrth ymdrwsio.

'Nawr 'te, 'na welliant, myn Duw.'

Edrychodd Nina arno o dan gloriau ei llygaid. Ymestynnodd Cunliffe ei law i'w helpu ar ei thraed. Anwybyddodd Nina'r cynnig a symud oddi wrtho wysg ei hochr ar ei phedwar gan wneud y gorau y medrai hi i wisgo ei dillad a chuddio'i noethni. Doedd ganddi mo'r nerth i godi ar ei thraed. Teimlai fel pe bai ei thu mewn wedi'i sgwrio â thywod a deuai gwayw o'i hasennau bob tro y tynnai anadl. Pwysodd yn erbyn y wal a chau ei llygaid yn dynn. Doedd dim dagrau bellach; roedd hi y tu hwnt i wylo.

'Mae angen tipyn o awyr iach arnat ti, mae'n siŵr, erbyn hyn. Dydi'r lle 'ma ddim yn g'neud dim i dy gomplecsiyn di. Mae eisiau adfywio'r croen brown hyfryd 'na sy gen ti. Wel, mi fydda i fan hyn am ychydig ddyddiau rŵan ac wedyn cawn ni'n dau fynd am dro bach hefo'n gilydd. Tua phorfeydd brasach. Gadael yr hen dwll 'ma, yntê? Gweld rhai o oleuadau llachar y ddinas, falla?'

Daeth cnoc ar y drws a dyma Eamonn yn ymddangos. Gwelodd gyflwr Nina a throi i gamu o'r stafell.

'Mae'n iawn, Eamonn. Mae Nina a fi wedi gorffen, am y tro.'

Trodd Cunliffe ati dan wenu.

'Iawn 'te, Nina. Dos o 'ngolwg i rŵan – reit handi!'

17

Fu dim cymaint a chymaint o sgwrs rhwng Cemlyn a fi wrth inni deithio i Gaernarfon, fel pe bai'r holl ddatgeliadau wedi peri i ni godi'r amddiffynfeydd unwaith eto. Cadwodd Cemlyn sain y gerddoriaeth yn uchel, a gwasgodd ei droed yn galed ar y sbardun wrth i ni wibio fel cath o flaen cythraul ar hyd y cefnffyrdd cul.

Dw i ddim yn un sy'n hoffi fy miwsig yn rhy uchel – jazz tawel yn hwyr y nos sydd orau gen i bob amser, neu gerddoriaeth glasurol – ond do'n i ddim isio pechu fy mêt newydd. Er mwyn osgoi cael fy myddaru gan rythmau'r roc dienaid, dechreuais hel atgofion am fy amser yn ffatri Heckler & Koch, bron ddeugain mlynedd yn ôl erbyn hyn.

O'r hyn dw i'n ei gofio, doedd y gwaith ddim yn rhy anodd – rhyw glercio cyffredinol a chyfieithu ychydig o ddeunydd marchnata'r cwmni i'r Saesneg. Roeddwn i wrth fy modd – be well i rywun oedd mor sgut am ynnau o bob math na chael glafoerio dros yr holl gynnyrch bendigedig yn y catalogau a thrwytho fy hun ym mhob manylyn o'u gwneuthuriad, a chael fy nhalu'n hael am wneud?

Agorodd y cyfnod hwnnw dipyn o ddrysau i mi'n gymdeithasol hefyd.

Treuliais fy Nadolig cyntaf y tu allan i Brydain ar aelwyd teulu un o reolwyr adran y cwmni, Holge Blomberg, a oedd wedi fy nghymryd o dan ei adain o'r cychwyn cyntaf. Am Nadolig i'w gofio – gwledda ar gig carw a baedd gwyllt a phob math o ddanteithion hufennog am wythnos gron hefo galwyni o *sekt* a chwrw cryf.

Nos Galan 1967 mi wnes i ffeindio fy ffordd i wely merch hynaf Holge, Uschi Blomberg.

Roedd Uschi yn y brifysgol ym Merlin yn astudio gwleidyddiaeth ac economeg. A hithau'n helygen hardd o hogan, safai rhyw dair modfedd yn dalach na fi ac roedd ei gwallt lliw mêl wedi'i blethu o bobtu i'w hwyneb y noson honno, fel cymeriad mewn stori i blant – ond nid un am chwarae plant oedd hon ar unrhyw gyfrif.

Roedd Uschi'n Farcsydd rhonc, yn eilunaddoli Rudi Dutschke, un o arweinwyr mudiad adain chwith y myfyrwyr yn yr Almaen, ac yn ffyrnig yn erbyn y rhyfel yn Fietnam a phresenoldeb lluoedd America yn Ewrop. Hollol wrthun ac anfoesol iddi hefyd oedd gwaith ei thad yn y diwydiant arfau.

Yn ei thafodiaith Swabaidd anghyfarwydd, parablai'n angerddol am rinweddau giang Baader-Meinhof, criw o ddihirod adain chwith oedd wedi llosgi a bomio eu ffordd i ryw fath o enwogrwydd ar draws y byd.

'Mae'r sefydliad mae Papa a'i fath yn ei gynrychioli yn y gorllewin yn hollol lygredig,' meddai wrth i ni dynnu amdanon ni o dan drem poster enfawr o Che Guevara yn ei llofft yn entrychion y plasty a fuasai'n gartre i'w theulu ers cenedlaethau.

'Natsïaid sy'n dal yr awenau o'r bôn i'r brig yn y wlad 'ma o hyd – o'r Canghellor Kiesinger reit lawr i brifathrawon ysgolion pentre,' meddai wrth lapio'i hun amdana i'n egnïol.

Wnes i ddim dadlau â hi. Roedd ei gwleidyddiaeth yn gwbl groes i'r hyn ro'n i'n credu ynddo fo ar y pryd ond nid gwleidyddiaeth oedd ar fy agenda i y noson honno.

'Am faint oeddach chdi'n gweithio hefo HK?' gofynnodd Cemlyn ar draws fy myfyrdodau, fel pe bai'n darllen fy meddyliau. Roedden ni ar gyrion Llanllyfni erbyn hyn ac roedd o wedi troi'r CD i lawr rywfaint, diolch i'r drefn.

'Mi es i'n ôl dair blynedd o'r bron tra oeddwn i yn y coleg. Rhaid 'mod i wedi'u plesio achos y flwyddyn y gwnes i raddio, cyn i mi gael y canlyniadau hyd yn oed, mi ges gynnig gwaith parhaol hefo nhw yn yr adran farchnata.'

'Rhaid 'u bod nhw'n dy licio di,' meddai Cemlyn gan godi'r foliwm unwaith eto.

Wnaeth hi ddim cymryd yn hir i mi sylweddoli bod yna ochr dywyll iawn i'r diwydiant arfau a doedd ei ddulliau ddim bob amser yn egwyddorol iawn a dweud y gwir. Ond dyna ran o'i apêl i mi ar y pryd. Waeth i mi fod yn onest. Rhywbeth oedd uwchlaw unrhyw ffug barchusrwydd, lle nad oedd rhaid i mi hyd yn oed smalio bod yn sant.

Toc ar ôl i mi gychwyn gweithio yn barhaol hefo Heckler & Koch, mi ddes dan ddylanwad dyn o'r enw Eugen Herget a weithiai fel asiant i'r cwmni ar y pryd. Yng nghwmni Eugen, mi ges sawl cyfle i hela yn ardal y Fforest Ddu.

Ac yntau yng nghanol ei bedwardegau, roedd Eugen yn ddyn tal, llygatlas a chwarddai'n aml ac yn uchel. Roedd wedi gwasanaethu fel milwr traed cyffredin yn ystod yr Ail Ryfel Byd, yn Rwsia'n bennaf, lle'r oedd wedi colli peth o'i glyw pan laniodd siel yn rhy agos ato, yn ogystal â cholli tri o'i fysedd o ganlyniad i losg eira yng nghyffiniau Leningrad. Ar ddiwedd y rhyfel roedd Eugen a dau o'i gyd-filwyr, yr unig rai i oroesi o'u bataliwn, wedi osgoi syrthio i ddwylo'r Sofietiaid ac wedi dianc trwy gerdded bob cam yn ôl i'r Almaen trwy Dwrci – taith anhygoel o dros ddwy fil o filltiroedd ar droed.

Roedd Eugen yn ymwneud â'r isfyd arfau go iawn, yn ogystal â'r ochr 'barchus', a doedd o ddim yn swil o gyhoeddi'r ffaith:

'Wsti be wnes i ar ôl y rhyfel?'

Oherwydd ei fod yn rhannol fyddar, tueddai i weiddi

ac roedd ei lais yn llenwi pob cornel o'r caban hela bach ym mherfeddion y goedwig lle'r oedden ni'n aros am gwpwl o nosweithiau ar un o'n teithiau hela.

'Mynd ati i brynu'r holl arfau oedd yn gorwedd yn segur ym mhob cwr o'r byd. Pentyrrau ohonynt – yn rhydu'n bert ar bum cyfandir. Digon i mi ddechrau busnes bach del yn ôl yn Mannheim – neu ryfel arall taswn i isio,' meddai gan ruo chwerthin.

Gwenais innau'n wantan braidd o'r gadair ger y tân.

'Meddwl ymhell, meddwl ymlaen, fel y byddai'r hen Hauptmann Herschel yn ei ddeud wrthon ni erstalwm.'

Cawn andros o hwyl ar y teithiau hela hefo fo, a doedd dim gwell difyrrwch gen i na noson yn ei gwmni mewn rhyw *kneipe* bach diarffordd yn y wlad yn samplo cynnyrch y bragdai a'r gwinllannoedd lleol.

'Ffolineb dynol sydd wrth wraidd y busnes arfau, ac mi fedrwn ni ddibynnu ar y ffolineb hwnnw tra byddwn ni. Wnawn ni byth newynu, chdi a fi.'

Daeth Eugen yn dipyn o dad i mi – neu'r ewythr drygionus na chefais i erioed falla: rhywbeth tebyg i Meurig ac eto'n hollol wahanol iddo, wrth reswm! Roedd Eugen wedi fy nerbyn fel roeddwn i, yn ifanc, yn ddibrofiad ac yn boenus o ddiniwed, ac ro'n i wrth fy modd bod yn was bach iddo, yn dysgu wrth ei draed a'i ganlyn fel canlyn ôl traed arth yn yr eira.

Ar ôl misoedd o gymdeithasu achlysurol fel hyn, dyma Eugen yn gofyn i mi dros lasiad o *schnapps* ryw noson:

'*Also*, *Junger*, faset ti'n licio ennill bach mwy o bres poced?'

'Baswn,' meddwn i heb feddwl ddwywaith, fy nghalon yn dechrau pwnio'n ddisgwylgar.

Cleciodd Eugen y gwirod di-liw a rhoi slap nerthol i mi ar fy nghefn dan wenu fel giât. Edrychai'n hapus iawn. Galwodd y gweinydd draw ac archebu rhagor i'w yfed.

Dros yr ychydig fisoedd nesaf gofynnodd Eugen i mi gyflawni cyfres o fân orchwylion oedd i'w gweld yn hollol ddigyswllt a dibwrpas – mynd â pharseli bach a'u gadael mewn gwestai a gorsafoedd trên ledled yr Almaen; casglu llythyrau o fflatiau gwag mewn gwahanol ddinasoedd; a gwneud a derbyn galwadau ffôn rhyfedd berfeddion nos gan ddatgan neu glywed 'bod gan Fodryb Sigrid goes glec' neu ryw lol o neges debyg.

Bob hyn a hyn byddwn yn cael amlen blaen wedi'i stwffio i'r ymylon â Deutschmarks, doleri neu bunnoedd sterling – yn sicr, roedd yn ffordd hawdd o wneud tomen o bres poced.

Ac wedyn, yn gynnar un bore, mi ges alwad ffôn – Eugen yn swnio'n wahanol i'r arfer. Dim cellwair, dim chwerthin, dim malu cachu.

'Keith? Eugen sy 'ma. Hegla hi, boi. Hegla hi.'

'I ble?' gofynnais yn syn.

'Rhywla. Mae'r rhwyd yn cau. Hegla hi.'

Aeth y llinell yn farw.

Mewn tipyn o gyfyng-gyngor, a heb fod yn siŵr sut i ymateb i'r alwad ddramatig yma, mi fentrais i'r gwaith fel arfer a chael bod y lle'n ferw gwyllt.

Roedd yr hen Uschi wedi'i harestio yn Tübingen mewn cyrch gan yr heddlu yn erbyn y Rote Armee Fraktion, y garfan adain chwith fwyaf milwriaethus a threisgar yn yr Almaen ar y pryd – epiliaid Baader-Meinhof.

Doedd gen i ddim syniad beth yn union oedd yn digwydd y bore hwnnw, ond doeddwn i ddim yn dwp. Roedd Eugen wedi rhoi cyngor pendant i mi os oeddwn i am wneud gyrfa yn y fasnach arfau:

'Cadwa dy geg ynghau; rho dy ddêl at ei gilydd, a'i heglu hi o'r ffordd.'

Do, mi heglais i.

Hyd heddiw, dw i ddim yn hollol siŵr beth oedd rhan

Eugen yn y busnes a beth oedd arwyddocâd yr holl giamocs dirgel y bues i'n ymwneud â nhw – er 'mod i'n gallu dyfalu, ar ôl sawl degawd yn y maes.

Oedd Eugen yn gweithio i wasanaethau diogelwch yr Almaen neu'r Rote Armee Fraktion, ynteu'r ddau? Doedd dim dal. Dydi'r diwydiant ddim yn deyrngar iawn i neb.

'Wnest ti ddim aros hefo nhw?'

Llais Cemlyn eto'n tarfu.

Roedd AC/DC wedi dod i ben ac roedden ni bellach mewn traffig trwm ar gyrion Caernarfon oherwydd goleuadau a gwaith ar y ffordd.

'Sori, ro'n i'n bell fan'na.'

'Heckler & Koch. Wnest ti ddim aros hefo nhw?'

'Naddo. Roedd 'na ryw helynt. Dim byd i wneud â fi ond...'

'Amser maith yn ôl, ia?'

'Ti'n iawn.'

Roedd Cemlyn yn llygad ei le. Byd gwahanol. Oes wahanol. Prin fy mod i'n nabod fy hun wrth geisio cofio pob dim.

Roedd y traffig wedi aros yn stond ac roedd Cemlyn yn dechrau aflonyddu, gan ddrymio'i fysedd ar y llyw a rhegi dan ei wynt.

Ro'n i rhwng dau feddwl a ddylwn i ddweud yr hanes i gyd wrtho.

'Roedd y boi 'ma o'r enw Eugen...'

'Be sy'n bod ar yr hen rech hannar pan 'ma? Ty'd 'laen, Teidi. Ma gwaith gen rai ohonon ni o hyd,' torrodd Cemlyn ar fy nhraws.

Yn amlwg, nid dyma'r amser i adrodd y stori wrtho. Roedd rhyw straen yn brigo, ac roedd o'n ymddwyn yn wahanol iawn i'r cymwynaswr hawddgar a fu y tu ôl i'r llyw ynghynt. Es i'n ôl at fy atgofion.

18

Dangosai'r ffigurau LED coch ar y cloc radio wrth ochr y gwely ei bod bellach yn bedwar o'r gloch y prynhawn. Roedd y rhimyn golau o gwmpas y llenni eisoes yn dechrau pylu wrth i'r prynhawn byr, gaeafol ildio i'r cysgodion o'r dwyrain.

Ochneidiodd Nina. Roedd hi'n gorwedd yno ers dwy awr yn gwrando ar chwyrnu meddw Richard Cunliffe, a hwnnw ar wastad ei gefn wrth ei hochr. Daliai'r Gwyddel i wisgo'i grys ac un o'i sanau ac roedd golwg ynfytyn llwyr arno, ei ben yn lolian yn ôl a'i geg yn llydan agored ac yntau'n rhochian, yn carthu ei lwnc ac yn rhechen fel baedd wrth ei hymyl.

Doedd dim syniad ganddi lle'r oedd hi bellach.

Ddoe, roedd Cunliffe wedi mynd â hi yn ei gar o'r hen ffermdy, gan ei gorfodi i orwedd ar y sedd gefn, ei phen wedi'i gladdu yn ei breichiau fel na allai weld dim yn ystod y daith. Mentrodd ambell gip bach sydyn ond welodd hi fawr ddim heblaw am ychydig goed a gwifrau ffôn a thrydan yn fflachio uwchben y ffenest gefn.

Ar ôl rhyw dri chwarter awr roedd y car wedi stopio ac roedd Cunliffe wedi'i hysio i dŷ pen teras cyffredin gyda sgwaryn o ro diffaith o'i flaen, ychydig fetrau o droad oddi ar briffordd brysur a arweiniai i mewn i ryw dre neu'i gilydd. Roedd hi eisoes yn nosi pan gyrhaeddon nhw.

4.07.

Cododd Nina ar ei phenelin ac edrych ar Cunliffe yn oeraidd. Pe bai ganddi gyllell yn ei llaw y funud yma, meddyliodd, fe dorrai wddf y diawl yn y fan a'r lle a rhedeg i lawr i'r stryd i gyhoeddi ei champ i'r byd a'r betws, gan chwifio'r arf gwaedlyd yn fuddugoliaethus uwch ei phen.

Ond doedd ganddi ddim cyllell ac fe wyddai na feiddiai fyth wneud y ffasiwn beth achos roedd gafael y sglyfath rhochlyd yma a'i griw arni hi a'r merched eraill mor sicr nes ei bod yn amau a ddeuai hi fyth yn rhydd o'i chaethiwed.

Mwmiodd Cunliffe yn ei gwsg.

Caeodd Nina ei dwrn o fewn trwch blewyn i wyneb y Gwyddel cyn ei dynnu'n ôl yn sydyn mewn dychryn rhag ofn iddo ddeffro a'i dal.

Anodd credu iddi gael ei swyno i'r fath raddau ganddo pan gwrddodd hi ag o gyntaf.

Ychydig flynyddoedd ar ôl i'r rhyfel ddod i ben oedd hi pan ddychwelodd Nina i Sarajevo o Hadžići, lle bu hi'n byw hefo'i nain a'i thaid ar ôl iddi hi a Lara ddianc hefo'u mam o warchae dinas ei phlentyndod.

Ar yr adeg y dychwelodd Nina i Sarajevo, roedd ei chwaer hŷn, Eldina, wedi bod yn sâl iawn ar ôl geni ei phlentyn cyntaf, Dino. Hyd at ychydig cyn yr enedigaeth, roedd Eldina wedi bod yn byw yn Sarajevo ac yn helpu ei gŵr, Danko, mewn bar o'r enw'r Grand Canyon yng nghanol y ddinas. Ond â'i beichiogrwydd yn tynnu tua'i derfyn, gadawodd Eldina'r ddinas a mynd i Hadžići i fod yng nghanol ei theulu estynedig adeg y geni. Awgrymodd Danko, gan na fedrai Eldina fynd yn ôl i'w gwaith am sbel, y dylai Nina ddod yn ôl yn ei lle.

'Gei di gymyd lle Eldina,' meddai Danko wrthi'n frwd, 'nes ei bod hi'n ddigon cry i ddod yn ôl hefo'r bychan.'

Roedd Nina'n ddiolchgar iawn iddo. Anodd oedd cadw deupen ynghyd heb gyflog ei thad a'i brodyr. Roedd Eldina hefyd yn awyddus i'w chwaer fynd at ei gŵr gan ei bod hi'n poeni bod Danko'n gweithio'n rhy galed ac yn ofni y byddai ei salwch hi yn rhoi mwy fyth o straen arno.

'Mi fydda i'n iawn,' dywedodd Eldina wrthi. 'Mae digon o deulu ffor hyn i ofalu amdana i. Mi wneith o les i ti adael yr hen le diflas 'na lle'r wyt ti'n gweithio a mynd yn ôl i Sarajevo. Mae isio i bobl fynd yn ôl os ydi'r ddinas i fyw eto.'

Ar y pryd roedd Nina'n gweithio'n rhan-amser mewn becws yn Hadžići, ond doedd y gwaith ddim yn talu'n dda, roedd yr oriau'n hir a hen ddiogyn cas oedd y rheolwr.

Yn sgil cytundeb heddwch Dayton, roedd yna fwy o waith i'w gael yn Sarajevo erbyn hyn, gyda phobl o bedwar ban byd yn heidio yno, yn asiantaethau dyngarol, heddlu rhyngwladol, milwyr y Cenhedloedd Unedig a chwmnïau diogelwch ac adeiladu. Roedd yna fwrlwm, nid o'r math gorau falla, yn cyniwair ar y strydoedd er gwaetha'r holl ddinistr a chyni – ac roedd arian dychrynllyd yn llifo drwy'r lle.

'Arian go iawn gei di ffor 'ma,' esboniodd Danko wrthi. 'Doleri a Deutschmarks. Dyna'r arian sy'n siarad y dyddia yma.'

Doedd pres Bosnia – y 'marciau newidiadwy' oedd wedi disodli'r hen ddinar gynt ar ddiwedd y rhyfel – fawr o werth o'i gymharu ag arian America a'r Almaen.

Teimlai Nina'n ddieithryn yn y ddinas. Prin ei bod yn nabod ambell ardal oherwydd yr holl ddifrod. Sgerbwd du bellach oedd y fflatiau lle cawsai ei magu, ac anodd oedd dod o hyd i ffrindiau a pherthnasau. Roedd rhai ohonynt ymhlith y miloedd a gawsai eu lladd neu oedd yn byw i ffwrdd yn y wlad neu mewn gwersylloedd ffoaduriaid dros y ffin. Roedd eraill wedi cael cyfle, drwy fudiadau dyngarol, i godi pac yn gyfan gwbl a symud i fyw i Ffrainc a'r Unol Daleithiau.

Un peth y sylwodd Nina arno wrth ddod yn ôl i Sarajevo oedd yr holl fariau fel y Grand Canyon oedd wedi agor ym mhobman, pob un ag enw Americanaidd – yr Arizona, y Boondocks. Roedd llawer o gaffis a bwytai ei phlentyndod yn sefyll yn wag, wedi'u hanghofio.

'Rhaid i ti fod yn ofalus yma,' rhybuddiodd Danko. 'Mae'r lle wedi newid 'sti. Mae Sarajevo'n beryg bywyd i ferched fatha chdi. Ond byddi di'n iawn yn y Grand Canyon hefo ni. Mi wna i ofalu amdanat ti. Paid ti â phoeni.'

Hefo Danko o gwmpas, teimlai Nina'n hollol ddiogel.

Roedd sawl merch arall yn gweithio yn yr un lle, rhai'n lleol, rhai o wledydd eraill fel Rwmania a Moldofa, a dim ond un testun siarad oedd gan y merched i gyd – Nina yn eu plith – sef dod o hyd i ddyn, neu o leiaf rywun allai fynd â nhw allan o Fosnia i wlad lle gallent gael gwaith a gwell dyfodol.

Cyn y rhyfel roedd Nina â'i bryd ar weithio ym myd y teledu fel mam Fatima, un o'i ffrindiau yn y fflatiau, oedd yn ysgrifenyddes mewn gorsaf deledu yn Sarajevo, ond roedd yn annhebygol y câi wireddu breuddwyd o'r fath erbyn hyn. Gweini diodydd i bersonél yr UN a chwmnïau diogelwch fyddai ei thynged am sbel go hir, hyd y gallai weld.

Cwrddodd Nina â sawl hogyn digon clên a thebol o bob cwr o'r byd yn y bar ond roedden nhw i gyd naill ai'n briod yn barod neu'n chwilio am un peth yn unig. Eto, roedd digon o sbri i'w gael ac roedd Nina'n cael amser da er gwaethaf amodau simsan bywyd y ddinas; roedd hi'n ifanc ac yn fythol optimistaidd. Yn sicr, roedd y rhod wedi troi ers dyddiau du'r gwarchae pan stelciai angau ar gongl pob stryd a phan fu'n rhaid i rai o'r teulu ffoi am eu bywydau drwy'r twnnel...

Wyth oed oedd Nina pan ddaeth y rhyfel i darfu ar blentyndod dedwydd a diofid yn ninas hardd Sarajevo. Anodd oedd meddwl erbyn hyn y tu hwnt i ddyddiau du'r sieliau a'r bwledi, bwyta reis a macaroni rownd y rîl a chofio am yr amser gynt pan oedd y teulu'n gyfan ac yn gwasgu'n dynn amdani.

Daethai'r rhyfel i'w bywyd mor sydyn, fel un o'r ffrwydradau ar y strydoedd. Un diwrnod roedd hi allan ar ei beic gyda'i ffrindiau yn yr haul a'r diwrnod wedyn roedd hi yn y seler yn gorfod diodde yr oglau llaith ac yn gwrando ar danio di-baid tanciau'r ymosodwyr.

Roedd y teulu Puskar yn byw mewn fflat cyffredin ond cyfforddus ar y pymthegfed llawr ym maestref Dobrinja, heb fod ymhell o'r maes awyr rhyngwladol. Cofiai Nina sut y byddai'n mwynhau penglinio ar ei gwely yn edrych drwy ffenest ei llofft gan wylio pobl yn morgruga i'w gwaith neu'n ymgasglu i siarad y tu allan i'r siop fara. Byddai hefyd yn rhyfeddu wrth weld yr awyrennau'n codi'n llafurus uwch yr adeiladau ar eu teithiau i bedwar ban byd. Breuddwydiai am y diwrnod y câi hithau deithio ar awyren o'r fath. Roedd hi'n falch eu bod nhw'n byw mor uchel yn y bloc gan ei fod yn cynnig digon o fwyd i'w dychymyg.

Ond gyda'r rhyfel daeth anfanteision byw mewn nyth brân o fflat i'r amlwg hefyd, gan fod eu safle ar y pymthegfed llawr yn golygu dringo 270 o risiau sawl gwaith y dydd wrth gario pob diferyn o ddŵr roedd ei angen ar y teulu. Lladdfa o dasg. Hefyd, roedd yn ffordd bell wrth faglu i lawr y grisiau i gyrraedd y seler pan ddeuai'r sielio'n agos.

Sŵn seirenau, arogl tân yn yr awyr, cael ei deffro droeon yn y nos gan ffrwydradau mawr a methu mynd i gysgu am oriau wedyn; sŵn mamau'n sgrechian wrth chwilio am eu plant ar ôl y ffrwydradau; gweld dynes heb ei phen yn gorwedd yr ochr draw i'r groesffordd… dyma'r delweddau a'r atgofion oedd yn ei chadw'n effro'r nos ar ôl dianc o'r lle, ac na fyddai'n gadael llonydd iddi tra byddai byw.

Erbyn hyn, wrth gwrs, roedd delweddau ei sefyllfa bresennol yn ategu ei hatgofion am gyfnodau anhapus y rhyfel, nes bod ei phen yn un gybolfa boenus.

Un o'r atgofion cryfaf o gyfnod y gwarchae oedd yr olwg gynyddol flinedig ar wyneb ei mam, oedd yn nyrsio yn un o'r ysbytai – ei gwallt tywyll yn britho, y rhychau piws dan ei llygaid yn ymledu, y golau'n pylu yn ei llygaid.

'Dalla i ddim stopio meddwl am yr anhrefn sydd o'n cwmpas ni,' clywsai Nina ei mam yn dweud wrth ei thad ryw noson a'i llais yn llawn panig, ac wedyn sŵn llais ei thad yn ei chysuro, yn ddwfn ac yn ddibynadwy ond yn anodd ei ddeall.

A'r atgof arall a ddeuai'n ôl o hyd ac o hyd oedd ffarwelio â'i thad a'i brodyr cyn ffoi hefo'i mam a'i chwaer iau drwy'r twnnel i faestref Butmir yr ochr draw i'r maes awyr, a orweddai y tu allan i'r gwarchae. Cofiai droi i godi llaw ar ei thad a'i dau frawd unwaith eto cyn i dywyllwch y twnnel eu llyncu ond roedd y fynedfa eisoes o'r golwg a dim sôn amdanynt. Ni welai'r un ohonynt eto.

19

Ffarweliais â Cemlyn mewn mwy o ruthr nag y baswn i wedi'i licio. A dweud y gwir, aeth hi braidd yn flêr.

Dwi'n meddwl bod Cemlyn yn sydyn wedi sylweddoli ei fod o'n hwyr a bod mwy o draffig ar y ffordd na'r disgwyl. Newidiodd ei ymarweddiad yn llwyr ac aeth yn ddiamynedd hefo pawb. Doedd ganddo fawr i'w ddweud wrtha i bellach a gallwn weld tu min y cyn-filwr proffesiynol yn dod i'r fei.

Wedi cyrraedd tre Caernarfon, doedd yna unman cyfleus i barcio ac roedd hi'n amlwg bod Cemlyn yn awyddus i'w throi hi cyn gynted ag y gallai. Felly, yn y pen draw, bu'n rhaid i ni dynnu i mewn i un o'r safleoedd bysys – ddim y lle delfrydol.

'Fyddi di'n iawn yn fa'ma?' holodd Cemlyn a'i lygaid ar y traffig.

'Tsiampion, diolch. Ga i fws o fa'ma i Landudno. Mae gen i awydd stopio fan'no heno 'ma. Dw i'n licio Llandudno. Lle da i hel meddyliau. Bach o holidê go iawn. Hufen iâ a ballu!'

Dim ateb.

Agorais y drws a dechrau straffaglio o'r sêt. Doedd dim arwydd bod Cemlyn yn mynd i helpu.

'Oes siawns am help llaw hefo'r bagia o'r cefn?' meddwn i, ychydig yn ddesbret.

'O shit! Anghofiais i. Sori, boi,' meddai gan slapio'i dalcen yn galed, ac allan ag o wedyn yn sionc.

Agorodd y cefn ac estyn y bagiau ac yna roedd o'n sefyll wrth fy ochr a'i law ddeufys a bawd yn cydio yn fy llaw grynedig innau.

Roedd ei ddiffyg amynedd gynnau wedi diflannu a'r olwg feddal yn ôl yn ei lygaid unwaith eto.

'Hei lwc,' meddai gan wasgu fy llaw'n dynn, dynn yng ngefel ei fysedd.

'Diolch am bob dim,' meddwn i gan wasgu swp o bapurau £5 i'w law arall; yn sydyn, teimlwn yn emosiynol iawn ac ro'n i'n ofni y baswn i'n torri i lawr.

'Paid sôn,' meddai yntau gan ollwng ei afael a mynd yn ôl at ochr y gyrrwr.

Roedd bws Express Motors wedi sleifio i mewn ar dipyn o frys i'r safle lle'r oedden ni wedi parcio a'r gyrrwr yn canu'i gorn yn chwyrn ac yn taflu stumiau blin.

'Mae gen ti gardyn, does?' gwaeddodd Cemlyn wrth agor ei ddrws ac arwyddo i'r gyrrwr bws ei fod o ar symud.

'Oes,' meddwn i.

'Cofia – tro nesa byddi di ffor 'ma ac angan tacsi...'

'Wna i. Saff i chdi,' meddwn i gan godi fy ffon mewn ystum o ffarwél.

Eiliadau'n ddiweddarach, dyma'r tacsi'n tynnu i ganol y ffrwd o draffig. Yn syth, symudodd y bws melyn a gwyn yn ei flaen i lenwi'r gofod rhyngdda i a Cemlyn ac erbyn i mi drefnu'r bagiau doedd dim sôn am y Peugeot arian a'i yrrwr hynaws.

Sefais am ychydig yn ceisio penderfynu lle'n union roeddwn i. Roedd Caernarfon yn edrych mor wahanol i'r tro diwethaf y bues i yno flynyddoedd ynghynt. Hefo Sharon a'r genod roeddwn i'r adeg honno, a'r merched yn ifanc iawn ar y pryd a heb fawr o ddiddordeb yn y castell godidog oedd yn mynd â bryd eu tad.

Mi gerddais i cyn belled â'r gongl, a dechreuodd y darnau lithro i'w lle. Ymlaen â fi a sefyll am sbel wedyn dros y ffordd i Poundsaver a syllu draw tua'r Maes a golwg ddigon hurt arna i, mae'n siŵr.

Heb yr holl fysys a arferai aros yno, roedd golwg reit ddiffaith ar y Maes. Edrychai'n rhyfeddol o wag a rywsut roedd amlinelliad y castell heb y swyn a'r rhamant fyddai ganddo erstalwm pan oeddwn i'n hogyn. Roedd min go gas ar y gwynt erbyn hyn hefyd, a rhywbeth tebyg i eirlaw yn yr awyr.

Roeddwn i wedi gobeithio cerdded draw tuag at lannau'r Fenai, ond roedd y goes yn cwyno eto, y tywydd yn gerwino a hefyd roedd hi ymhell wedi troi amser cinio erbyn hyn, a finnau ar lwgu a homar o gur pen yn dechrau morthwylio cefn fy mhenglog. Byddai'n rhaid i mi gymryd fy nhabledi ac roedd angen i mi fwyta rhywbeth cyn i mi wneud hynny.

Mi droais i lawr Stryd y Plas a dod o hyd i gaffi bach traed ar y ddaear yng nghefn siop fara, lle archebais baned o goffi ac wyau wedi'u sgramblo ar dost.

Sylwais fod fy nwylo'n crynu'n eithaf gwael wrth daclo'r bwyd. Yn rhy fuan falla, cyn leinio fy stumog, mi gymerais fy nhabledi hefo llwnc o goffi gan obeithio y byddai hynny'n help i dawelu'r nerfau.

Methais orffen y pryd i gyd. Gwthiais y plât oddi wrtha i a llymeitian y coffi llugoer. Roedd blas digon chwerw ar hwnnw hefyd. Yn sicr, doedd o'n gwneud dim i ladd y syched difrifol oedd arna i. Dŵr oedd ei angen.

'Ga i lasiad o ddŵr tap, plis,' gofynnais i'r weinyddes wrth iddi hel y llestri budron oddi ar fwrdd cyfagos.

Pan ddaeth y dŵr, mi lowciais i'r cwbl mewn un dracht hir a hynny cyn i'r ferch druan gael amser i symud yn ei blaen.

'Un arall, plis,' ebychais yn ddigon siarp gan sychu'r diferion oddi ar fy ngweflau â chefn fy llaw.

''Dach chi isio jyg?' gofynnodd ychydig yn betrus.

'Oes, plis,' ac i ffwrdd â hi eto.

Dychwelodd â jygiad mawr o ddŵr gan wenu'n famol.

'Dyna chi.'

'Diolch, del.'

Ar ôl iddi fynd, a chan slempian trochion mawr o ddŵr dros y bwrdd wrth godi'r jwg yn fy llaw grynedig, llwyddais i dywallt gwydraid arall a llowcio hwnnw ar ei ben yn syth... ac un arall mewn byr o dro ac yr un mor farus, cyn dechrau teimlo bod y syched wedi'i ladd go iawn.

Mwyaf sydyn, dyma gawod arall o genllysg yn ymollwng fel tunnell o fân ffrwydron ar ben y ffenest dywyll yn nho'r caffi. Mi fferrais mewn braw. Teimlais y gwaed yn diflannu o'm hwyneb a chwys oer yn dechrau trochi fy nhalcen. Ro'n i'n ofni 'mod i'n mynd i lewygu... Chwyddodd sŵn y cenllysg ar y to nes ei fod yn hollol fyddarol, fel rhu'r jetiau ar y ffin y tro 'na, yn chwyddo, chwyddo o hyd...

Roedd fy mhen yn dechrau troi a rhyw oerni enbyd yn lledu drwy fy nghorff. Daliai'r cenllysg i bledu'n ddi-daw yn erbyn gwydr y ffenest yn y to.

Hyd yn oed taswn i'n gweiddi am help, fasa neb yn fy nghlywed meddyliais wrth deimlo fy hun yn colli gafael ar bethau, a rhyw lanw dudew yn dechrau llyncu'r golau a phylu pob sŵn...

20

Roedd grym yr holl dwrw'n eich gwasgu yn dynn, dynn i'r ddaear.

Uwchlaw popeth roedd sŵn sgrech yr awyren a thac-tac-tac cnocell ei chanon, sŵn gwydr yn chwalu'n chwilfriw yng ngwres y fflamau, sŵn cŵn yn coethi a phlant yn crio a sgegian, larymau'n canu'n ddi-daw mewn siopau a swyddfeydd a cheir...

Mi welais y MiG yn ymrithio drwy'r mwg trwchus wrth wibio dros y dre, yn goleddu ar ei hochr ac yna'n ymsythu ar ei chynffon cyn dringo i'r entrychion drachefn. Roeddwn i'n nabod y siâp yn syth – MiG-29. Roeddwn i'n hen gyfarwydd â hi, wedi'i gweld droeon yn mynd drwy ei phethau mewn sioeau awyr a ffeiriau arfau ar draws y byd.

A'i sŵn yn cilio i'r pellter, mentrais godi fy nhrwyn rhyw fodfedd neu ddwy dros ymyl y ffos. Tua hanner can metr i ffwrdd roedd ein cerbyd yn wenfflam, yn goelcerth ffyrnig a mwg llwyd-ddu'n ffrydio ohono'n staen budur ar lesni'r awyr. Heb fod ymhell oddi wrtho yng nghanol y stryd gallwn weld llencyn ifanc yn ymlusgo wysg ei ochr fel cranc enfawr, a stwmpyn gwaedlyd lle bu ei droed chwith ychydig eiliadau ynghynt. Symudai'n syndod o gyflym ac edrychai fel pe bai'n llwyddo i gyrraedd lloches y ffos mewn pryd pan glywais yr ail MiG yn dechrau ubain ar ei hynt tuag aton ni. Dowciais yn ôl rhag cynddaredd y saethu a phan edrychais wedyn roedd y cranc yn gorwedd yn llonydd ar ei gefn yng nghanol y lôn.

Pellhaodd rhu'r awyrennau unwaith eto, ac aeth hi'n rhyfeddol o dawel heblaw am glecian y tanau. Am ennyd fer, roedd sŵn y plant a'r cŵn a'r holl leisiau croch wedi distewi a hyd yn oed sŵn y larymau fel pe bai wedi'i fygu dros dro. Tu ôl i mi o ganol un o'r gerddi llifai cân ddibryder rhyw aderyn anweledig o'r llwyni.

Eiliadau'n unig y parodd y tawelwch ac yna dyma'r swigen yn byrstio o'r newydd a daeth y dre unwaith eto'n effro i'r distryw a'r dioddefaint a adawyd gan y cyrch awyr.

Fesul ychydig, dechreuodd pobl ymwroli a chodi o'r ffos, rhai'n rhedeg yn syth i chwilio am anwyliaid, eraill yn sefyll yn syn yng nghanol y ffordd yn gwylio'r fflamau'n llyncu eu cartrefi a'u heiddo.

Cerddais draw at y cerbyd, a ddaliai i losgi'n wyllt, gan gadw fy mhellter oddi wrth gorff y llanc ar y lôn. Ond er fy ngwaethaf taflais gipolwg draw a gweld ei wyneb main, golygus â'r llygaid yn agored led y pen yn syllu'n wag ar y wybren las.

Ar y pryd, dw i ddim yn cofio i mi deimlo dim heblaw cydnabod yr hyn a welwn ar ryw lefel ddigon arwynebol. Dim ond gyda threigl y blynyddoedd y deuai'r llygaid di-weld yn ôl i arteithio'r cof a gweu drwy fy mreuddwydion.

Sefais fel delw yn gwylio'r tân. Cododd mymryn o awel a chwythwyd cwmwl o fwg trwchus i'm cyfeiriad gan bigo a llosgi fy llwnc.

Mi gamais yn ôl dan besychu. Roedd pob dim yn y car – fy magiau, y pasborts a'r holl wybodaeth angenrheidiol yng nghrombil y gliniadur, heb sôn am fy nillad, lluniau'r plant yn ifanc… popeth a dweud y gwir.

Sôn am lanast, myn uffarn i. Yn ôl pob golwg, dyma ddiwedd y lein i'r joban yma. Yn ôl i sgwâr un. Colli comisiwn, colli contract, colli enw da. Gorfod egluro i'r meistri, na fydden nhw'n malio'r un botwm corn am esgusodion – hyd yn oed bod y cerbyd wedi'i ddinistrio gan MiG-29. Mi ddylswn i fod wedi herio Michela ddoe a mynnu bod y cyfarfod yn digwydd yn Dubrovnik, yn lle gadael i 'nghalon a 'nghala fwydro pob greddf arall.

Gweithio i gwmni arfau o'r Almaen roeddwn i ar y daith honno. Roedd cwmnïau o'r Almaen, Gwlad Belg, yr Ariannin ac eraill, bid siŵr, wrthi fel slecs yn cyflenwi arfau i Groatia a hynny'n gwbl groes i waharddiad y Cenhedloedd Unedig. Ond roedd y trip yma i werthu arfau i Fosnia yn rhan o rywbeth gwahanol iawn. Arallgyfeirio o'r iawn ryw. Doeddwn i ddim yn siŵr pwy'n union oedd wrthi'n tynnu cortynnau fy nghyflogwyr ond roedd gen i fy amheuon. Roedd y sïon yn dew ers tro.

Roedd gan y cwmni yn yr Almaen gysylltiadau lu yn Nhwrci a'r Dwyrain Canol ac ro'n i wedi cael achlust gan hen gontact hefo'r SIS ym Mhrydain fod gwasanaethau cudd Twrci ac Iran, gyda sêl bendith y Pentagon ac arian parod gan Saudi Arabia ac eraill, wrthi'n arfogi eu cyd-Fwslimiaid ym Mosnia. Yn allweddol i'r fenter yma roedd grwpiau Islamaidd radicalaidd megis y Mujahideen o Affganistan a Hizbullah, oedd eisoes wedi sefydlu gwersylloedd hyfforddi yn y mynyddoedd i'r dwyrain.

Roedd yr holl sgêm yma yn ymwneud â dyledion America ar ôl y rhyfel cyntaf yn y Gwlff ar ddechrau'r nawdegau.

Gyda gwasanaethau cudd Israel, Ukrain a Gwlad Groeg i gyd wrthi'n arfogi'r Serbiaid ac awyrennau AWACS America yn 'plismona' y gwaharddiad arfau, a'r rheini dan ofal y Pentagon, doedd dwylo neb yn lân iawn yn yr hen Iwgoslafia ar ddiwedd y ganrif ddiwethaf.

Ond ar y diwrnod hwn o fwg a thân, doedd gen i ddim ots yn byd am y sïon a holl fistimaners y gwahanol wledydd. Doedd gen i ddim uffar o ots chwaith am fy nghyflogwyr nac am y trôns glân yn fy nghês na'r gliniadur a'i holl gyfrinachau bach peryg oedd wedi'u troi'n blastig tawdd a lludw mân o flaen fy llygaid.

Y diwrnod hwnnw, y cwbl a welwn i yn y mwg a'r fflamau a dasgai o'r car, ar ôl y sioc gyntaf, oedd cyfle. Bron nad oeddwn i'n teimlo rhyw fath o orfoledd.

Safai Michela wrth fy ochr, ei gwallt gwinau dros ei dannedd a'i chrys wedi'i ddeifio a'i rwygo.

'Mae pobl angen help,' meddai gan droi ar ei sawdl a dechrau rhedeg nerth ei thraed yn ôl tua'r tai a'r ymdrechion gwyllt i achub bywydau.

Heb betruso dim, es ar ei hôl hi tua'r fflamau.

21

'Wnest ti'n dda heddiw.'

Doedden ni ddim wedi siarad am yn hir wedi i ni adael y dre a chychwyn ar ein taith dros y ffin drwy'r mynyddoedd. Erbyn hyn roeddwn i'n gorfod canolbwyntio i'r eithaf ar gadw'r cerbyd ar y lôn fynydd, gan yrru heb oleuadau cymaint ag oedd yn bosib er mwyn osgoi unrhyw lygaid ymyrrol yn y tywyllwch. Gyrru dan olau lleuad a grogai'n feddw fawr uwchben crib ddanheddog y mynyddoedd. Ychydig lathenni i'r dde o'r 'ffordd', plymiai'r dibyn gannoedd o droedfeddi i ddüwch y dyffryn creigiog islaw.

Ddywedais i'r un gair mewn ymateb i sylw Michela, dim ond ceisio codi fy sgwyddau'n ddidaro, ond gyda'r cerbyd yn siglo'n ôl ac ymlaen fel ceffyl gwyllt oherwydd yr holl rychau a thyllau, go brin iddi sylwi.

'Yn wir, mi wnest ti'n dda,' meddai hi wedyn a braidd gyffwrdd â'm braich â'i llaw.

'Dwn i'm,' meddwn i, ac wedyn, o deimlo fy mod i ychydig yn rhy swrth, ychwanegais: 'Mi oedd Mam yn nyrs. Hwyrach 'mod i 'di etifeddu rhywbeth ganddi hi.'

Trawodd y cerbyd dwll dyfnach na'i gilydd a chrafodd y ffrâm yn hegar yn erbyn y graig. Bwriwyd corun Michela yn galed yn erbyn y to a rhoddwyd taw ar y sgwrs wrth iddi fwytho ei hanaf.

'Ti'n iawn?' gofynnais heb fedru gwneud dim i'w chysuro.

'Ydw,' meddai gan rincian ei dannedd.

Bu'r gwaith chwilota yn adfeilion y fflatiau a'r tai yn erchyll. Roedd yn amhosib i neb fynd yn rhy agos at y fflamau, a ddaliai i losgi'n ffyrnig, ac roedd y gwasanaethau tân yn ceisio diffodd dwsin o danau sylweddol eraill ar hyd a lled y dre. O'r cychwyn, doedd dim disgwyl canfod neb yn fyw.

Wrth i ni symud ymlaen ar hyd y stryd yn chwilio am ryw ffordd o barhau ar ein siwrnai, gwelsom ddynes oedd wrthi'n chwilio'n wyllt am rywun i'w helpu i fynd â'i gŵr i'r ysbyty. Roedd hwnnw, dyn bychan oedrannus, wedi'i daro gan ddarn o shrapnel a oedd wedi rhicio'i frest, gan adael staen coch fel sash mawr llachar a ymledai'n ara deg ar draws ei grys gwyn.

Ar y gair, dyma injan dân yn dod i'r fei a chamais o'i blaen gan chwifio fy mreichiau'n wallgo. Stopiodd yr injan fodfeddi'n unig oddi wrtha i a ches lond pen gan y gyrrwr am rwystro ei hynt. Ymyrrodd Michela ac yn fuan iawn meiriolodd yr agwedd ddrwgdybus a diamynedd a llifodd y dynion tân o'r cerbyd i helpu i symud y dyn clwyfedig, oedd bellach yn lled anymwybodol, a'i osod i orwedd ar lawr yr injan dân.

Rywsut, llwyddodd pawb i wasgu i mewn i'r ffwrnais chwyslyd y tu mewn ac yna i deithio'r cilometr a rhagor i'r ysbyty, gan geisio osgoi'r talpiau enfawr o gerrig a choncrid a orweddai ar draws y ffordd. Diolch i ddoniau'r gyrrwr, llwyddon ni i wasgu drwodd – y cerbyd yn goleddu'n ddramatig wrth i'r ddwy olwyn ar y dde fowntio slabyn o drawst concrid.

Roedd yr ysbyty dan ei sang ac unrhyw drefn yn prysur ddiflannu wrth i'r staff ymlafnio i ddygymod â'r dilyw dynol oedd angen sylw yn sgil y bomio. Drwy'r adeg roedd y goleuadau trydan yn pylu, yn fflachio ac yn bygwth darfod yn llwyr. Roedd straen a blinder yn amlwg yn osgo ac ar wynebau pawb. Bob hyn a hyn byddai sŵn ffrwydradau'n crychdonni drwy'r adeilad i gyfeiliant ffenestri'n chwalu ar bob llawr wrth i dân gydio mewn ffatri gemegau ar gyrion y dre.

Wrth i'r meddygon archwilio'i gŵr, eisteddais wrth ymyl y ddynes ar fainc gul a sylwi ar y sblashys mawr o waed oedd wedi'u sgeintio yma ac acw ar y llawr o'n cwmpas.

'Rhaid i mi ffeindio cerbyd arall,' meddai Michela.

Sbiais yn hurt arni.

'Rhaid i ni groesi'r mynyddoedd heno, neu fydd dim modd i ni symud o fan hyn,' ychwanegodd wedi'i chynhyrfu a rhywbeth tebyg i banig yn ei llais.

Cyn i mi fedru protestio na'i hatal, ro'n i eisoes wedi colli golwg arni yng nghanol y dorf a lifai'n ôl ac ymlaen trwy gyntedd yr ysbyty, ac fe'm gadawyd i ofalu am y ddarpar weddw druan.

Doedd gen i fawr o ddewis ond aros lle'r oeddwn i – yn ddi-basbort ac yn hollol ddiymgeledd mewn tre oedd ar fin cael ei goresgyn gan luoedd nad oedden nhw'n malio rhyw lawer pwy oedd yn syrthio o flaen eu gynnau wrth iddynt sicrhau eu nod.

Roedd y wreigan mor welw â'r galchen. Syllai'n ddiwyro, fel ci bach disgwylgar, ar gefn côt wen y meddyg a dendiai ar ei gŵr.

Mi geisiais ei chysuro. Doedd y geiriau ddim gen i yn Serbo-Croat. Mi driais i Almaeneg ac Eidaleg ond doedd hi ddim i'w gweld yn deall y rheini. Dw i ddim yn meddwl ei bod hi hyd yn oed yn gwrando arna i wrth iddi rythu ar y criw bach a glystyrai o gwmpas y corff llonydd ar y bwrdd o'u blaenau. Doedd dim Saesneg ganddi, mae'n debyg, felly yn y pen draw dyma fi'n troi at y Gymraeg – iaith cysur pan o'n i'n sâl yn blentyn – ond heb fawr mwy o lwc, wrth reswm pawb.

'Bydd o'n iawn, wchi,' meddwn i'n lletchwith. 'Doedd y clwy ddim i'w weld fel 'sa'n gwaedu cymaint gynna bach, nag oedd?'

Swniai'r Gymraeg yn od ar y naw yng nghanol yr holl bandemoniwm estron o bobtu ac yn y diwedd fe aeth traw fy llais fy hun yn rhy ddiarth yn fy nghlustiau. Mi gaeais i 'ngheg a bodloni ar ddal llaw'r graduras fach. Teimlai ei bysedd garw yn oer, oer yn fy ngafael chwyslyd ac yn ddiarwybod mi ges fy hun yn byseddu'r bandyn trwchus o fodrwy briodas oedd am ei bys.

O'r diwedd, dyma un o'r meddygon yn gadael y clwstwr bach a safai o gwmpas yr henwr ac yn dod draw aton ni i gyhoeddi bod y truan wedi trengi. Doedd dim angen bod yn rhugl yn iaith y wlad i ddeall byrdwn ei neges.

Sigwyd y wraig i'w sail, fel tasa hi wedi'i bwrw gan ryw ddwrn anweledig. Gallwn weld ei chorff cyfan yn crebachu o flaen fy llygaid bron, ei hwyneb wedi'i sgrwtsio'n belen o ing, ei dyrnau bach ynghau ac wedi'u codi at ei cheg. Rhoddais fy mraich amdani, ond gwthiodd fi i ffwrdd a cheisio mynd heibio i'r meddyg at ei gŵr.

Er mawr ryddhad, daeth Michela yn ei hôl.

'Dw i wedi ffeindio cerbyd arall i ni,' cyhoeddodd a bron nad oedd hi'n gwenu.

'Mae ei gŵr hi wedi marw,' dywedais.

Daeth golwg boenus i'w llygaid ac edrychodd draw at y ddynes, oedd erbyn hyn yn ubain crio ac yn gweiddi'n gyhuddgar am yn ail. Tynnai'n ffyrnig ar gôt y meddyg, oedd eisoes yn archwilio'r nesaf yn y gynffon ddiddiwedd o glwyfedigion. Heb sbio arni, fe'i bwriodd i ffwrdd â'i law.

'Mae hi'n dweud wrth y meddygon wneud mwy o brofion,' meddai Michela a'i llais yn floesg. 'Dydyn nhw ddim wedi gwneud digon o brofion i weld a yw ei gŵr hi'n fyw, meddai hi, ac maen nhw'n dweud wrthi hi ei fod o wedi marw wrth gyrraedd yr ysbyty.'

Doedd gan y meddygon ddim dewis ond bwrw ymlaen â'u gwaith, gan obeithio achub o leiaf ambell fywyd cyn diwedd y dydd.

'Oes rhywle gaiff y ddynes yma fynd? At ei theulu neu rywbeth? Gawn ni fynd â hi yno, falla?' clywais fy hun yn dweud.

Yn sydyn, roedd y syniad o'i gadael yn y fan a'r lle yn teimlo'n hollol ynfyd. Roedd ei thrasiedi wedi fy nghyffwrdd mewn ffordd uniongyrchol ac annisgwyl.

Plygodd Michela a gofyn iddi. Ymdawelodd y ddynes a'r dagrau'n powlio i lawr ei bochau main. Atebodd mewn llais gwichlyd fel llyg bach. Yn sydyn, edrychai Michela hithau dan deimlad a rhoddodd ei llaw ar ei thalcen fel pe bai cur pen ganddi.

'Mae hi'n dweud ei bod hi a'i gŵr wedi cael eu gyrru o'u cartref gan y Chetnikiaid, chwedl hithau, a bod llawer o'u cymdogion ac o bosib eu meibion wedi'u saethu ganddyn nhw.'

Estynnais fy llaw a'i rhoi ar fraich Michela, ond tynnodd hi ei braich yn rhydd bron yn syth a sychu ei dagrau â chefn ei llaw.

'Mae'n ddrwg gen i,' meddai, 'ro'n i jest yn cofio…'

Gwasgais ei llaw a theimlo ei bysedd hithau'n tynhau ychydig am fy mawd cyn tynnu i ffwrdd drachefn ac ailgydio yn ei byrdwn gwreiddiol, wedi'i hadfywio.

'Rhaid i ni ei throi hi,' meddai'n awdurdodol. 'Unwaith y bydd y sielio'n stopio, byddan nhw yma. Bydd rhywun yn helpu'r ddynes 'ma. Maen nhw'n bobl dda, yn gefn i'w gilydd. Paid â phoeni amdani. Daw rhywun heibio iddi.'

Gallwn weld bod nyrs a gwraig arall eisoes yn rhoi sylw i'r hen wraig. Sylweddolais nad oedd dim mwy i'w wneud a dyma fi'n dilyn Michela wrth iddi frasgamu tua'r drysau.

Rhyddhad mawr oedd gadael y lle a'i holl fwstwr clawstroffobig. Fodd bynnag, roedd yr olygfa ar strydoedd y dre yr un mor ddirdynnol â'r dioddefaint y tu mewn i furiau'r ysbyty. O'n blaenau ar y briffordd fe wylion ni golofn hir o ffoaduriaid yn ymlusgo tua'r gorllewin a'r broydd Croataidd – ar droed, mewn Yugos bach neu ar ambell drol yn cael ei thynnu gan geffyl neu asyn.

A minnau'n blentyn y pumdegau, roedd yn f'atgoffa o olygfeydd yn Ffrainc a Gwlad Belg mewn hen ffilmiau newyddion o ddechrau'r Ail Ryfel Byd, ond nid brethyn tywyll gwerin Fflandrys a wisgai'r rhain ond dillad cyfoes, dillad hamdden lliwgar, dillad gorllewinol tebyg i ni...

22

Arweiniodd Michela fi drwy'r strydoedd cefn a'r sicrwydd rhyfeddaf yn ei cham. Roedd hi'n wag a thawel ym mhobman ac eithrio ergyd ambell siel yn y pellter – ergydion a ddeuai'n agosach bob munud. Doedd neb i'w weld yng nghyffiniau'r tai ac roedd arwyddion ym mhobman fod rhywbeth wedi tarfu ar fywyd beunyddiol y gymuned. Daliai llieiniau a dillad i hongian yn swrth ar bolion uwchben yr heolydd culion ac roedd prydau bwyd a diodydd ar eu hanner i'w gweld ar y byrddau y tu allan i ambell gaffi. Yma a thraw roedd teganau plant yn gorwedd driphlith draphlith drwy'r lle, a thros riniog un o'r tai dyma gi bach melyn yn tuthio i'r fei i ffroeni ein sodlau cyn penderfynu nad oedd a wnelon ni ddim oll â'i berchenogion coll. Dychwelodd i gysgodion yr adeilad â'i gynffon yn llipa.

Y tu hwnt i'r strydoedd, daethon ni at briffordd lydan oedd wedi'i tholcio'n arw gan fomiau neu sieliau o ryw fath, a'r ochr draw iddi roedd yna ffatri fach gyda maes parcio eang o'i blaen. Ar ochr yr heol safai arwydd trionglog yn dangos silwéts plantos, bachgen a merch, yn croesi, fel y byddech yn ei weld ar fin y ffordd mewn unrhyw wlad yng nghyffiniau ysgol neu fan chwarae. Roedd yr arwydd hwn, fodd bynnag, wedi'i dduo gan dân a'i ymylon wedi'u hystumio gan y gwres.

Dyma ni'n rhedeg ar draws y ffordd ac at fynedfa'r ffatri.

Unwaith eto, roedd y lle'n wag, doedd neb yng nghaban yr atalfa draffig wrth y fynedfa ac yn ôl pob golwg roedd pawb wedi gadael ar frys. Roedd olion bomio a thân yn creithio blaen yr adeilad ac oglau llosg yn drwm ar yr awyr. Yn y maes parcio ei hun roedd amryw o lorïau a'r rheini wedi'u hanner dadlwytho neu lwytho ac roedd blycheidiau o nwyddau'n gorwedd ar hyd y lle.

Yr ochr draw iddynt, swatiai tryc Toyota newydd sbon danlli yn disgleirio yng ngolau'r machlud.

'Perffaith!' dywedais wrth Michela yn llawn edmygedd. 'Da'r hogan i ffeindio hwn.'

'Yn anffodus,' meddai Michela wrth i ni gerdded yn gyflym ar draws y concrid tuag at y cerbyd, 'dydi o ddim yn berffaith o bell ffordd, mae arna i ofn.'

Wrth rowndio pen blaen y tryc, mi welais beth oedd ganddi dan sylw. Roedd rhyw daflegryn neu'i gilydd yn amlwg wedi glanio tuag ugain llath oddi wrth y cerbyd ac roedd ochr y gyrrwr fel pincws, a'r paent glas metalig wedi'i ddeifio ac yn fyrdd o swigod mân wedi iddo gael ei bledu gan gawod wynias y ffrwydrad. Roedd y ffenestri ochr wedi'u chwythu'n chwilfriw hefyd. Roedd drws y gyrrwr yn agored a dyn penfoel mewn oferôls gwyrdd yn hongian gerfydd ei goesau o'r sedd, ei ben ar y concrid a'i wddf wedi'i droi ar ongl grotésg.

Teimlai'r ddaear fel pe bai'n simsanu o dan fy nhraed. Roedd cyfuniad o flinder, syched a gorfod wynebu marwolaeth am y trydydd tro mewn diwrnod yn dechrau effeithio arna i.

'Bydd yn rhaid i ni 'i symud o,' meddai Michela gan edrych ar draws y concrid yn ôl i gyfeiriad y dre, lle'r oedd cyfres arall o ffrwydradau yn crychu'r awyr.

Rhaid fy mod i'n siglo ar fy nhraed achos estynnodd ei llaw a gafael yn fy mraich.

'Ddrwg gen i,' meddwn i, 'isio dŵr sydd arna i…'

‘Ty’d, mae ffawd o’n plaid ni,’ meddai, gan fy hebrwng heibio’r truan a’i ben ar y concrid at gefn y tryc.

Agorodd y drws a dyna lle’r oedd llond craetsh o ddŵr potel o ’mlaen ar lawr y tryc.

Teimlwn fel rhyw gymeriad o *Beau Geste* wrth reslo â chaead un o’r poteli ac yna llowcio’r dŵr llugoer nes fy mod i’n tagu. Doedd Michela ddim cweit mor wyllt wrth fynd ati i ladd ei syched ond daliai i lyncu’n awchus. Roeddwn i’n dyhefod fel ci gyda dŵr yn rhedeg i lawr fy ngên ac ar draws fy nghrys. Syllodd Michela arna i ychydig yn syn am ennyd. Yna, cymerodd lwnc arall o’i photelaid hithau a’i chau.

‘Mae ychydig o fwyd yma hefyd.’

Edrychais yn ôl tua’r dre a’r fantell ymledol o fwg llwyd-ddu a orweddai drosti. Daliais lygad Michela am ennyd fach, a phob math o gwestiynau, amheuon ac ofnau yn troelli drwy ein meddyliau.

Heb ddweud dim rhagor, trodd Michela yn ôl at y dyn celain yr ochr draw i’r cerbyd gan sefyll yn ddisgwylgar, yn barod i gyflawni’r dasg ysgeler o’i symud.

‘Lle… lle gwnawn ni ei roid o?’ gofynnais gan geisio swnio’n ymarferol.

Edrychodd Michela o’i chwmpas. Yn sydyn, teimlai’r maes parcio yn anferth ac yn ddigysgod, fel pe baen ni’n actorion ar ryw lwyfan diderfyn. Pwyntiodd Michela at un o’r lorïau â ramp yn arwain i’w chefn.

‘Yn fan’na,’ meddai hi.

‘Iawn… Mi wna i ddadfachu ei goesau. Gwell i mi fynd rownd i’r ochr draw falla.’

Ac yn ôl â fi i ochr dde’r cerbyd. Roedd drws y teithiwr yn agored ac i mewn â fi i’r cab. Roedd y tu mewn yn chwilboeth ar ôl bod yn sefyll yn yr haul drwy’r dydd. Mi allwn i weld sut roedd troed y gyrrwr wedi’i dal rywsut yn y gwregys diogelwch yn ei frys i ddianc o'r cerbyd. Roedd defnydd ei drowsus wedi'i dorchi hanner ffordd i fyny ei goes a doedd gen i ddim dewis ond gafael yn y cnawd oer. Diolch i'r drefn, fe ddaeth y droed yn rhydd o fagl y strap bron yn syth a llithrodd y corff cyfan allan o'r tryc lle safai Michela, a hithau'n ymdrechu i ddal ei holl bwysau. Doedd dim modd iddi ei ddal.

'Oooowww!'

Iesu Grist, roedd y boi'n fyw o hyd! Sgythrais dros y sedd i gael gweld. Gorweddai'r corff yn swp anurddasol wrth draed Michela.

'Glywist ti hyn'na? Mae o'n fyw!'

Cododd Michela ei threm â golwg ryfeddol o ddigynnwrf ar ei hwyneb.

'Dim ond aer yn dod o'r corff oedd o. Does dim bywyd fan hyn.'

Caeais fy llygaid a sychu'r chwys oddi ar fy nhalcen cyn ymlusgo wysg fy nhin o'r cab a cherdded yn ôl ati. Heb ddweud yr un gair, dyma ni'n dau'n codi'r corff rhyngddon ni, hithau wrth y traed a finnau'n cydio o dan y ceseiliau. Daliai'r pen i fod ar osgo annifyr, fel pe bai wedi troi rhyw hanner cylch ar ei sgwyddau.

Heblaw am friw bach piws ar ei dalcen, doedd dim arwydd o unrhyw anaf arall i'w weld ac mae'n bur debyg mai'r codwm a'i lladdodd yn hytrach nag effaith uniongyrchol y siel yn glanio gerllaw.

Er mai dyn eithaf bychan oedd o, roedd yn anodd ei symud ac roedd y corff wedi cyffio fel procer, a hynny mewn siâp oedd yn anodd ei gario. Ond o'r diwedd mi gyrhaeddon ni'r lorri, stryffaglio i fyny'r ramp a gadael y corff yn y cefn ar ben llwyth o hen focsys. Heb gymaint â chip yn ôl, dyma ni'n neidio allan ac yn mynd yn ôl at y tryc. Roedd y rhyddhad yn rhyfeddol. Gwyddwn fy mod i'n crynu ond pan edrychais ar Michela roedd golwg hollol ddiemosiwn ar ei hwyneb a dim blewyn o gryndod na straen i'w weld.

Cawson ni botelaid arall o ddŵr ac ychydig o fara a ffigys o'r cyflenwad yn y cefn.

'Dylen ni gychwyn cyn iddi nosi'n llwyr,' meddai Michela. 'Mi wna i ddreifio'r rhan gynta.'

Taniodd yr injan yn syth a symudon ni o'r maes parcio a'i hanes trist ac allan i'r ffordd fawr, gan bwyntio trwyn y cerbyd tua mynyddoedd y ffin.

Ar ôl rhyw bum cilometr, gadawson ni'r briffordd a dilyn lôn gul, lychlyd a throellog drwy winllannau a chellïoedd olewydd oedd yn bendrwm dan bwysau cynnyrch heb ei gynaeafu, i fyny at hafn anweledig bron, yn uchel ar y llethrau serth. Y tu ôl i ni drwy'r mwg gallwn weld y dre fel map wedi'i fritho â thanau oedd yn llosgi'n ddireolaeth. Cofiais am y weddw oedrannus yn yr ysbyty, y dyn ifanc a laddwyd ar y lôn a gyrrwr y tryc hwn... a'r holl rai eraill na wyddwn i ddim oll amdanynt.

Ymhen awr, a'r nos yn dechrau cau amdanon ni go iawn, cynigiais gymryd y llyw wrth i Michela ddechrau cael anhawster dilyn y ffordd yn y gwyll a ninnau'n gorfod gyrru yng ngolau goleuadau bach yr ochrau yn unig – neu heb olau o gwbl pan allen ni.

Mi ddaliais ati am ddwy awr a rhagor. Roedd y siwrnai herciog yn fy atgoffa o'r teithiau o Gefn Foel at y lôn i ddal y bws ysgol erstalwm, Meurig wrth lyw y Land Rover yn rhegi o'i hochr hi bob tro y bydden ni'n taro rhyw dwll dyfnach na'i gilydd. Gwenais yn y tywyllwch. Yr adeg honno, doeddwn i ddim wedi meddwl am Meurig ers blynyddoedd, ac roedd cofio amdano ar y daith frawychus yma'n rhoi rhyw gysur. Doedd wybod beth fyddai ei farn am antur mor wirion â hon chwaith.

'Keith…!' sgrechiodd Michela.

Roedd ei llaw wedi gafael yn y llyw ac mi hitiais i'r brêcs. Stopiodd y cerbyd a'i drwyn rhyw hanner llathen yn brin o'r dibyn.

'O, argol! Rhaid 'mod i wedi cysgu,' meddwn gan ymddiheuro.

''Dan ni bron â bod dros y darn gwaetha,' meddai hi. 'Mi gawn ni hoe fach wedyn.'

Ugain munud yn ddiweddarach, ciliodd y dibyn, lledodd y ffordd ac yng ngolau'r lleuad gwelsom gilfan dan gysgod creigiau cawraidd lle gallen ni lechu am ychydig a cheisio cysgu.

Yfon ni ragor o ddŵr a bwyta ychydig mwy o fara a ffigys.

'Mi wna i gysgu yn y pen blaen,' meddwn i. 'Mi gei di orwedd yn y cefn. Bydd yn fwy cyfforddus i ti.'

Chwarddodd Michela.

'O, Mr Jones. Rydych chi'n gymaint o Sais parchus, wir. Mor fonheddig,' meddai gan gellwair yn goeglyd. 'Mae'n well i ni'n dau gael ychydig oriau o gwsg, rwy'n credu. Does dim ots 'da fi os wyt ti'n dod i'r cefn ai peidio.'

'O'r gora,' meddwn heb wybod beth arall i'w ddweud.

Dwn i'm pam ro'n i'n teimlo mor chwithig a swil. Meddyliais wedyn falla y byddai'n fwy priodol i ni gydorwedd gorun wrth sawdl, er na fyddwn i ddim isio i neb orfod cysgu â'i drwyn wrth fy nhraed y noson honno. Felly dyma ni'n ymestyn ochr yn ochr ar hyd llawr caled y tryc. Roedden ni wedi dechrau disgyn o'r uchelfannau erbyn hyn ac roedd hi'n weddol gynnes ond heb fod yn affwysol. Roedd 'na ryw ddefnydd carpiog fel sachlïain yng nghefn y tryc y gallen ni ei ddefnyddio pe bai'n oeri cyn y bore. Llifai golau'r lleuad drwy'r ffenestri o hyd a bron na allen ni ddarllen llyfr wrtho.

'Wel, nos da,' meddwn i'n smala ar ôl i ni'n dau ymlonyddu.

Dim ateb. Hwyrach ei bod hi'n cysgu'n barod.

Er gwaethaf fy mlinder, arhosais yn effro am sbel cyn i gwsg ddechrau gorlifo drosta i.

23

''Dach chi'n iawn?'

Nofiodd llais ac wyneb gweinyddes y caffi yn Stryd y Plas i'r golwg.

'Yndw.'

Ro'n i'n teimlo'n uffernol ac ar y dechrau doedd gen i ddim syniad sut o'n i ar y llawr a phwll o chwd wrth fy ochr.

''Dan ni wedi ffonio'r ambiwlans.'

Roedd y gair fel larwm yn fy mhen. Mi driais symud i godi ar fy nhraed ond ro'n i fel lleden yn y mwd.

'Sdim isio,' meddwn i.

'Oes. Mae'n rhaid. 'Dach chi wedi cael pwl cas, ylwch.'

'Does dim angen blydi ambiwlans arna i.'

Ro'n i'n ymwybodol bod yna leisiau a phobl eraill a rhyw dwt-twtian mewn llais hŷn, lleisiau paramedics, dwylo yn fy nghodi... a'r llen ddu'n disgyn am yr eildro...

24

Sŵn canu wnaeth fy neffro. Lleisiau dynion ond â thraw eithaf main iddynt. Rhyw ganu undonog yn siglo mynd a dod ar awel y bore.

Er caleted oedd llawr y cerbyd, teimlwn nad oeddwn i wedi symud yr un gewyn yn ystod y nos a 'mod i wedi bwrw cryn dipyn o'm blinder. Roeddwn yn barod i fynd ac yn ysu am gael ailgychwyn ar y siwrnai.

Yn ôl Michela y noson cynt, doedd gynnon ni ond cwpwl o oriau i fynd nes cyrraedd pen y daith. Doedd gen i ddim syniad bellach beth fyddai'n digwydd ar ôl hynny.

Roedd syched y diawl arna i, ac roedd yn rhaid i mi gael rhywbeth i'w yfed. Er mawr syndod, cefais fod braich Michela'n gorwedd yn llac ar draws fy nghefn, mor ysgafn â phluen. Fe'i symudais oddi amdana i mor ofalus ag y gallwn i rhag ei dihuno. Doeddwn i ddim yn cofio iddi roi ei braich yno yn ystod y nos, ond mae'n siŵr mai rhywbeth greddfol yn ei chwsg oedd yn gyfrifol, yn hytrach nag awydd i ni glosio mewn unrhyw ffordd.

Ymbalfalais am botelaid o ddŵr a'i llowcio ar ei phen. Stwyriodd Michela ychydig yn ei chwsg ond doedd dim golwg deffro arni eto.

Erbyn hyn, yn gyfeiliant i'r canu, gallwn glywed sŵn camau rhythmig yn rhedeg.

Roedd drws cefn y tryc wedi bod yn agored drwy'r nos. Edrychais allan a cheisio gweld a oedd unrhyw arlliw o'r cantorion plygeiniol yn loncian dros y mynydd, ond y cwbl y gallwn ei weld yn ymrithio drwy darth y bore oedd golygfa odidog dros ddyffryn coediog dwfn yng nghysgod llethrau serth esgair ddanheddog y mynyddoedd. Roedd y copaon yn glir, yr awyr yn las ac roedd hi eisoes yn gynnes a phob dim yn hollol ddi-stŵr. Hawdd y gallwn i fod wedi credu fy mod i ar fy ngwyliau yn hytrach nag ar ryw genadwri ryfelgar mewn gwlad oedd â'i thrigolion wrth yddfau ei gilydd.

Ar ôl clustfeinio am sbel, penderfynais mai o rywle yng ngwaelod y dyffryn y tarddai'r canu.

Troais yn ôl a sbio ar Michela. Roedd nodweddion ei hwyneb wedi ymlacio a sylwais o'r newydd ar y modd yr oedd ei gwir harddwch yn cael ei amlygu – y math o harddwch cynnil sydd mor anodd ei ddiffinio heb sôn am ei ddisgrifio ac sy'n gallu cyniwair mewn breuddwydion am weddill bywyd dyn.

Daeth ysfa sydyn drosof i'w chusanu, ei chymryd yn fy mreichiau a'i chario allan o wres llethol y cerbyd i ni gael caru yn yr haul. Llusgais fy hun yn ôl tuag ati o'r drws a gorwedd eto wrth ei hymyl gan astudio'i hwyneb – yr aeliau trwm, y trwyn pwt, yr ên gadarn, ddynol bron. Yn sydyn, fel pe bai hi'n synhwyro fy mwriadau cyfrin, agorodd ei llygaid a gwenu arna i.

'He... lô.' Baglais ar y gair gan wrido, yn teimlo embaras braidd ei bod hi wedi fy nal yn edrych arni fel hyn.

'Bore da,' meddai hi a throi ar ei chefn gan ymestyn ei chorff ar ei hyd a'i bontio er mwyn stwytho'r cymalau.

Teimlais ias rymus yn cosi pob darn ohona i.

'Gysgaist ti?' gofynnodd wedyn, fel pe bai'n hollol anymwybodol o'r cynnwrf roedd hi'n ei achosi jest trwy ymestyn fel'na.

'Do, yn syth,' meddwn i. 'A chdi?'

'Yn y pen draw,' meddai hithau gan sbio ar y to.

'Mae 'na ryw ganu od yn dod o rywle, 'sti.'

'Canu?' meddai gan godi ar ei dwy benelin. 'Pa fath o ganu?'

'Dwn i'm yn iawn. Gwranda.'

A dyma ni'n dau'n clustfeinio am y gorau. Ond doedd dim smic rŵan ac eithrio twrw rhyw bistyll pell yn y dyffryn islaw. Dim lleisiau na thraed yn loncian – dim ond distawrwydd y bore yn y mynyddoedd.

'Chlywa i ddim byd,' meddai Michela o'r diwedd, gan droi at y poteli dŵr.

'Na,' mynnais i'n daer, 'mi oedd 'na ganu a sŵn traed, fel 'sa criw o ddynion yn martsio neu rywbeth. Mi glywais i nhw'n blaen—'

Y peth nesaf ro'n i'n cael fy halio o'r cerbyd gerfydd fy fferau ac roedd sŵn lleisiau garw yn coethi arnon ni o bob cyfeiriad.

Wrth i mi hedfan trwy'r awyr a glanio'n drwm ar fy nghefn ar y llawr y tu allan i'r cerbyd, ces gip ar ffigyrau mewn gwisgoedd gwyn llaes a phenwisgoedd Arabaidd a chlywais Michela'n gweiddi nerth ei phen yn iaith y wlad. Ceisiais godi ar fy nhraed a dweud rhywbeth ond ffrwydrodd fy myd wrth i mi gael swadan gan garn gwn yn erbyn ochr fy mhen nes disgyn i lawr yn glewt i'r ddaear.

Yna, drwy ddrysfa o sêr chwyrlïog pob lliw a chlychau a seirenau yn ubain yn fy mhen, cefais fy hun yn sbio i fyny ar ddisgen lachar yr haul gyda baril Heckler & Koch MP5 wedi'i anelu rhwng fy llygaid – arf roeddwn i'n dra chyfarwydd ag o ers dyddiau Oberndorf. Yn dal y gwn roedd dyn barfog mewn twrban bach du a gwenwisg fel un o'r derwyddon oedd yn gweiddi ac yn procio fy mrest am yn ail â 'nhalcen â baril yr MP5.

Ar ôl sbel, gorfodwyd Michela a fi i godi a chafodd ein dwylo eu rhwymo'n boenus o dynn gyda thagiau plastig y tu ôl i'n cefnau. Wedyn, fe'n gwthiwyd yn ddiseremoni i blith y fintai o ryw ddwsin o ddynion, Michela tua'r cefn a finnau tua'r canol, ac i ffwrdd â ni ar wib ar droed i lawr y lôn arw tua'r cwm.

Ailddechreuodd y canu.

Roedd y lôn yn hegar, yn serth ac yn dyllog, ac roedd cadw cydbwysedd yn anodd hefo'r dwylo y tu ôl i'r cefn. Gallwn deimlo ochr fy mhen yn chwyddo ac yn mynd yn ddiffrwyth ac roeddwn i wedi brathu fy ngwefus yn gas pan ges i fy llusgo o'r tryc. Roedd fy mhledren ar ffrwydro hefyd rhwng yr ofn a'r ffaith nad oeddwn i wedi cael cyfle i'w gwagio ers y noson cynt a finnau newydd orffen potelaid gyfan o ddŵr. Yn y diwedd, doedd gen i ddim dewis ond rhoi rhwydd hynt iddi wrth i mi hanner syrthio, hanner rhedeg yn lletchwith ar hyd ffordd y mynydd. Yn fuan iawn ar ôl y rhyddhad cyntaf dechreuodd defnydd soeglyd fy nhrowsus rwbio a llidio fy ngafl a rhan uchaf fy nghoesau nes bod pob cam yn llosgi.

Sawl gwaith ces i godwm, gan fflio'n bendramwnwgl ar fy hyd, a deuai'r dyrnau, y traed a charnau MP5s yn storom ddidostur o bobtu i 'ngorfodi i'n ôl ar fy nhraed. Fues i erioed yn heini iawn – yn sicr ddim ar ôl cyrraedd y deugain oed – a'r bore hwnnw roedd fy nghalon a'm sgyfaint yn cael eu gwthio ymhell y tu hwnt i ddim byd roedden nhw wedi'i brofi erioed o'r blaen.

Doeddwn i ddim yn gallu clywed dim tuchan na chwyno gan Michela y tu ôl i mi. Doedd fiw i mi geisio troi fy mhen i weld a oedd hi'n iawn ai peidio na dweud gair wrthi. Wrth i mi gael fy llusgo o'r tryc, roeddwn wedi'i chlywed yn ceisio dal pen rheswm â'r dyn oedd fel pe bai'n arweinydd ar y fintai. Gwisgai hwnnw *fatigues* a chap cuddliw milwrol arferol ac roedd yn wahanol o ran ei bryd a'i wedd i'r dynion eraill. Roeddwn i'n cymryd mai milwyr y Mujahideen neu garfan debyg oedd y rhain, oedd yn gwasanaethu gyda lluoedd arbennig Bosnia-Herzegovina ar y pryd.

Mi gollais i gyfrif o'r amser ond ar ôl rhyw ddeugain munud, falla, gallwn weld ein bod yn dynesu at ryw fath o wersyll dan gysgod clogwyn mawreddog yng nghanol y goedwig. O 'mlaen, ymrithiai giatiau a ffens uchel o weiren rasal. Wrth y giatiau, safai nifer o warchodwyr wedi'u harfogi i'r eithaf. Agorwyd y giatiau wrth i ni nesáu a dyma ni'n trotian, neu, yn f'achos i, yn stablan ac yn baglu drwodd i ganol y gwersyll.

Daeth y canu i ben gyda rhyw 'Haa!' ffrwydrol, buddugoliaethus.

Ro'n i ar farw a theimlwn fy nghoesau'n dechrau gwegian oddi tana i, fy mhen yn troelli'n gynt ac yn gynt a phethau'n dechrau duo o flaen fy llygaid. Ond cyn i mi syrthio ar fy hyd yn y llwch, ar orchymyn cwta pennaeth y fintai, fe afaelodd dau foi cydnerth yn fy mreichiau gan fy hanner llusgo draw i adeilad ar un ochr i'r maes parêd. Agorwyd y drws ac fe'm hyrddiwyd i mewn i ryw dwll tomen o le gyda'r fath rym nes i mi fwrw ochr fy mhen ar y wal bellaf. Yn ffodus, llwyddais i wyro fy nghorff ryw ychydig cyn taro'r pared neu mae'n ddigon posib y byddwn wedi torri fy mhenglog. Bwriwyd pob tamaid o wynt ohona i a syrthiais yn swp ar bentwr o hen wellt drewllyd, a'r gwaed yn tasgu o anaf newydd uwchben fy llygad.

Clepiodd y drws y tu ôl i mi a chlywais sŵn bar cadarn yn cael ei osod ar ei draws. Gorweddais yno rhwng dau fyd fel petai, gan anadlu'n boenus, glafoerion bustlaidd a snec yn tagu fy llwnc ac yn strempio fy ngweflau. Gallwn flasu'r gwaed ac roeddwn i bron â bod yn fyddar mewn un glust yn sgil un o'r ergydion ro'n i wedi'u cael ar y daith garlamus i lawr o'r mynydd.

Ar ôl ymdawelu rhywfaint, mi lwyddais i godi fy hun oddi ar fy mol a rhyw led-eistedd yn erbyn y wal. Doedd dim ffenest yn y stafell a'r unig olau oedd y rhimyn pitw a ddeuai o gwmpas ffrâm y drws. Roedd yr awyr yn drymaidd ac oglau cachu a phiso a chwd yn andros o gryf drwy'r lle. O dan y gwellt awgrymai ambell symudiad a sŵn anhysbys fy mod i'n rhannu fy ngharchar â haid eithaf egnïol o lygod mawr.

Yn ofer, mi wnes i sawl ymdrech i godi ar fy nhraed. Yn y diwedd, llwyddais i gropian draw tua'r drws ond doedd dim modd gweld dim trwy'r craciau lle deuai'r golau ac mi bwysais fy moch yn erbyn y pren amrwd gan adael i mi fy hun lithro i'r llawr drachefn.

Mae'n debyg i mi syrthio'n anymwybodol am rai oriau, achos wedi i mi lwyddo i agor fy llygaid roedd y golau o gwmpas y drws wedi pylu cryn dipyn, er ei fod yn dal yn ddigon cryf i mi allu gweld cysgod llygoden fawr yn snwffian yn hollol hy ar y llawr rhyw lathen oddi wrtha i. Mi waeddais mewn braw gan geisio ymlusgo'n ôl. Safodd y creadur ar ei bawennau ôl am ennyd fel meddwyn yn chwilio am ffeit cyn sgathru dan wichial yn flin i ganol y domen wellt, gan fy ngadael yn crynu ar fy mhedwar o flaen y drws.

Mi geisiais hel fy meddyliau a chlirio 'mhen ond ro'n i'n crynu fel deilen a dim modd i mi atal yr ysgwyd. Bron na allwn glywed fy nerfau'n janglan o 'nghorun briwiedig hyd at y swigod ar sodlau fy nhraed, fy nghroen yn binnau mân drosto a 'mol i'n glymau chwithig i gyd. Doedd dim modd rheoli hyn oll a meddwl yn rhesymegol. Roedd y dirgryniadau'n mynd o ddrwg i waeth a dechreuais igian crio am y tro cyntaf ers blynyddoedd maith, maith.

Yn hollol ddisymwth, agorodd y drws a golchodd golau euraid hwyr y prynhawn drosta i. Roedd dwylo tringar yn fy nghodi ar fy nhraed a lleisiau call a chynnes yn siarad â fi'n dawel. Yn lle'r wynebau cynddeiriog a'r MP5s fu'n hofran uwch fy mhen y bore hwnnw, gallwn weld wynebau ymchwilgar, yn gwenu, yn annog yn glên ac yn cynorthwyo pob cam o'm heiddo.

Mi ges i 'nhywys i faddondy eang wedi'i adeiladu o goed pîn yr ochr draw i'r sgwâr. Mi dynnais fy nillad, a'r rheini yn staeniau chwys, gwaed a baw, a chamu o dan ffrwd adfywiol y gawod chwilboeth. Hyfrydwch pur, os poenus, oedd teimlo'r holl friwiau yn cael eu deifio a sgrechiais yn llawen o dan fflangell y dŵr poeth sebonllyd.

Wedi fy aileni, fel petai, ond yn simsan ar fy nhraed o hyd, des o'r gawod a rhoddwyd i mi bentwr o ddillad glân a stwff 'molchi a siafio.

'Lle mae Michela – y ddynes oedd hefo fi?' gofynnais yn Almaeneg, Saesneg a Serbo-Croat.

Bu tipyn o wenu ond doedd neb i'w weld yn fy neall.

Drwy lwc, roedd un o'r Mujahideen, bachgen ifanc siriol ei olwg o Libanus, yn siarad Ffrangeg ac felly ces wybod bod Michela hefyd yn ddiogel ac ar ôl i mi ymbincio a gweld y swyddog meddygol mae'n debyg y byddwn i'n mynd i gwrdd â phenaethiaid y gwersyll ac y byddai Michela yn siŵr o fod yno.

Awr yn ddiweddarach, gyda bandej am fy mhen a'r anaf uwchben fy llygad wedi'i bwytho'n dwt, dyma fi'n cael fy hebrwng i ffreutur y gwersyll i eistedd wrth yr un bwrdd â nifer o swyddogion byddin Bosnia-Herzegovina.

Daliwn i deimlo'n eithaf sigledig. Swniai'r lleisiau o'm cwmpas fel môr stormus yn hisian ac yn rhuo am yn ail, ond o leiaf doeddwn i ddim fel pe bawn wedi colli fy archwaeth ac roedd oglau'r bwyd o'r gegin yn tynnu dŵr i'm dannedd.

Wrth fy ochr, eisteddai dirprwy bennaeth y gwersyll, dyn ifanc hawddgar â wyneb crwn o'r enw Omar. Siaradai Saesneg yn rhugl ac yn frwdfrydig.

'Hoffwn ymddiheuro'n ddiffuant iawn i chi am yr hyn sydd wedi digwydd ond doedd gan y dynion ddim syniad pwy oeddech chi na pham roeddech chi yn yr ardal. Ryden ni'n gorfod bod ar ein gwyliadwriaeth drwy'r adeg. Does dim dal pwy ddaw dros y ffin trwy'r mynyddoedd. Mae'n amhosib gwarchod pob metr ohoni.'

Mi oeddwn i'n deall yn iawn ond ddywedais i'r un gair, dim ond nodio fy mhen.

'Dim ond ar ôl i ni adnabod Michela Hubiar…'

'Lle mae hi?' torrais ar ei draws.

'Mae hi'n bwyta gyda rhai o'r merched eraill – ffrindiau iddi hi o'i hen fataliwn.'

'Bataliwn?'

'Arferai Michela fod yn aelod o uned Pofalici, ardal yng ngogledd Sarajevo. Bellach mae hi wedi gadael y ffrynt i weithio mewn ffyrdd eraill i sicrhau ein buddugoliaeth dros yr ymosodwyr – fel y gwyddoch chi.'

Eto, ddywedais i'r un gair.

'Roedd rhywun wedi'i nabod o'i llun yn y papurau,' aeth Omar yn ei flaen. 'Cafodd hi ei hanrhydeddu am ei dewrder yn gynharach yn y flwyddyn. Hi oedd pen-sneiper yr uned. Mae rhai o'i chwiorydd a fu'n brwydro gyda hi yma ar gwrs hyfforddi ar hyn o bryd. Fel'na gwelwch chi hi – mae'r merched llawn cystal â'r dynion, yn llawer dewrach yn aml, ond mae angen hyfforddiant arnyn nhw.'

Cyn imi fedru holi ymhellach, cyrhaeddodd platiad o ryw lobsgows maethlon ei olwg. Cymerais lwyaid neu ddwy ohono. Argoledig! Mi oedd o'n rhagorol, a gallwn ei deimlo'n gwneud lles i mi gyda phob cegaid a gymerwn.

Tra oeddwn i'n sglaffio'r bwyd, roedd Omar yn sgwrsio yr un mor frwd â swyddog ychydig yn hŷn â phatshyn du dros ei lygad a eisteddai'r ochr draw iddo. Erbyn hyn ro'n i'n ddigon balch nad oedd yn rhaid i mi siarad gormod fel y gallwn roi fy holl sylw i'r bwyd.

Yna, arweiniodd Omar fi i uned fach ar wahân i brif adeiladau'r gwersyll. Roedd yn debycach i fflat cyffredin na rhan o wersyll hyfforddi i luoedd arbennig, gyda dodrefn cyfforddus, teledu mawr a lluniau o'r mynyddoedd ar y waliau. Dangosodd i mi sut i droi'r soffa'n wely, ac roedd cawod fach dwt a phwt o gegin yn rhan o'r llety hefyd.

'Daw Michela Hubiar draw gyda hyn. Yn y cyfamser, dymunaf nos da i chi ac os bydd angen rhywbeth arnoch yn ystod y nos, dim ond codi'r ffôn sydd raid.'

Eisteddais yno'n hollol lonydd yn gwrando ar y tawelwch. Gallwn deimlo fy llygaid yn dechrau cau. Peryg y baswn i'n cysgu cyn i Michela gyrraedd. Teimlwn wedi ymlâdd ar ôl y bwyd a'r oll oedd wedi digwydd yn ystod y dydd ac felly doedd ryfedd 'mod i'n hepian yn braf erbyn iddi ddod i'r stafell. Mae'n rhaid ei bod wedi agor y drws a dod i mewn yn ddistaw achos, yn sydyn, agorais fy llygaid ac roedd hi yno o 'mlaen, fel delwedd mewn breuddwyd.

Roeddwn i mor falch o'i gweld hi. Ceisiais godi i'w chyfarch ac, o bosib, ei chofleidio, ond rhwng cwsg ac effro fel yr oeddwn i mi fethais â chodi a suddo'n ôl yn ddiseremoni i'r gadair. Ond dyma hi'n camu'n nes gan fynd yn ei chwrcwd wrth fy ochr a rhoi ei llaw ar fy mraich. Gallwn glywed oglau ffres persawr ei chroen.

Erbyn hyn, gwisgai *fatigues* gwyrdd golau a rhwymyn glas trawiadol am ei phen, wedi'i addurno â *fleurs-de-lis* gwynion – arwydd cenedlaethol Bosnia-Herzegovina. Roedd hi'n gwenu arna i'n gynnes braf ac edrychai fel petai hi'n falch o 'ngweld innau hefyd. Hyd y gallwn weld, doedd hi ddim yn edrych flewyn yn waeth yn sgil ei phrofiadau hithau â'r Mujahideen y bore hwnnw. Diflannodd y wên yn ddigon cyflym, serch hynny, pan welodd yr olwg oedd arna i, gyda'r rhwymyn mawr am fy mhen a'm llygaid yn ddu-las a bron â bod ynghau.

'Keith! O, Keith, wyt ti'n iawn?'

'Yn o lew. Rwyt ti'n edrych yn… yn…'

'Wahanol?' awgrymodd wrth ymsythu a rhoi rhyw hanner *twirl* bach swil i ddangos ei hiwnifform.

'Arwrol ydi'r gair, dw i'n meddwl,' cynigiais. 'Doeddwn i ddim yn sylweddoli fy mod i yng nghwmni rhyfelwraig o fri ac un o arwresau gweriniaeth Bosnia-Herzegovina.'

Edrychodd i ffwrdd yn syth. Bu distawrwydd am ychydig ac yna ochneidiodd ac eistedd yn un o'r cadeiriau gyferbyn â fi yn mwytho'i thalcen â'i bysedd. Roedd golwg hŷn arni'n sydyn a phan drodd ata i roedd ei llygaid yn llaith.

'Dw i'n casáu'r sylw,' meddai. 'Dw i'n casáu bod yn destun propaganda – gwragedd dewrion y ddinas dan warchae a phetha fel'na. Nid dyna dw i isio mewn bywyd. Y cwbl dw i isio ydi cerdded yng nghwmni fy ngŵr a'r teulu ar noson o haf ar lan afon Miljacka yn mwynhau prydferthwch y ddinas lle ces i fy magu – dinas sydd bellach yn domen o goncrid llosg. Dw i ddim isio saethu dynion dw i ddim yn eu nabod o ryw dwll yn y rwbel. Dw i ddim isio'r holl chwarae plant yma gyda smyglwyr arfau…'

Wnaeth hi ddim ymdrech i guddio'r dirmyg eithaf yn ei llais wrth iddi yngan y geiriau olaf hyn.

'Faswn i ddim yn galw holl firi'r dyddia diwetha 'ma'n chwarae plant. Dw i 'mond yma oherwydd i ti 'mherswadio bod yr achos yn deilwng,' meddwn i.

Doedd hynny ddim yn hollol wir, wrth gwrs. Fel arfer, doedd teilyngdod ddim yn ystyriaeth o bwys yn fy ngwaith i. Roedd achos yn deilwng os byddai'n cynnig busnes. Rhywbeth personol oedd ar waith fan hyn.

Wnaeth hi ddim ymateb. Cododd ar ei thraed eto a dechrau cerdded yn ôl ac ymlaen ar hyd y stafell, gan redeg ei bysedd dros y dodrefn ac edrych arnynt fel pe bai'n tsiecio am lwch.

'Doeddwn i erioed wedi cyffwrdd mewn gwn,' meddai o'r diwedd. 'Heb sôn am chwythu pen dyn i ffwrdd ag un. Heddwch a hawliau dynol oedd fy mhetha. Dyna pam sefais i o flaen y senedd-dy yn Sarajevo – i atal y gwallgofrwydd yma. Y colli gwaed diddiwedd yn enw rhyw hen hanes.'

Distawrwydd eto. Roedd ei phen yn isel a siâp ei hwyneb o'r ochr yn erbyn y golau bach yn y gongl yn hoelio fy holl sylw. Dechreuodd gnoi ei hewinedd yn ddiarbed ac roedd hi'n amlwg o dan gryn deimlad.

'Be ydi'r cam nesa 'lly?' gofynnais gan geisio newid y cywair. 'Hynny ydi, lle 'dan ni'n mynd o fan hyn?'

'Bydd yn rhaid i ni aros yma am ychydig ddyddiau. Mae

yna ymladd ffyrnig tua hanner can cilometr i'r dwyrain, yn yr ardal y byddwn ni'n teithio drwyddi.'

Edrychodd draw arna i gan sionci o'r newydd a gwenu eto.

'P'run bynnag, mi wneith hi les i ti gael gorffwys ar ôl ein profiad anffodus y bore 'ma.'

Cytunais gan godi fy llaw at y bandyn am fy mhen. Teimlai'r clwy yn dyner iawn ac roedd gen i gur cyson y tu ôl i'm llygaid. Roedd gen i hefyd gwestiynau roedd arna i isio eu gofyn.

'Oes 'na lot o ferched yn ymladd ym myddin Bosnia?'

Ystyriodd cyn ateb.

'Oes. Cawson ni dipyn o wrthwynebiad gan y fyddin ar y dechrau, ond yn y diwedd fe wnaethon nhw dderbyn y sefyllfa – a chael sioc wrth weld mor abl oedden ni. Ond roedd yr uned lle bues i'n hollol wahanol – merched yn unig oedden ni, wel, heblaw am y swyddogion.'

'Mae'n anodd credu...'

'Bosnia yw'r fan yma. Dyw dynion ddim yn barod i dderbyn ordors gan ferched. Mi gymerith ganrif arall o leia cyn y bydd hynny'n digwydd,' chwarddodd.

'Na, na... mae'n anodd credu bod hogan mor hardd yn gallu bod yn rhan o rywbeth mor erchyll.'

Ffromodd.

'Be haru ti? Mae merched wedi diodde llawn cymaint yn sgil y rhyfel melltigedig 'ma. Dydi gynnau'r Serbiaid ddim yn gwahaniaethu rhwng dynion, merched na phlant. Tueddu i dreisio merched y gwnaeth dynion ym mhob byddin ym mhob rhyfel ar hyd yr oesoedd ac mae miloedd o wragedd wedi cael eu trin yn hollol ffiaidd yn y rhyfel yma. Mae miloedd ar filoedd wedi'u treisio fel rhan o'r drefn.'

Teimlais law oer yn gafael yn fy mol. Roedd fy ymgais trwsgwl i ganmol a fflyrtio wedi mynd o chwith. Damia, nid dyna ro'n i'n ceisio'i ddweud. Dechreuodd fy mhen nofio. Roedd y geiriau'n cau dod. Yn y pen draw, llwyddais i fwmian:

'Ddrwg calon gen i. Rhaid i mi gysgu rŵan.'

Ond roedd hi eisoes wedi gadael.

25

Wythnos yn ddiweddarach, cychwynnodd Michela a fi yn un o geir swanc swyddogol y fyddin ar y daith dyngedfennol olaf honno gyda'n gilydd o'r gwersyll i gwrdd â'i phenaethiaid – fy nghleientiaid. Daethai rhai aelodau o hen uned Michela i'r giât i ffarwelio â hi, ynghyd ag ambell aelod o garfan y Mujahideen a ddaliai i wenu'n glên arna i. Doeddwn i ddim cweit mor barod fy ngwên iddynt, a rhai o'm cleisiau yn dal i fod yn eithaf poenus a chyfres o hunllefau treisgar wedi fy hyrddio o 'nghwsg bob nos.

Roedd fy nghyfaill newydd, Omar, mor frwd ag erioed wrth ddymuno rhwydd hynt i mi, gan fy nghofleidio fel arth fach gydnerth.

Wrth i ni gychwyn, fi oedd wrth y llyw ac yn y drych mi wyliais y giatiau a'r milwyr yn mynd yn llai ac yn llai y tu ôl i ni nes i ni gyrraedd tro yn y lôn a cholli golwg ar y lle unwaith ac am byth y tu ôl i'r coed.

Wrth fy ochr, roedd Michela yn edrych yn feddylgar iawn ac yn benisel braidd. Mi estynnais fy llaw a chyffwrdd â'i phenglin. Edrychodd arna i, â gwên fach sydyn yn goleuo ei hwyneb blinedig, a chydio yn fy llaw. Roedd hi'n fore hyfryd a'r wlad o'n cwmpas yn syfrdanol o hardd.

Wythnos afreal os bu un erioed oedd yr wythnos roeddwn i newydd ei threulio yn y gwersyll.

Treuliais fy amser un ai'n gwylio'r dynion a'r merched yn

ymarfer gyda drylliau neu'n trafod rhinweddau gwahanol arfau gydag Omar dros fwyd. Mi fues i hefyd yn yfed llawer gormod o goffi cryf.

Yn raddol, fel rhyw islais parhaus yn fy mhen, mi ddes i sylweddoli bod fy nheimladau tuag at Michela bellach wedi troi'n rhywbeth amgenach na'i ffansïo'n unig. Ro'n i'n dechrau teimlo'n obsesiynol.

Mi driais ymresymu mai rhan o ymateb i sefyllfa ddiarth llawn straen oedd yr obsesiwn yma ac y dylwn i geisio cau fy meddwl iddo. Digon hawdd oedd sôn am antur a rhyddid ac yn y blaen – y gwir amdani oedd fy mod i wedi llosgi fy mhontydd braidd ac y byddai dychwelyd o'r wlad mewn un darn yn ddigon o gamp ynddi'i hun, heb boitsian hefo rhyw ramant mwg tatws.

Nid fy mod i wedi cael fawr o gyfle i gymdeithasu â gwrthrych fy obsesiwn. Roedd hi i'w gweld yn brysur o fore gwyn tan nos. Mi gawn i gip arni o bryd i'w gilydd yn croesi'r maes parêd ar frys. Doedd dim byd yn filwrol yn y ffordd y symudai, er gwaethaf ei hiwnifform a'r lleoliad. Roedd yn fy atgoffa o hyd o eiriau'r gân Ffrangeg honno, 'Elle ne marche pas, elle danse'.

Cyn y pumed diwrnod, prin fy mod wedi cael siawns i dorri gair â hi o gwbl, er nad oedd hi fel pe bai wedi digio ar ôl y llanast o sgwrs ar y noson gyntaf. Codai ei llaw'n eithaf siriol arna i o bell ac unwaith aethon ni heibio o fewn llathen neu ddwy i'n gilydd, a hithau'n trafod yn ddwys â rhai o swyddogion y gwersyll. Roedden ni'n ddigon agos fel y bu'n rhaid iddi oedi a dweud 'Dydd da' a 'Sut mae'n mynd?' wrtha i cyn brysio ymlaen yng nghwmni ei chymheiriaid.

Mi drysorais y cyfarchiad bach hwnnw fel bachgen ysgol yn ei arddegau oedd mewn cariad am y tro cyntaf. Am wn i, roeddwn i wedi colli'r profiad hwnnw rywsut pan oeddwn i yn fy arddegau a bu fy ngharwriaeth â Sharon, y ddynes a ddaeth wedyn yn wraig i mi, yn llai na rhamantus ar sawl gwedd. Ond a finnau heb ddim byd arall i'w wneud heblaw gwylio teledu Bosniaidd, roedd bod yn glaf o gariad yn llenwi'r amser, er ei fod yn arafu ei dreigl. Am y tro, roedd fy ngwir swyddogaeth yn y wlad a'r ystyriaethau a arferai lenwi fy mryd ar jobyn fel hwn, fel arian ac amser, wedi mynd yn angof llwyr. Roedd fy myd bellach yn bodoli y tu mewn i ffiniau'r gwersyll yn unig. Prin y gallwn amgyffred bod gen i fywyd arall yn unman arall nac ar unrhyw adeg heblaw'r presennol.

Yr unig weithgaredd arall i leddfu ar undonedd fy nyddiau yn y gwersyll oedd pan fyddai Omar yn ddigon caredig i'm gwadd draw i'w lety yntau i chwarae gwyddbwyll. Doeddwn i ddim wedi chwarae'r gêm er pan oeddwn i yn yr ysgol uwchradd. Yr athro mathemateg ddaru ddysgu i mi sut i chwarae bryd hynny a dw i ddim yn meddwl i mi erioed ennill gêm.

Doedd fy sgiliau ddim wedi gwella dim dros y degawdau ac roedd Omar yn amlwg yn gryn feistr ar y gamp. Dro ar ôl tro, mi ges fy nghuro'n rhacs ganddo.

'Dw i'n ofni mai *checkmate* ydi hi eto,' dywedai'n ymddiheurol wrth ddal fy mrenin druan yn ddiymgeledd mewn rhyw gongl bellennig o'r bwrdd.

Diben y gemau, dw i'n meddwl, oedd cynnig cyfle iddo ymarfer ei Saesneg, er ei fod eisoes yn gaboledig iawn, a hefyd byddai'n gyfle iddo ddweud hanes hynt y rhyfel wrtha i, yn y gobaith, siŵr o fod, y byddwn i'n cenhadu ei neges ymhellach pan awn adre.

Wrth sôn am faterion y dydd, byddai ei oslef yn troi'n fwy brwdfrydig a byddai dicter yn brigo i'w sgwrs yn aml, yn enwedig wrth sôn am y gwaharddiad arfau yn erbyn ei wlad. A minnau'n gyflenwr arfau oedd i'w weld yn barod i fentro ei groen er gwaetha'r holl beryglon, roedd Omar yn fy ngweld i'n rhyw fath o arwr a soniai am sut y byddai'n argymell fy mod yn cael fy anrhydeddu mewn ffordd deilwng ar ddiwedd y rhyfel. Roedd yr holl beth yn dipyn o embaras a dweud y lleiaf.

Aeth Omar i'r ffasiwn hwyl am bethau ar ein noson olaf gyda'n gilydd nes iddo golli'r gêm. Gallwn weld y cyfle yn ymagor i mi ac Omar erbyn hyn yn chwifio'i freichiau ac yn galw pob enw dan haul ar nifer o brif chwaraewyr maes gwleidyddol y dydd.

'*Checkmate*,' meddwn i'n betrus, gan ddal fy mys ar ben pigyn yr esgob ro'n i newydd ei symud ar draws y bwrdd i gaethiwo brenin anffodus yr hen Omar.

Edrychodd ar y bwrdd yn syn a syrthiodd ei ên fel dyn mewn cartŵn. Yn sydyn, teimlais ryw fath o drueni drosto gan weddïo gweddi fach anffyddiog na fyddai gwneud cam gwag o'r fath ar faes y gad yn rhywle yn colli ei fywyd iddo – neu fywydau eraill a ddibynnai arno.

Mi ddaethwn i hoffi Omar yn fawr, ond pwy a ŵyr a wnaeth o oroesi'r rhyfel ai peidio.

Daeth y noson i ben yn gynnar ac es i'n ôl i'm stafell. Ro'n i ar fin ei throi hi i'r gwely pan ddaeth cnoc ar y drws. O'i agor, pwy safai yno yng ngwyll y coridor ond Michela.

'Helô,' meddai'n glên. 'Mi fydda i'n galw amdanat ti am hanner awr wedi chwech bore fory.'

'Pam?' gofynnais. 'Ydyn ni'n mynd o'r diwedd?'

'Drennydd y byddwn ni'n ei chychwyn hi go iawn,' meddai. 'Ro'n i'n meddwl yr hoffet ti ddod am dro bach gyda fi.'

'Iawn,' oedd yr unig beth y gallwn ei ddweud.

'*Laku no'c*,' meddai ac roedd eisoes yn symud i ffwrdd.

Fe'i gwyliais yn erbyn golau'r fynedfa ym mhen draw'r coridor.

'Nos da i chditha hefyd,' meddwn innau'n dawel yn Gymraeg ar ôl sbel, a chau'r drws.

26

Cofiai Nina yn dda y noson y cyfarfu â Richard Cunliffe. Noson braf ym mis Ebrill, rhyw ddeuddydd cyn ei phen blwydd yn ddwy ar bymtheg oed.

Roedd Danko wedi bod yn sôn wrthi amdano.

'Mae yna ddyn wedi bod yn holi amdanach chdi, 'sti,' meddai wrthi'n hwyr ryw noswaith wrth glirio'r byrddau. 'Mae o wedi dy weld ti wrth dy waith yma yn y bar.'

'Taw â sôn,' meddai Nina'n ddidaro, yn hen gyfarwydd â hoffter Danko o dynnu coes a malu awyr am ddarpar gariadon hollol anaddas iddi.

'Na, dw i o ddifri,' meddai Danko. 'Mae hwn hefo'r heddlu milwrol ym mhrif wersyll y Cenhedloedd Unedig jest i fyny'r stryd 'ma. Boi o Iwerddon – un golygus, deallus ac yn edrych yn addawol iawn. Pawb yn ei hoffi.'

Mi wfftiodd Nina adroddiad ffafriol ei brawd-yng-nghyfraith; yn ei phrofiad hi, doedd ei syniadau am briodoldeb darpar gariadon byth yn taro deuddeg. Ond pan ddywedodd Danko y byddai'r dyn yn dod i'r Grand Canyon y noson honno, teimlodd ryw gyffro bach yn cydio ynddi. Wnaeth hi ddim sôn dim gair wrth y merched eraill, rhag ofn y byddai rhai ohonynt yn dechrau troi'n genfigennus, fel y gwnaent weithiau, neu'n dechrau gwneud hwyl am ei phen ac edliw ei bod yn rhy ifanc.

Tua diwedd y noson, daeth Richard Cunliffe i'r bar yng nghwmni criw o swyddogion eraill o wahanol asiantaethau.

''Cw fo,' meddai Danko'n dawel ac yntau'n sychu gwydrau.

'Hwnna?' gofynnodd Nina'n anghrediniol.

Ychydig gamau o'r bar, yn siarad â dau Americanwr o un o'r cwmnïau diogelwch, safai dyn gwallt golau, ei groen wedi'i liwio'n frown gwritgoch gan yr haul a gwên radlon braf ar ei wyneb. Edrychai'n ifanc ac eto'n aeddfed ar yr un pryd. Ychydig yn rhy aeddfed iddi hi efallai? O'r eiliad gyntaf, roedd Cunliffe wedi creu argraff arni.

Trodd ei chyffro'n swildod mewn chwinciad. Mi oedd hwn dipyn yn hŷn na hi – tua phump ar hugain hwyrach. Hen le digon tywyll oedd y bar ac roedd hi'n anodd gweld yn iawn yno bob amser. Serch hynny, doedd Nina ddim yn cofio iddi ei weld o'r blaen, a doedd hi ddim yn siŵr sut gallai o fod wedi'i gweld hi wrth ei gwaith chwaith heb iddi sylwi arno. Byddai'n ymwybodol o bawb oedd yno ar unrhyw adeg wrth fynd rhwng y bar a'r byrddau a rywsut doedd hi ddim yn meddwl y byddai hi wedi anghofio rhywun mor drawiadol yn hawdd iawn.

Aeth Danko draw ato ac roedd hi'n amlwg eu bod nhw'n dipyn o ffrindiau. Gwelodd Nina wên y dyn arall yn pylu a golwg eithaf difrifol yn dod i'w wyneb. Wedyn, dyma Danko'n pwyntio ati hi a siriolodd y dyn unwaith eto. Daeth y wên yn ei hôl fel haul yn ymddangos o'r tu ôl i gwmwl bach. Yna daeth Danko ac yntau draw ati hi.

'Nina, dw i am i ti gwrdd â'r Capten Richard Cunliffe. Mae o'n dod o Iwerddon.'

'Helô, Nina. Sut wyt ti?' meddai Cunliffe gan ymestyn ei law dros y bar.

'Helô,' atebodd Nina mewn llais llygoden fach a gallai deimlo ei bochau'n gwrido yn un tân mawr wrth iddi ysgwyd ei law. Llaw fach, sylwodd hi, yn gynnes ac yn fwy meddal nag y byddai hi wedi'i ddisgwyl.

'Mae Richard wedi bod yn awyddus i gyfarfod â chdi,' dywedodd Danko yn Saesneg.

'Oh, pleased to meet you, Captain,' dywedodd Nina a theimlo'n hollol dwp wedyn. Ychydig iawn o Saesneg oedd ganddi hi. Pytiog fu ei haddysg yn ystod y rhyfel, er ei bod hi'n dysgu mwy a mwy o Saesneg bob dydd wrth ddelio â'r cwsmeriaid rhyngwladol a fynychai'r bar. Saesneg a siaradai pawb a ddeuai drwy'r drws bron. Ond sylweddolodd Nina, er ei bod yn deall yn weddol, na allai hi siarad yr iaith yn ddigon da i wneud argraff ar y dyn yma. Roedd golwg dyn peniog iawn arno fo – ei dalcen yn uchel a'i lygaid yn ddisglair a deallus. Beth fyddai ganddi hi i'w ddweud wrth rywun fel fo? Roedd pethau'n dechrau simsanu braidd ar ôl y cyffro ar y cychwyn.

'Tyrd draw at ein bwrdd ni, Nina.'

'Alla i ddim. Rhaid i fi weithio.'

'O, mae'n siŵr na fydd unrhyw wrthwynebiad gan Danko, na fydd, Danko?'

'Dim o gwbl. Cer di, Nina fach. Mwynha dy hun.'

Gwenodd Danko arni hi'n frawdol ac yn sydyn roedd Nina'n deall pam roedd Eldina wedi'i briodi. Roedd ei brawd-yng-nghyfraith wedi bod yn garedig tu hwnt iddi a byddai'n rhaid iddi ddweud hynny wrth Eldina y tro nesaf y gwelai hi pan ddychwelai o ardal Hadžići.

Aeth Cunliffe â hi draw at fwrdd yng nghornel bella'r stafell. Yn y fan honno cawson nhw groeso mawr gan griw bach oedd yn yfed gwin. Gwnaeth Cunliffe sioe fawr o gyflwyno Nina i bawb. Roedd y criw'n cynnwys dau Americanwr, dyn o Jamaica a dwy ddynes o'r Ffindir.

Rhoddodd Cunliffe lawer o sylw i'r ferch ifanc gan egluro pethau'n ara deg iddi pan oedd hi'n amlwg nad oedd hi'n deall y Saesneg. Siaradai Cunliffe dipyn o Serbo-Croat hefyd. Teimlad braf oedd cael ei chynnwys fel hyn, meddyliodd Nina, wrth dderbyn glasiad o win gan un o'r Americanwyr.

Hoffai'r bobl eraill oedd wrth y bwrdd hefyd a dechreuodd ymlacio a mwynhau'i hun go iawn. Roedd llawer o chwerthin ac roedd hi'n amlwg bod Cunliffe hefyd yn mwynhau – daliodd ei lygaid siriol yn edrych arni a gwenodd hithau'n ôl arno yntau a theimlo'r swildod yn ildio i rywbeth tebycach i hyder.

Nos Lun oedd hi ac felly roedd hi'n dawel iawn yn y bar. Fel arfer, dros y penwythnos byddai cerddoriaeth roc trwm yn siglo'r lle i'w seiliau ond yn ystod yr wythnos byddai cerddorion lleol o bob math yn taro heibio. Heno roedd dau lanc ifanc ar y llwyfan bach, yn canu'r acordion a'r ffidil.

Ar ôl rhyw ddwy neu dair o alawon, dyma un o'r Americanwyr yn annog Cunliffe.

'Tyrd 'mlaen, Richard. Dyro'r "Mason's Apron" i ni. Dangos i'r Bosniacs 'ma beth ydi cerddoriaeth go iawn!'

Doedd dim eisiau ail gynnig ar y Gwyddel. Cododd a mynd draw at y cerddorion. Wrth iddo gerdded heibio iddi, sylwodd Nina mor osgeiddig oedd ei gerddediad ac mor hamddenol oedd ei ymarweddiad wrth iddo gyfarch a siarad â'r bechgyn ar y llwyfan.

'Watsia di rŵan,' meddai'r Americanwr wrth Nina gan blygu draw a chydio yn ei braich. 'Cei di weld be sy'n digwydd i rywun sydd wedi gwerthu ei enaid i'r diafol fatha hwn.'

Chwarddodd Nina'n barchus, heb lwyr ddeall beth oedd ganddo.

Roedd Cunliffe yn sgwrsio'n frwd â'r cerddorion a dyma'r llanc oedd yn chwarae'r ffidil yn ei phasio hi draw iddo. Tynnodd Cunliffe y bwa gwpwl o weithiau dros y tannau a thiwnio un ohonynt wrth ddal yr offeryn yn ei le â'i ên. Wedyn, i ffwrdd ag o.

Yn syth, roedd ei fysedd yn hedfan a'r nodau'n llifo gan fachu sylw pawb yn y lle. Roedd wedi ymgolli'n llwyr yn y miwsig, ei gorff yn ymdonni ac yn ymwyro a'r chwys yn bigiadau ar ei dalcen. Doedd Nina erioed wedi clywed cerddoriaeth o Iwerddon, ond roedd gwylltineb ac egni'r miwsig a'r modd yr oedd yn ymweu'n ddiddiwedd yn teimlo'n gyfarwydd iawn iddi.

Yng nghanol bwrlwm y jig, gwibiai meddwl Nina i'r posibilrwydd y gallai'r dyn yma fynd â hi i Iwerddon ryw ddydd. Hwyrach y gallai hi fod yn hapus, meddyliodd, mewn gwlad lle'r oedd yna gerddoriaeth fel hyn – alawon oedd ar adegau'n swnio'n ddigon tebyg i'r rhai y byddai ei thad yn eu chwarae erstalwm mewn priodasau a dathliadau teuluol.

Yr unig beth a wyddai am Iwerddon oedd mai o'r ynys honno y deuai ei hoff grŵp roc yn y byd – U2. Roedd ei stafell yn blastr o bosteri o Bono a'r Edge ac roedd casetiau eu cerddoriaeth wedi'u chwarae'n dwll ganddi. Rhain oedd yn ei chadw'n gall weithiau pan fyddai'r sieliau'n ffrwydro o'i chwmpas yn ystod y rhyfel. Tybed oedd y Capten yn hoffi U2?

Roedd y ddau gerddor lleol wrth eu boddau hefyd a llygaid y ffidlwr wedi'u hoelio ar fysedd y meistr. Dechreuodd llanc yr acordion daro ambell nodyn a chord yma a thraw yn gyfeiliant a phan ddaeth y ddawns i ben o'r diwedd roedd pawb yn gweiddi ac yn cymeradwyo ac yn gofyn am ragor.

Cafwyd gafael mewn ffidil arall o rywle ac erbyn diwedd y noson roedd y tri cherddor yn ffrindiau mawr ac wedi dysgu alawon ei gilydd. Tua deg o'r gloch, dyma'r ddau fachgen Bosniaidd yn ffarwelio a daeth Cunliffe yn ei ôl i ailymuno â'r criw rhyngwladol wrth y bwrdd.

Roedd edmygedd a mwynhad Nina i'w gweld yn amlwg ar ei hwyneb wrth iddi guro'i dwylo a bloeddio ei chymeradwyaeth gyda'r lleill.

Toc ar ôl hynny, fesul un a fesul dau, diflannodd y criw wrth y bwrdd a'r cwsmeriaid eraill i'r nos nes nad oedd neb ar ôl ond Cunliffe a Nina.

Roedd Danko a'r merched eraill wedi'i throi hi am y noson hefyd. Roedd y gwin wedi ffurfio rhyw gwmwl esmwyth braf ym mhen Nina. Doedd hi ddim yn siŵr beth ddigwyddai nesaf, ond yn y diwedd y cwbl a fu oedd iddynt eistedd a siarad.

Roedd Cunliffe yn holi llawer amdani – am ei theulu'n enwedig, a'i phrofiadau yn y rhyfel. Bu'n cydymdeimlo'n ddiffuant â hi am golli ei mam a phan glywodd am yr hyn ddigwyddodd i'w brodyr a'i thad a sut roedden nhw wedi cael eu claddu yn y stadiwm bêl-droed, fe bylodd y goleuni yn ei lygaid a daeth golwg dosturiol i gymryd lle'r direidi. Roedd llygaid Cunliffe wedi'u gosod yn agos iawn at ei gilydd, sylwodd Nina, ond roedd hynny'n gwneud iddo edrych yn annwyl iawn, fel rhyw greadur bach ciwt o'r coed.

'Y tro nesa bydda i'n cael hoe o 'nyletswyddau,' meddai'r capten, 'gallwn ni fynd i'r stadiwm bêl-droed i weld eu beddau.'

Roedd Nina'n methu siarad. Llenwodd ei llygaid. Cydiodd ym

mraich Cunliffe a rhoddodd yntau ei law ar gefn ei llaw hithau a'i gwasgu'n gynnes.

'Rhaid i mi 'i throi hi rŵan,' meddai. 'Diwrnod prysur fory eto. Mi wela i chdi cyn bo hir ac mi gei di ddangos tipyn bach mwy o'r ddinas 'ma i mi. 'Sdim byd tebyg i gael rhywun lleol yn dy dywys di o gwmpas.'

A dyma Cunliffe yn rhoi cusan fach ysgafn ar ei boch a'r funud nesaf roedd o wedi mynd ac roedd y bar yn wag ac yn hollol dawel. I Nina, teimlai fel yr hedd perffeithiaf iddi ei brofi ers blynyddoedd.

27

Prin i mi gysgu'r noson honno, heblaw am ryw orig fas a rhwyfus toc cyn y wawr, a honno'n llawn lobsgows o ddelweddau hurt ar hap, yn rhychwantu pedwar degawd a phedwar ban.

Yn Singapore yr oeddwn i yn un o'r breuddwydion hyn, lle bues i dros ugain mlynedd ynghynt, yn cwrdd â masnachwr arfau enwog o Fangladesh i drafod gwerthu hen danciau Chieftain i unben rhyw wladwriaeth newydd anhapus yng ngorllewin Affrica. Dw i'n ei gofio'n dda oherwydd bod rhannau uchaf ei sgidiau wedi'u gorchuddio â chramen o ddiemwntau.

Yn y freuddwyd roeddwn i wedi dwyn y sgidiau gwirion 'ma am ryw reswm, ac roedd haid o'i ddynion ar fy ôl i. Ro'n i'n gwybod taswn i'n gallu dod o hyd i Michela y baswn i'n iawn, ond doedd hi ddim lle'r oeddwn i'n disgwyl iddi fod. Roedd ciwed perchennog y sgidiau diemwntaidd yn dynesu, eu camau'n adleisio yn fy mhen… ac yn dechrau saethu – rat-tat-tat…

Mi ddeffrais mewn lladdar o chwys. Roedd rhywun yn cnocio ar y drws. Edrychais ar fy watsh. Hanner awr wedi pump, myn uffarn!

'Pwy sy 'na?'

'Fi, wrth gwrs.'

Neidiais o'r gwely ac ymbalfalu am ryw gerpyn o ddillad er mwyn i mi fod yn weddol barchus wrth agor y drws iddi.

'Hanner awr wedi chwech ddeudaist ti...' heriais yn syth yn hytrach na gwenu'n groesawgar a brathu 'nhafod.

'Ie, ond mae hi'n fore hollol berffaith,' atebodd yn ysgafn. 'Mi fasa'n bechod ei golli. Tyrd pan fyddi di'n barod.'

Ugain munud yn ddiweddarach roedden ni'n mynd ar gefn beiciau heibio i'r gwarchodwyr wrth y giât. Codwyd y rhwystr ar draws y fynedfa yn ddi-stŵr a digwestiwn, a dim byd i'w weld yn cael ei fynegi dan gysgod pigau'r capiau, a dyna ni'n rhydd i rodio.

Dilynais Michela wrth iddi arwain y ffordd ar wib hyderus ar hyd ffyrdd oedd yn troelli, dowcio a dringo'n ddramatig drwy'r goedwig. Doedd dim oedi wrth unrhyw gyffordd na fforch yn y lôn. Roedd yn amlwg ei bod yn nabod pob twll a chongl o'r coedydd a'i bod wedi beicio ar hyd y llwybrau hyn lawer gwaith o'r blaen.

Wrth ddringo'r gelltydd serth, byddai'r pellter rhyngddon ni'n ymestyn yn sylweddol. Rhythais ar rythm cryf a chyson ei chluniau a'i phen ôl wrth iddi ymbellhau o 'mlaen a finnau'n tuchan a chwysu a woblo yn ei sgil. Rhyfeddais at ei stamina diymdrech a chywilyddio rhag fy mherfformiad tila innau.

Ar ôl hanner awr daethon ni allan o'r goedwig i wlad oedd yn ddigon tebyg i froydd fy mebyd ar lethrau Eryri – ffriddoedd agored wedi'u britho â brigiadau creigiog ac ambell goeden wydn yn sefyll yng nghysgod y graig neu ar hyd trumiau'r bryniau. Codai'r mynyddoedd yn uwch o dipyn na rhai Gwynedd ac eto roedd rhywbeth cyfarwydd iawn yn eu cylch.

Rhyddhad mawr oedd hi pan sgrialodd Michela i stop ger rhyw adeilad bach digon doniol ei olwg ar fin y ffordd – rhyw fath o hafoty crwn ac iddo do pigog afrosgo o lechi carreg, fel het dewin cartŵn a'i chantel lydan yn bwrw cysgod tywyll o'i gwmpas.

'Ydan ni wedi cyrraedd?' gofynnais â'm gwynt yn fy nwrn a'r chwys yn tasgu i lawr fy wyneb. Doeddwn i ddim am swnio mor gwynfanllyd ond ro'n i wedi nogio go iawn.

Chwarddodd Michela ac agor drws yr hafoty. Y tu mewn roedd lle pwrpasol i adael y beiciau.

'Cerdded fyddwn ni o fan hyn,' meddai gan drosglwyddo'i phac a brasgamu o'r cwt i olau'r haul.

Daeth y daith hunllefus yng nghwmni'r Mujahideen i 'nghof. Roedd cleisiau a briwiau'r profiad hwnnw yn dal i frifo ac roeddwn i'n teimlo'n ddigon giami erbyn hyn.

Diolch i'r drefn, doedd y cerdded ddim mor egnïol ag yr ofnwn. Dringai'r llwybr yn hamddenol braf ar lan nant fyrlymus rhwng coedlannau ynn a chastanwydd. Roedd bwrlwm y dyfroedd yn help garw i leddfu rhyw ansicrwydd annifyr oedd yn dechrau cronni yn fy meddwl. Bedair awr ar hugain yn ôl roedd tro fel hwn yng nghwmni Michela yn rhan o'r ffantasi ro'n i'n ei gweu amdani; erbyn hyn, fodd bynnag, er bod y ffantasi fel pe bai'n cael ei gwireddu, doeddwn i ddim yn teimlo'r un llawenydd â'r noson cynt pan alwodd yn fy llety â'i gwahoddiad.

Buon ni'n dringo heb dorri gair am ryw chwarter awr. Roedd y llwybr wedi ymadael â glennydd deiliog y nant ac erbyn hyn roedden ni'n croesi gweirglodd eang gyda golygfeydd ysblennydd ar bob tu. Cododd fy ysbryd ychydig a dyma fi'n rhoi cynnig ar bwt o sgwrs.

'Mae'r lle 'ma'n debyg i le ges i fy magu, 'sti.'

'Dw i'n gyfarwydd iawn â'r ardal yma,' meddai Michela gan arafu ei cham ychydig i gerdded wrth fy ochr. 'Bydden ni'n dod yma fel teulu i aros bob haf cyn y rhyfel.'

'Mae'r rhyfel wedi difetha popeth i ti, yn tydi?'

Daeth i stop gan edrych arna i'n ymbilgar bron.

'Cyn y rhyfel roedd popeth gen i – gyrfa, gŵr, teulu, breuddwydion… Ac mae'r rhyfel wedi dwyn y cwbl oddi arna i – oddi arna i a miloedd ar filoedd o rai tebyg i mi.'

Cerddodd ychydig ymhellach cyn stopio unwaith eto.

'Yn anad dim byd arall, mae'r rhyfel wedi cipio rhyddid pobl i fyw eu bywydau. Dyna pam wnes i ymuno â'r merched eraill i ymladd yn Pofalici – y rhai del a'r rhai oedd ddim mor ddel, yntê, Keith?'

Derbyniais y cerydd drwy ostwng fy mhen ychydig.

'Ro'n i am adennill y rhyddid 'na. Hefyd, doedd dim dewis. Tasen ni heb ymladd yn erbyn yr ymosodwyr, doedd unman i ffoi… Mae'r ddinas dan warchae. Does wybod a ddaw neb ohoni'n fyw. Fel merched roedden ni'n gwybod be fyddai'n ein disgwyl ni tasen ni ddim yn sefyll yn gadarn ac ymladd yn ôl.'

Roedd yr olwg ymbilgar wedi diflannu ac roedd ei llygaid yn fwy cyhuddgar. Dechreuais deimlo'n reit anghyfforddus dan ei threm.

'Bydden ni wastad yn cadw un fwled yn sbâr – yn hytrach na chael ein dal yn fyw.'

Roedd yn rhaid i mi ddweud rhywbeth.

'Mae'n ddrwg gen i am y peth hurt ddeudais i y noson o'r blaen. Doeddwn i ddim yn meddwl yn iawn… Ro'n i wedi cael diwrnod anodd, doeddwn?'

Chwifiodd ei llaw i ddangos nad oedd ots ganddi ac roedd yna hyd yn oed rhyw wên fach gyfrwys i'w gweld.

'Dw i wedi clywed gwaeth – lawer tro,' meddai gan ddechrau sionci ei cherddediad unwaith eto.

'Ro'n i jest am egluro i ti – rhag ofn,' meddai dros ei hysgwydd wedyn wrth i'r pellter rhyngddon ni ddechrau ymagor unwaith eto.

'Gwranda, Michela,' meddwn i gan redeg ar ei hôl hi a

chydio yn ei braich. 'Does dim rhaid i ti gyfiawnhau dim i mi – o bawb… y fi, y smyglwr arfau, sgymun y ddaear, yntê? Dw i ddim yn amau, taswn i'n wraig o Fosnia, y baswn innau isio dial hefyd…'

Chwarddodd yn uchel y tro hwn ond wedyn cymylodd ei hwyneb bron yn syth.

'Nid dial oedd o, a dweud y gwir. Wel, ddim yn fy achos i. Roedd 'na rai oedd wedi ymuno â ni am y rheswm yna. Yn torri eu boliau isio dial. Llygad am lygad go iawn. Ond roedd y mwyafrif jest isio helpu. Roedd y brwydro o gwmpas Pofalici wedi bod yn drwm iawn. Roedd y dynion i gyd un ai wedi'u lladd neu wedi'u hanafu neu'n rhy ddi-asgwrn-cefn i ymladd. Mae byddin Bosnia-Herzegovina yn brin o ddynion ac yn brin o arfau. Be arall allen ni wneud?'

Nodiais i ddangos fy mod i'n cyd-weld.

'Ai Bosniaid – Mwslimiaid felly – oeddech chi i gyd?'

'Cymdogion oedden ni. 'Sdim ots p'un ai Croatiaid, Serbiaid neu Fosniaid – roedd pob cenedl yn rhan o'r uned, yn dal i fod. Ffrindiau ydyn nhw.'

Â'r haul yn belen boeth yn codi fry uwch ein pennau, roedd y llwybr yn dechrau disgyn at lyn tua'r un maint â Llyn Ogwen hwyrach, wrth odre mynydd bach coediog. Hanner ffordd hyd y lan, dan gysgod y mynydd, tasgai afon ewynnog i'w grombil llonydd, yn rhu cyson yn nhawelwch y wlad o'i chwmpas. Y fan hon, mae'n debyg, oedd nod y daith. Ger y fangre lle ffrydiai'r afon i'r llyn roedd yna draeth bach graeanog yn llygad yr haul.

Yn ei phac roedd Michela wedi dod â chwrw – rhaid bod yna gyflenwad cudd yn y gwersyll rywle, does wybod be fasa'r Mujahideen yn ei feddwl – bara, caws, salami a ffrwythau. Aeth hi ati i hwylio'r bwyd ar ben carreg felen fawr yng nghanol y traeth a finnau'n sefyll fel llo yn ei gwylio.

'*Á table*,' meddai yn Ffrangeg wedyn ar ôl iddi orffen trefnu'r wledd.

Erbyn hyn roedd yr ansicrwydd roeddwn i wedi'i brofi y bore hwnnw wedi cilio ac am y tro cyntaf ers cychwyn ar yr antur hon mi wnes i ymlacio. Ceisiais ymgolli yn holl ogoniant y wlad o'm cwmpas a mwynhau naws a mawredd y mynyddoedd, ymlacio yn rhu'r ffrydiau a gadael i'r enaid suddo i ddyfnderoedd gwyrddloyw'r llyn.

Hefyd, ro'n i am geisio ymgyfarwyddo â'r ffaith mai Michela oedd wedi fy nhywys yno, a'n bod ni gyda'n gilydd ymhell o bob man heb neb i darfu arnon ni. Roedd y gwirionedd hwnnw'n dal i fy syfrdanu ac ro'n i'n dal i fethu coelio.

Llymeitiais y cwrw o'r botel yn araf ac yn annisgwyl cefais fy hun yn cofio am wyliau hefo Sharon yn Awstria flynyddoedd maith ynghynt. Roedd Abigail newydd ollwng a dw i'n meddwl mai yn ystod y gwyliau hynny y cenhedlwyd Emma. Dw i ddim yn siŵr. Am ryw reswm, achosodd yr atgof ryw blwc bach poenus yn fy mol. Fel Michela, bu popeth gen i ar un adeg – neu felly roedd hi'n ymddangos ar y pryd.

Edrychais ar Michela, oedd yn eistedd ychydig oddi wrtha i, ei phennau gliniau at ei gên, yn syllu dros y llyn, ei thalcen wedi'i grychu'n ddwfn. Yna, gan synhwyro bod fy llygaid arni, trodd ataf:

'Ti am nofio?'

'Dw i fawr o nofiwr, mae arna i ofn... Rhyw sblasho wrth y lan yn unig fydda i'n ei wneud.'

'Wel, mae'n rhaid i fi fynd.'

A dyma hi'n sefyll ar ei thraed a dechrau tynnu amdani.

Teimlais gyffro yn fy ngwythiennau'n syth. Hanner ffordd drwy ddadwisgo'i chrys, meddai:

'Tro dy gefn, 'nei di?'

'Wrth gwrs,' meddwn yn frysiog a throi'n ufudd i wynebu'r

creigiau a dyrrai drwy ganghennau'r goedwig ar y llethrau uwchben y llyn.

Ar ôl sbel daeth gwaedd ganddi uwchben twrw'r afon. Swniai'r llais ymhell.

'Mi gei di droi'n ôl rŵan.'

Mi droais heb wybod beth i'w ddisgwyl, a'm llygaid wedi'u gostwng rhag ofn ei bod yn sefyll o 'mlaen yn ogoneddus o noeth neu rywbeth.

Codais fy ngolygon yn betrus a gweld ei bod hi eisoes wedi mynd i mewn i'r dŵr a bod ei phen yn bobian ar yr wyneb tua decllath o'r traeth. Cododd ei llaw ac yna troi a chychwyn nofio broga tua chanol y llyn, yn tynnu i ffwrdd yn gyflym o'r lan gyda phob strôc nerthol. Ar ôl cyrraedd rhyw hanner canllath o'r lan, stopiodd a gweiddi,

'Dere i mewn, Keith. Mae'n fendigedig.'

Ond roedd y syniad o'i dilyn i ganol y llyn yn codi ofn mawr arna i. Doeddwn i erioed wedi nofio mor bell o'r lan yn fy nydd.

'Dw i wedi dweud – dw i ddim yn gallu nofio'n dda iawn.'

Chwarddodd a throi nes ei bod yn anodd gweld ei gwallt tywyll yn erbyn y dŵr. Beth tasa hi'n dechrau mynd i drafferthion? Sefais ar fy nhraed a rhyw chwarae â'r syniad o fynd i'r dŵr ar ei hôl hi. Datfotymais fy nghrys a'i dynnu oddi amdana i mewn cyfyng-gyngor llwyr. O'r diwedd, ac er mawr ryddhad, gwelais ei bod yn dechrau dychwelyd o ganol y llyn.

Wrth ddynesu, gwaeddodd yn chwareus:

'Edrycha i ffwrdd, plis.'

Ac yn ffwndrus, dyma fi'n ufuddhau unwaith eto.

Arhosais am yr hyn a deimlai'n dragwyddoldeb, yr haul yn taro'n nerthol ar groen noeth fy nghefn. Roeddwn i ar fin gofyn a gawn i droi'n ôl eto pan deimlais ias oer yn saethu drwydda i ac yn cipio fy anadl wrth i Michela roi ei breichiau brown cryf amdana i a gwasgu ei chorff rhynllyd, diferol yn fy erbyn. Teimlwn ei thethau caled yn twrio i 'nghnawd fel dau ebill bach rhewllyd.

Mi wawchiais mewn sioc gan afael yn ei breichiau a throi'n sydyn i'w hwynebu.

28

Llithrai'r haul ar ei hynt dros wyneb y llyn, gan droi ei ddyfroedd yn bair o olau tawdd. Roedden ni'n dal i led-orwedd ar y creigiau, oedd bellach yng nghysgod y mynydd uwchben y traeth, pen Michela'n gorffwys ar fy mol a'i gwallt, gydag ambell berlen ddisglair o ddŵr wedi'i dal ynddo o hyd ar ôl y nofio, yn ogleuo o berlysiau yn y gwres.

Prin nad oeddwn i'n medru cofio'r caru ei hun, mor sydyn ac afreal oedd o, er bod syrthni fy nghorff yn tystio iddo ddigwydd, ond daliwn i gofio'n glir flas a gwefr y gusan gyntaf – roedd honno wedi'i serio am byth ar y cof. Ei hanadlu'n mwytho fy moch, ein gwefusau'n cwrdd a'n tafodau yn chwarae mig... Digwyddodd, darfu, gan ein gadael fel broc rhyw longddrylliad ar y creigiau melyn.

Roedd hi wedi bod yn amser maith er pan fues i hefo dynes. Roedd pethau wedi darfod hefo Sharon flynyddoedd ynghynt ac ers hynny dim ond sesiynau unnos i ddiwallu hen ysfa oesol a gafwyd, lle bynnag y down o hyd i ddynes oedd yn fodlon agor ei choesau a lle doeddwn i ddim yn gorfod talu amdano – wel, ddim yn uniongyrchol, beth bynnag.

'Am be wyt ti'n feddwl?' gofynnodd Michela gan droi'i phen fymryn i sbio'n ôl arna i a chodi'i bys a'i redeg ar hyd ochr fy nhrwyn ac i lawr dros fy ngwefusau.

'Dim byd,' atebais yn reddfol.

Roedd hi'n gwybod yn iawn nad dyna oedd y gwir, wrth gwrs, ond ddywedodd hi ddim gair, dim ond codi ar ei heistedd a phwyso'n ôl ar ei dwylo i edrych dros y llyn o'r newydd. Yn uchel, uchel yn yr awyr deuai rhu parhaus un o awyrennau NATO yn atseinio'n ddiddiwedd o gwmpas y mynyddoedd wrth blismona'r gwaharddiad hedfan dros Fosnia. Edrychodd Michela i fyny i chwilio am darddiad y sŵn. Rhedais fy mysedd ar draws ei sgwyddau cyhyrog ac i lawr ei meingefn hyd at rych ei thin.

'Mmm,' meddai'n werthfawrogol, ac wedyn, 'Felly, sut un yw'r wraig 'ma sy gen ti? Yr un y bu bron iddi dy stopio di rhag dod gyda fi ar y daith 'ma.'

Roeddwn i'n methu gweld ei llygaid. Roedd cywair ei llais yn hamddenol a hawdd y gallai rhywun dybio mai rhyw chwilfrydedd ffwrdd-â-hi oedd wedi sbarduno'r cwestiwn. Neu ai rhyw fath o gêm oedd hon?

Yn syth, teimlwn fy hun yn troi'n belen bigog wrth i'r amddiffynfeydd godi'n glep.

Ond pam, meddyliais i? Pam cloi fy nhafod? Onid dyma'r cyfle i wyntyllu rhywbeth oedd wedi bod yn stwna'n afiach dan gaead tyn ers cymaint o amser, yn cancro 'mherfedd? Be ddiawl oedd yn fy nadu rhag codi'r caead a dechrau carthu'r holl gachu oedd wedi cronni oddi tano?

'Mae'n stori hir,' dywedais yn swta braidd. 'Dw i ddim isio difetha hyn wrth siarad am betha digalon.'

Ddywedodd hi yr un gair. Ddylwn i ofyn iddi am ei gŵr hithau, tybed? Sut oedd o wedi cael ei ladd? Beth oedd ei waith cyn y rhyfel? Beth am ei meibion? Beth oedd eu cynlluniau? Oedd y gŵr yn ei charu? Oedd hi'n ei garu o? Fuodd o'n anffyddlon erioed – neu hithau? Oedd hi'n teimlo'n anffyddlon i'w chof amdano wrth garu hefo fi fel hyn? Ai fi oedd y cyntaf ers iddi golli'i gŵr? Ond busnesa fyddai peth felly. Byddai Anti

Nel yn sbio'n gam arna i o'i heisteddle angylaidd yn y nefoedd! Penderfynais mai calla dawo.

'Felly, beth yn union wyt ti'n 'neud, os ti ddim yn brwydro yng nghwmni genod Pofalici bellach?' gofynnais gan geisio llywio'r sgwrs rhag cael ei dryllio. 'Wyt ti yn y gwasanaethau cudd neu rywbeth fel'na?'

Ochneidiodd a throi ar ei bol gan swsio fy mhidyn llipa yn chwareus.

'Ty'd 'laen, Keith bach. Ti'n gwbod na alla i byth ateb cwestiynau fel'na, yn dwyt?'

Ai chwerthin am fy mhen roedd hi? Falla dylen i godi'n ffrom neu jest annog y swsio a mwynhau'r sioe wedyn. Diawl, doeddwn i ddim yn gwybod beth i'w wneud. Ond eisoes ro'n i'n synhwyro 'mod i mewn peryg o wneud smonach o bethau ac y baswn i'n cael ail hyd y lôn yn rhywle.

Hi gododd ar ei thraed yn y pen draw a mystyn am ei dillad. Doedd hi ddim wedi ffromi. Roedd hi'n gwenu os rhywbeth a chynigiodd ei llaw i'm helpu ar fy nhraed.

'Dydi caru *al fresco* ddim bob amser yn gyfforddus iawn, nac ydi?' meddai wrth weld sut roeddwn i wedi cyffio.

'Ddim yn dy bedwardegau eniwe,' meddwn i, 'a dydi'r cleisiau heb fendio'n iawn eto. Dw i'n dal i wingo drosta i.'

'Byddai nofio wedi'u helpu,' meddai wrth glirio olion y picnic i'w phac.

'Dŵad di,' meddwn i.

Digon distaw oedden ni ar y ffordd yn ôl, er i ni stopio o dro i dro i gofleidio a chusanu. Yn nhywyllwch y cwt beiciau, mi geisiais ei pherswadio i garu eto. Roedd yr awydd yn gryf ar y ddwy ochr, ond hi fynnodd yn y diwedd ei bod yn bryd i ni fwrw'r lôn adre gan fod y coedwigoedd yn fwy peryg ar ôl iddi nosi gyda phob math o wahanol garfanau milwrol a siaflins anhysbys ar gerdded yn yr ardal liw nos.

Wrth gyrraedd ein llety, mi driais i eto ei pherswadio i ddod i mewn 'am goffi' ond gwrthod ddaru hi a doedd hi ddim yn fodlon i mi gyffwrdd ynddi wedi i ni gyrraedd y gwersyll. Serch hynny, wrth ddweud 'nos da' mi ges i sws fach dyner ganddi cyn iddi ymdoddi i'r cysgodion dudew.

Gorweddais ar fy ngwely heb gynnau'r golau a gadael i atgofion y diwrnod olchi drosta i fel tonnau'r môr.

Ond er gwaethaf fy nghyflwr ecstatig, rywsut roedd y sôn am Sharon a'r gorffennol wedi amharu ar yr oriau gwynfydus yng nghwmni Michela Hubiar y diwrnod hwnnw. Am ryw reswm, cefais fy hun yn meddwl yn fwy am fy mhriodas glwc a'm teulu diarth y noson honno nag ers misoedd lawer. Nid euogrwydd nac edifeirwch oedd ar fai – jest rhyw hen gnonyn diawledig oedd yn twrio ac yn twrio ac yn cau gadael i mi roi'r cwbl y tu ôl i mi a symud ymlaen.

29

Air hostess oedd Sharon Jackson pan gwrddais i â hi am y tro cyntaf yn Heidelberg yn ne-orllewin yr Almaen ar ddiwrnod rhynllyd ym mis Ionawr ar ddechrau'r saithdegau, yn ôl yn y dyddiau pan oeddwn i'n dal i weithio i Heckler & Koch ac yn was bach ffyddlon i Eugen Herget.

Roeddwn i wedi teithio i Heidelberg ar ryw genadwri ddirgel i Eugen. Roedd wedi gofyn i mi adael pecyn bach di-nod mewn fflat uwchben caffi ar y brif stryd. Wrth i mi ddod o'r adeilad a chychwyn ar fy ffordd i ddychwelyd y goriad i'r dyn y tu ôl i'r bar mewn *kneipe* bach ger y castell, mi fwriais yn erbyn merch eithaf tal oedd wrthi'n twrio'n wyllt yn ei bag llaw. Gyda'i llygaid gleision mawr a'i gwallt gwinau tonnog at ei sgwyddau, ar yr olwg gyntaf fe wnaeth ei hwyneb agored gryn argraff arna i.

'Mae'n ddrwg gen i,' medden ni, yn ddeuawd cydadrodd – finnau yn Almaeneg a hithau yn Saesneg Gogledd Iwerddon.

Roedd hi'n poeni'n arw ei bod wedi colli'i phwrs yn rhywle ac mewn tipyn o stad ac felly mi es i â hi'n ôl i'r castell ym mhen ucha'r dre gan mai dyna'r lle diwethaf iddi gofio i'r pwrs fod yn ei dwylo. Ond doedd dim sôn amdano yn y fan honno ac roedd hi'n dechrau edrych yn ddigalon iawn.

Mi ofynnais a oedd hi wedi tsiecio'i phocedi i gyd. Oedd, meddai hi'n bendant iawn, ac yna tynnodd ei gwynt yn sydyn gan godi ei llaw at ei cheg a'i rhoi wedyn y tu mewn i'w chôt werddlas a chwilota mewn rhyw boced fewnol anghofiedig, a dyma bwrs bach tartan coch yn dod i'r fei.

Cymaint oedd ei rhyddhad a'i llawenydd o gael hyd iddo'n ddiogel nes iddi gynnig prynu coffi i mi. A dyma fi, yn llanc i gyd, yn awgrymu mai diod gynhesol yn y *kneipe* bach a safai ger y castell, lle'r oeddwn i i fod i ddychwelyd goriad y fflat, fyddai'r ffisig gorau ar ddiwrnod mor oer ac ar ôl profiad mor ddiflas... ac mae'r gweddill yn hanes, chwedl hwythau.

Buon ni'n canlyn am sbel go hir yn yr Almaen a hithau'n ymweld â'r wlad yn rheolaidd wrth hedfan allan o East Midlands a Manceinion. Bydden ni'n cwrdd dros nos mewn gwahanol drefi yng nghyffiniau meysydd awyr ar hyd a lled y wlad gan fwynhau pedair awr ar hugain o hamddena a charu dilyffethair.

Cyfnod dymunol iawn yn wir, ond wedyn dechreuodd Sharon fynd ormod o ddifri am bethau, fel y mae merched yn dueddol o wneud, gan sôn am briodi a setlo a theulu a ballu. Nid dyna be oeddwn i isio, wrth gwrs, ond cyn i mi fedru cymryd y cam anrhydeddus a gorffen pethau, torrodd y storom ynghylch y negeseuon dirgel dros Eugen a Charfan y Fyddin Goch, a finnau'n gorfod codi angor ar frys a chwilio am hafan ddiogel rhag trwynau pellgyrhaeddol heddlu'r Almaen ac asiantaethau eraill.

A dyna sut y cefais fy hun yn rhannu fflat cyfyng hefo Sharon uwchben siop papurau newydd yn Sparkbrook yn Birmingham. Wnes i ddim esbonio wrthi y gwir reswm pam fy mod i'n gadael Heckler & Koch ar gymaint o frys. Yn lle hynny, mi gymerais arna i fy mod i mewn cariad â hi ac ar dân isio ei phriodi a 'mod i am setlo yn ôl ym Mhrydain. Roedd hynny'n swnio'n well na bod ar ffo rhag yr heddlu am gynllwynio i helpu carfan derfysgol.

Llwyddais i gael swydd gyda BSA – Birmingham Small Arms gynt – sef pobl y moto-beics enwog, oedd yn dal i gynhyrchu gynnau chwaraeon ar y pryd. Brawd Sharon, Billy Jackson, a'm helpodd i gael y job. Roedd Billy yn gweithio hefo'r cwmni ers blynyddoedd ac oherwydd ein bod yn rhannu diddordebau a bydolwg, mi ddaethon ni'n ffrindiau mawr, ac, yn y pen draw, drwy Billy ac yn fwyaf arbennig ei dad, Sam, y byddwn i'n ffeindio fy ffordd yn ôl i'r fasnach gysgodol a phroffidiol honno roeddwn i wedi cael cymaint o flas arni yn yr Almaen.

O Felffast y deuai teulu Sharon, teyrngarwyr i'r carn, a'i thad, Sam Jackson, cawr gwallt du, mwstasiog, wedi bod yn gwasanaethu yn y Fyddin Brydeinig am ugain mlynedd a rhagor. Roedd yntau'n gymeriad hoffus a hael ac, at ei gilydd, roeddwn i'n taro ymlaen yn dda hefo 'nheulu-yng-nghyfraith newydd. I mi, roedden nhw'n rhagori cryn dipyn ar y rhan fwyaf o'r hen dylwyth y gallwn i eu cofio yn Sir Gaernarfon.

Er mawr syndod i mi fy hun, ces i hefyd flas ar fywyd priodasol yn Sparkbrook. Gyda Sharon i ffwrdd yn bur aml oherwydd ei gwaith, doedd gynnon ni ddim amser i ddiflasu ar gwmni ein gilydd, ac am y tro roeddwn i'n fwy na bodlon gadael i fywyd fynd yn ei flaen dow-dow gan gymryd un dydd ar y tro. Hefyd, ar ôl ofni clywed cnoc ar y drws am flwyddyn a rhagor, teimlwn y gallwn ymlacio ychydig. Roedd heddlu'r Almaen i'w gweld yn rhy brysur yn hel y pysgod mawr i botsian hefo rhyw benbwl bach di-nod fel fi.

Wyddwn i ddim oll am wleidyddiaeth Gogledd Iwerddon ar y pryd, a rhyfedd braidd oedd clywed y ffordd y byddai Billy a'i dad yn lladd ar y Catholigion ac yn mynegi eu pryderon ynghylch dyfodol eu gwlad. Roedd yn fy atgoffa dipyn bach o Anti Nel erstalwm. Yn ei barn hithau hefyd, peth ysgymun oedd Pabyddiaeth a doedd dim rhyfedd bod y Gwyddelod yn bobl mor oriog a di-dryst yn ei thyb hi.

Ryw brynhawn Gwener o haf yn 1972, dyma'r IRA ym Melffast yn mynd ati i danio dros ugain o fomiau mewn llai nag awr yng nghanol dinas Belffast, gan ladd naw ac anafu 130 o bobl.

Roeddwn i yn y swyddfa ddiwedd y prynhawn hwnnw hefo Billy pan ddaeth galwad ffôn drwodd iddo gan ei dad, oedd wedi bod allan yn y ddinas ynghynt yn y prynhawn wrth i'r bomiau ddechrau chwythu.

Mi welais wyneb Billy yn gwelwi fel y galchen ac wedyn rhyw olwg fel taran yn sgubo drosto. Ddywedodd o fawr ddim yn ystod y sgwrs, dim ond gwrando ar y suo cynddeiriog a ddeuai o ben arall y lein.

O'r diwedd, daeth y dwrdio dicllon i ben.

'O'r gora, Da, siaradwn ni eto,' meddai Billy a gosod y derbynnydd yn ôl ar ei grud. Safai'n fud gan syllu o'i flaen, ei lygaid glas yn hollol ddifynegiant.

'Mae'n swnio'n wael,' cynigiais i ar ôl tipyn.

'Uffernol,' meddai gan droi'n ôl at ei waith.

Ac yna, ymhen ychydig, ychwanegodd:

'Ond dyna ni, mae'r bêl yn ein cwrt ni rŵan, tydi? Canys gwynt a heuasant, a chorwynt a fedant, chwedl y Llyfr Da.'

Ac yn ôl ag o at ei waith.

Yn sgil cyflafan y dydd Gwener hwnnw, sbardunwyd yr UVF, Llu Gwirfoddolwyr Ulster, carfan baramilwrol Brotestannaidd, i daro'n ôl mor filain effeithiol byth ag y gallen nhw yn erbyn y gymuned weriniaethol. Ymhlith y rhai a atebodd yr alwad roedd gwahanol aelodau o deulu fy ngwraig.

Erbyn hynny roedd Sharon yn disgwyl Abigail, y ferch hynaf, ac ro'n i wedi newid fy swydd i weithio gydag un o'r cwmnïau arfau uchaf ei barch ym Mhrydain. Roedd gen i fwy o gyfrifoldebau a daeth codiad sylweddol yn fy nghyflog. O ganlyniad, llwyddon ni i symud o'r hances boced o fflat yn Sparkbrook i dŷ tair llofft ar ffordd ddeiliog jest i lawr y lôn yn Hall Green.

Dyddiau dedwydd oedd y rhain. Roeddwn i'n dechrau mynd i'r afael go iawn â'r gwaith ac yn edrych ymlaen at fod yn dad.

Yn haf 1974 mi ges i alwad ffôn gan fy nhad-yng-nghyfraith yn gofyn a allwn i ddod draw i Felffast. Roedd ganddo rywbeth roedd o am ei drafod hefo fi. Roedd Sharon ar fin geni Abigail a doeddwn i ddim yn orawyddus i'w gadael hi a mentro draw i rywle oedd yn mynd yn debycach i faes y gad bob dydd.

'Dw i wedi clywed y basat ti'n g'neud asiant effeithiol iawn i ni, a dy fod ti'n gwybod sut i gadw cyfrinach a pheidio â gofyn gormod o gwestiynau. A ti'n siarad yr holl ieithoedd 'ma hefyd.'

Roedd y llais yn haearnaidd a'r min 'Na Ildiwn' teyrngarol yn gyrru tipyn o ias drwydda i, ond hyd yn oed yr adeg honno mi ges i fy nhemtio. Yn bump ar hugain oed, doeddwn i ddim yn barod i wisgo fy slipers eto!

'Mae'n ddrwg gen i, Sam,' dywedais yn betrus. 'Dw i ddim isio gadael Sharon ar y funud.'

Bu saib anghyfforddus o hir.

'Wela i.'

Dilynwyd hynny gan saib hirach byth.

'Iawn, boi,' meddai o'r diwedd. 'Dw i'n parchu dy benderfyniad. Dw i'n gwybod na fasat ti isio siomi dy dad-yng-nghyfraith, na fasat?'

'Na f'swn,' mwmiais i'n ufudd.

A chlywais i ddim byd ganddo wedyn tan fis Tachwedd y flwyddyn honno, pan ffrwydrodd dau fom yn y Tavern in the Town a'r Mulberry Bush yng nghanol Birmingham, heb fod ymhell iawn o'n cartre bach ni, gan ladd 21 o gwsmeriaid diniwed.

Am un o'r gloch y bore y noson hirfaith honno, canodd y ffôn a llais 'nhad-yng-nghyfraith yn arthio o ben arall y lein:

'Wel, Keith, 'ngwas i. Ar ba ochr wyt ti'n sefyll heno? Ochr yn ochr â dy deulu gobeithio.'

Doeddwn i ddim yn 'sefyll' yn un man yn benodol. Os oedd y Gwyddelod isio lladd ei gilydd, wel, rhyngddon nhw a'u pethau. Ond doeddwn i ddim am i Abigail fach, a oedd bellach yn ddeufis oed, gael ei magu i gyfeiliant bomiau o'r fath.

Ar ben hynny, roedd geni'r fechan wedi rhoi cryn dipyn o straen ar y berthynas rhyngdda i a Sharon. Cafwyd ychydig o broblemau hefo'r un fach, oedd yn methu treulio ei bwyd yn iawn am sbel, a hefyd bu Sharon yn y felan a doeddwn i ddim yn arbennig o gefnogol a dweud y lleiaf.

Y gwir amdani oedd fy mod i'n ysu am gael cyfle i fynd yn ôl i fyd cyffrous y fasnach arfau 'answyddogol', fel petai, ac felly pan ddaeth anogaeth daer fy nhad-yng-nghyfraith i helpu teyrngarwyr Ulster, doedd dim isio gofyn eilwaith i mi; roedd yr achos yn deilwng a'r drws i'w weld yn agored…

Bu diwedd y saithdegau a dechrau'r wythdegau yn gyfnod euraidd, ac yn amser hapus dros ben i ni fel teulu yn y pen draw. Bu'r cyfle a ges i gan Sam a'i ddynion yn fodd i mi ddechrau torri fy nghwys fy hun go iawn yn y maes. Tyfai tipyn o barch i 'marn i a'm harbenigedd mewn cylchoedd swyddogol ac answyddogol fel ei gilydd – a'r ffin rhwng y ddau'n aml yn amwys ac yn amherthnasol.

Yn sicr, roedd y fasnach yn gallu bod yn rhyw berfedd moch o beth, gyda chylchoedd o fewn cylchoedd, a ffrindiau a gelynion yn ymweu driphlith draphlith yn ôl gofynion y dydd.

Dw i'n cofio un cyflenwad a drefnais i ar gyfer fy ffrindiau dros y dŵr – rhyw 150 o *assault rifles* Sa vz 58 o Tsiecoslofacia, 50 o bistols Browning, 30,000 neu ragor o fwledi, 500 o fomiau llaw, dwsin o RPGs, yn union fel neges siopa yn y pentre erstalwm. Roedd y rhain i gyd wedi bod ar eu ffordd at Fudiad Rhyddid Palesteina, y PLO, ac mae'n ddigon posib y gallasen nhw fod wedi ffeindio eu ffordd i'r IRA o dan amgylchiadau gwahanol. Ond, yn ffodus, dyma'r Israeliaid yn llwyddo i gael gafael ynddynt a'u gwerthu wedyn i Armscor, asiant arfau gwladwriaeth De Affrica, a sefydlwyd i danseilio gwaharddiad y Cenhedloedd Unedig ar werthu arfau i'r wlad honno. Doedd dim diwedd i'r troeon y gallai swp o arfau eu cymryd cyn glanio yn nwylo'r rhai fyddai'n eu defnyddio.

Roedd yn amser gwych yn ariannol ac wrth i'r arian wella llaciodd peth o'r tyndra ar yr aelwyd a bu cryn welliant yn fy mherthynas â Sharon. Roeddwn i ar ben fy nigon yn fy ngwaith ac yn llai diamynedd adre o'r herwydd.

Symudon ni i fyw i ryw blasty ffug-Edwardaidd ar gyrion Solihull – cynefin broceriaid stoc dinas Birmingham. Safai'r tŷ, a godwyd yn y tridegau, ar lethr yn wynebu'r gorllewin gyda chlamp o ardd yn arwain i lawr at goed helyg pendrwm a fwriai eu cysgod dros ddyfroedd afon Blythe, lle nythai elyrch urddasol a llwyth o hwyaid bach del i ddifyrru'r plant.

Roedd yr olygfa o'r machlud o'r patio o flaen yr hen sgubor a addaswyd ar gyfer y pwll nofio a'r sawna yn syfrdanol. Fan'no y byddai Sharon a finnau, pan fyddwn i adre o'r holl deithio, yn eistedd yn yfed gwin ac yn gwrando ar adar y nos gan gyfrif ein bendithion.

Bendithion a sicrhawyd yn aml ar draul dioddefaint pobl ddiniwed.

A fyddai'r caswir yma'n fy nghadw yn effro'r nos? Fedrwn i byth honni ei fod o. Yr unig adegau y byddwn i'n colli cwsg oedd pan fyddai ryw ddêl bwysig yn y fantol neu ryw beryg y baswn i'n cael fy nal am fentro ychydig yn ormod.

30

Daeth tro annisgwyl ar fyd tua diwedd yr wythdegau. Roeddwn i wedi bod ar daith fusnes i Awstria a phan ddes i adre i Blythe Hill roedd Sharon yn y gegin a golwg y fall arni. Roedd hanner potelaid o jin o'i blaen a hithau'n dal yn ei chôt nos, er ei bod hi tua hanner awr wedi tri y prynhawn a'r plant ar fin dod adre o'r ysgol. Roedd yn debyg i'r dyddiau drwg hynny ar ôl geni Abigail pan fyddai hi'n diodde iselder a'r tŷ fel twlc mochyn drwy'r adeg.

'Sha, be sy?' gofynnais gan roi'r blodau ro'n i newydd eu prynu yng ngorsaf New Street i lawr ar y ddresal.

Cododd ei phen gan edrych arna i â'r llygaid gleision hynny a arferai fod mor fyw ac mor iasol o las. Heddiw roedden nhw'n bwl ac yn ddyfrllyd a'r disgleirdeb wedi'i olchi ohonynt. Mi gyrcydais wrth ei hochr.

O'r diwedd, cafodd hyd i'w llais.

'Mae Billy a Dad wedi cael eu harestio. Maen nhw yn y Maze.'

Aeth gwayw o ofn drwydda i.

'Pryd? Pam?'

Dechreuodd hi grio, rhyw igian gwaelodol nes bod ei sgwyddau'n crynu a'r dagrau'n llifo.

'Sharon,' gofynnais yn eithaf stowt. 'Pryd gawson nhw eu harestio? Be ydi'r cyhuddiad yn eu herbyn?'

'Wythnos yn ôl,' atebodd gan sychu ei dagrau â llawes ei chôt nos sidan. 'Rhywbeth am gynllwynio i lofruddio. Ond fasan nhw byth...'

'Reit,' torrais ar ei thraws gan godi ar fy nhraed a symud draw i fynd â'm bag drwodd i'r stydi.

'Lle wyt ti'n mynd?'

'Rhaid i mi ei throi hi.'

'Ei throi hi?'

'Rhag ofn.'

'Rhag ofn?'

'Rhaid i mi... ffonio rhywun.'

'Ond, Keith...'

'Nes 'mlaen, Sha... Gwisga amdanat ti, er mwyn Duw. Bydd y plant adra toc. Ddylai eu mam ddim bod yn ei chôt nos 'radag yma o'r dydd.'

Roeddwn i wedi gofalu ar hyd yr amser na fyddai unrhyw dystiolaeth ar gael i awgrymu fy mod i'n ymwneud â gweithgareddau 'gwleidyddol' fy nheulu-yng-nghyfraith, ond roedd yn rhaid i mi gymryd camau rŵan i arbed fy nghroen.

Gweithiodd y cynllun 'mochel fel wats. Pan gyrhaeddais y maes awyr fore trannoeth, roedd fy nhocyn yn disgwyl amdana i a ches i ddim problemau gyda'r pasbort ffug.

Roedd digon o arian gan Sharon i gael help i fagu'r plant pe bai arni angen, a byddai modd iddi fyw'n gyfforddus iawn am sawl blwyddyn tra byddwn wedi diflannu i ben draw'r byd. Doedd dim rheswm iddi boeni, meddyliais wrth gau'r drws fore trannoeth a cherdded trwy'r tarth a godai o'r afon ar fy ffordd i ddal yr awyren i Santiago...

31

'O edrych yn ôl, wrth gwrs, does dim rhyfedd mai dyna ddechrau chwalfa'r briodas, mewn gwirionedd,' meddwn i, gan daflu carreg i'r nant fyrlymus ar fin y ffordd lle'r oedd Michela a fi wedi stopio'r car er mwyn stwytho'n coesau, bwyta ychydig o fara a salami ac yfed llymaid o goffi o fflasg.

'Nag oes,' cytunodd Michela dan ochneidio a dechrau ymbaratoi i fynd yn ôl at y car.

Dw i ddim yn siŵr pam fy mod i wedi penderfynu mai dyma'r amser i ateb y cwestiwn ynglŷn â fy nheulu roedd hi wedi'i ofyn i mi ger y llyn yn y mynyddoedd ddeuddydd ynghynt. Am fy mod yn teimlo bod gen i ychydig bach mwy o reolaeth dros fy emosiynau pan oeddwn y tu ôl i lyw'r car, hwyrach? Neu falla fy mod i'n teimlo'n sicrach ohoni hi erbyn hyn a bod ei swyn a'i hagosatrwydd yn peri imi ymagor yn fwy? Neu jest oherwydd 'mod i wedi bod yn hel meddyliau am Sharon a'r plant yn fwy nag arfer dros y dyddiau diwethaf, falla.

Roedd y car wedi'i barcio o dan gysgod castanwydden nobl ar ochr y ffordd. Er gwaetha'r cysgod dudew yma, daliai i fod fel ffwrnais y tu mewn wrth i ni ailgychwyn ar y daith. Unwaith eto, mynnais mai fi fyddai'n gyrru. Pwy a ŵyr a fyddai ein hanes wedi bod yn wahanol taswn i wedi gadael iddi hi gymryd ei lle yn sêt y gyrrwr y prynhawn hwnnw?

Roedd y lôn yn droellog ond heblaw am ambell geffyl a throl a chonfoi o loriau o Ffrainc yn cario cymorth dyngarol, welon ni fawr o neb arall.

'Mi es i'n ôl ati hi cyn gynted ag o'n i'n meddwl bod petha wedi tawelu, ti'n dallt?' dywedais gan ailgydio yn y stori, yn awyddus i ddweud y cwbl wrthi. 'A deud y gwir, roedd yr achos yn erbyn Billy a Sam wedi chwalu. Dim hanner digon o dystiolaeth, medden nhw. Roedd y ddau'n rhydd ar ôl chwe mis.'

Ddywedodd Michela ddim gair, dim ond syllu drwy'r ffenest ar y creigiau sgithrog yn yr haul wrth i ni fynd drwy fwlch arall yn y mynyddoedd. Roedd hi'n amlwg bod yr hanes yn mynd dan ei chroen rywsut. Ond er fy mod yn synhwyro 'mod i'n cloddio twll i mi fy hun, am ryw reswm mi ddaliais ati.

'Mi oedd pethau'n iawn am sbel, ond roedd hi wedi newid, 'sti.'

'Taw â sôn.'

'Oedd. Pan ddes i'n ôl roedd hi wedi ymuno â'r CND. Nhw oedd popeth iddi. Pen yn y tywod, dyna sut un fuodd Sharon bob amser. Ddim yn gweld, neu ddim isio gweld, bod yn rhaid i ni gael yr hen betha niwcliar 'na – ddim yn sylweddoli bod neb yn dryst yn y byd mawr aflan sydd ohoni allan fan'na. Os oes rhywun yn dal gwn at dy ben, yr unig ateb ydi dal gwn mwy a gwell at ei ben ynta. Roedd hi'r un fath ynghylch ei thad a'i brawd – yn cau derbyn y gwirionedd am yr hyn roedden nhw'n 'i wneud draw fan'na, nac am ddeall sut ro'n i'n 'u helpu nhw o ran hynny. Roedd hi'n gwybod yn iawn ond...'

'O, myn Duw...'

Ac wrth inni fynd rownd tro cas yn y lôn, o'n blaen dyma stondin lysiau yn ymrithio i'r golwg fel pe bai o nunlle, reit yng nghanol y ffordd bron – yn union fel y byddai'n ymddangos, noson ar ôl noson, yn fy mreuddwydion ar ôl hynny.

'Keith! Keith! Gwylia-a-a!!'

Dw i'n meddwl bod Michela wedi gweiddi rhywbeth arall wedyn, ond wnes i mo'i deall. Wedyn clywais y sŵn metelaidd mwyaf byddarol yn fy mhen cyn i'r goleuni ddiffodd.

32

Gallwn glywed y seiren ond doeddwn i ddim yn siŵr beth oedd y cysylltiad rhyngddi a fi. Agorais fy llygaid a sylweddoli mai mewn ambiwlans roeddwn i.

'Helô, Keith. Sut wyt ti'n teimlo erbyn hyn?' meddai llais dyn yn Gymraeg.

Chwiliais am y llais a nofiodd wyneb arth fawr o baramedic barfog i 'ngolwg.

'Mi wyt ti yn yr ambiwlans ar dy ffordd i Ysbyty Gwynedd. Mi gest ti bwl bach yn y caffi.'

Cofiais, a chau fy llygaid am ennyd. Teimlai fy mhen ychydig yn gliriach ac roedd y pwys wedi'i godi o'n stumog.

'Oes 'na rywun wyt ti am i ni ffonio, Keith?' Llais arall – agorais fy llygaid a gweld dynes ifanc y tro 'ma, ychydig fel Michela o ran pryd a gwedd.

Atebais i ddim a chau fy llygaid eto…

Am faint fues i'n anymwybodol ar ôl y wasgfa yn y caffi yng Nghaernarfon tybed? Chwarter awr hwyrach? Teimlai'n hirach o lawer. Gallwn gofio rhyw strimyn hir o freuddwydion a gweledigaethau. Clytwaith o ddelweddau cyfarwydd ond heb fawr o drefn.

Daria, ro'n i ar fin mynd i gysgu. Doeddwn i ddim isio hynny, er mor braf fasa ymgolli am ychydig. Na, ro'n i isio bod o gwmpas 'y mhethau wrth gyrraedd yr ysbyty. Ro'n i am symud ymlaen. Doeddwn i ddim isio bod yn sbesimen i ryw feddygon a ballu… Ro'n i wedi cael hen ddigon ar fod yn destun archwiliadau ac arbrofion dros y blynyddoedd diwethaf. Rhaid oedd cadw'n effro… cadw'r meddwl yn fyw…

33

O leiaf fyddai'r ysbyty ym Mangor ddim ar y ffrynt lein, fel yr ysbyty y glaniais ynddo ym Mosnia ar ôl y ddamwain. Yn sicr, doedd gen i ddim cof o gwbl am y daith i fan'no. A dweud y gwir, ches i erioed wybod sut cyrhaeddais i – ambiwlans, trol, ar gefn asyn? Dyn a ŵyr sut.

Erbyn heddiw, dw i'n gallu cofio'r ddamwain ei hun – neu'n meddwl fy mod i'n gallu ei chofio. Dw i'n ei gweld hi yn fy nghwsg drosodd a thro, wrth gwrs, ond ar y pryd, yr holl flynyddoedd yn ôl, pan ddes i ataf fi fy hun ar y cychwyn, prin fy mod i'n cofio pwy oeddwn i na lle'r oeddwn i.

Yn rhyfedd ddigon, Cymraeg oedd yr unig iaith y gallwn ei siarad yn ystod y cyfnod dryslyd hwnnw, er fy mod i'n trio siapio fy ngeiriau mewn ieithoedd eraill. Ond doedd gen i fawr i'w ddweud beth bynnag. Drwy'r cwbl ro'n i'n ymwybodol o ryw storom o fellt a tharanau oedd yn dwrdio ddydd a nos, a'r mellt yn goleuo'r stafell fach lle'r oeddwn i'n gorwedd hefo rhyw ugain o drueiniaid eraill. Roedd syched y diawl arna i, fy nhafod fel talp o ledr tew yn erbyn taflod fy ngheg a chur yn fy mhen fel tasa fo'n cael ei wasgu rhwng dwy garreg enfawr.

Teimlwn fel pe bawn i wedi bod yno am flynyddoedd. Dw i'n cofio i mi fod dan yr argraff mai bwrw rhyw ddedfryd ddiderfyn o garchar oeddwn i. Do'n i ddim yn gallu cofio beth oedd fy nhrosedd na phwy oedd yn gyfrifol am fy nal a'm cosbi fel hyn, ond mi wyddwn i, taswn i 'mond yn gallu cael digon o ddŵr o rywle, y byddai'r purdan yn dod i ben ac y byddwn i'n cael fy rhyddhau'n ddiamod i fynd yn ôl at Sharon a'r plant a nosweithiau cyfareddol o haf yn Blythe Hill.

Yn y cyfamser, deuai pob math o bobl i edrych amdana i

– athrawon, plismyn, parti o sgiwyr o India, hen wragedd y capel erstalwm, Meurig druan, Sharon a'r merched, Billy ei brawd, Eugen Herget mewn rhyw goban laes fel angel – y byd a'i fam yn wir. Fues i erioed mor boblogaidd.

O'r diwedd, dyma ddyn mewn côt a fu unwaith yn glaearwyn, mae'n siŵr, yn dod ata i ryw fore pan oedd rhai o'r niwloedd wedi codi yn fy mhen a'm llygaid yn hollol agored am y tro cyntaf ers imi gyrraedd.

'Wel, Herr Schuhle? Ydi pethau ychydig yn gliriach heddiw?' gofynnodd yn Almaeneg.

Mi ddeallais y geiriau ac ro'n i'n nabod yr enw – fy hen ffugenw proffesiynol. Dyna hefyd yr enw ar y papurau dros dro a gefais gan yr awdurdodau yn ôl yn y gwersyll yn y mynyddoedd i gymryd lle'r pasbort ffug a'm pasbort go iawn a gollwyd yn y cyrch awyr.

Ddywedais i'r un gair wrtho ar y dechrau. Roedd fy meddwl yn dal i droi'n ara deg ond yn sydyn sylweddolais fy mod i'n gallu gwahaniaethu rhwng dwy os nad tair gwahanol iaith yn fy mhen. Fel llenni'n agor ar set lwyfan lachar neu mewn stafell dywyll ar fore heulog, aildaniodd y cof a dechreuodd y darnau ruthro i'w lle.

Ac yn syth, dyma ryw ofn gwaelodol yn sgubo i'r brig uwchlaw'r holl fân feddyliau dibwys ac amherthnasol a'r dryswch cyffredinol a lenwai fy mhen.

'Sut mae Michela?' crawciais yn Almaeneg.

'Yn anffodus,' atebodd y meddyg, 'bu farw Michela Hubiar yn y ddamwain.'

A chyda hynny clywais ruo cras yn yr awyr y tu allan a chrynodd y gwely oddi tana i wrth i gyfres o daflegrau daro eu nod – yn union fel y daeargryn a brofwn yn y nos yn Rhiwabon ddeng mlynedd yn ddiweddarach.

. . . Wwsssh bang! Wwssh bang! Wwsssh bang!

Dyna esbonio'r storom o fellt a tharanau a fu'n gyfeiliant i'r dwymyn dros y dyddiau diwethaf. Clywais wydr yn chwalu a darnau o'r adeilad yn cael eu malurio ac yn llithro a dymchwel fel tonnau enfawr yn torri ar draeth. Chwyrlïodd cawodydd trwchus o lwch plastr o'r nenfwd am ein pennau a phawb yn dechrau pesychu a thuchan. O ran arall o'r adeilad, dechreuodd llais gwrywaidd oedrannus sgrechian a sgegian cyn tagu a distewi'n sydyn.

Ro'n innau hefyd yn tagu, y pesychu sych yn gyrru poen ddirdynnol drwy bob rhan o 'nghorff, ond doedd y boen gorfforol yn ddim byd o'i chymharu â gwewyr y newyddion am Michela, newyddion a agorai friw na fyddai byth yn mendio'n iawn. Am y tro, yng nghanol anhrefn a dychryn y sielio ac oherwydd cyflwr dryslyd fy meddwl, llithrodd y ffaith na welwn i Michela fyth eto o 'ngafael droeon a dim ond gyda threigl amser y sadiai'r gwirionedd trychinebus yma yn yr ymwybod go iawn.

Ymsythodd y meddyg gan daflu cipolwg dros ei ysgwydd a'i chychwyn hi am y drws dan weiddi rhywbeth ar un o'r staff wrth fynd. Mi allwn glywed oglau llosgi a deuai rhyw riddfan dolefus o'r un cyfeiriad ag y daethai'r sgrechfeydd ofnadwy gynnau bach.

Gostegodd y tanio am sbel a fesul tipyn cripiodd y staff yn eu holau.

Staff, meddwn i! Mi faswn i'n meddwl mai dyn y gôt wen fudur oedd yr unig un oedd yn ymdebygu i weithiwr meddygol proffesiynol yn eu plith. Adain weinyddol rhyw ysbyty oedd yr adeilad yn hytrach na ward fel y cyfryw, gyda llawdriniaethau'n digwydd yr ochr draw i'r coridor mewn swyddfeydd bach cyfyng ar ddesgiau cyffredin gan fod y cyflenwad trydan i'r theatrau llawfeddygol arferol wedi'i dorri.

Rywsut, er gwaetha'r amgylchiadau anffafriol, o dipyn i

beth dechreuais wella o'r anafiadau. Ychydig ddyddiau'n ddiweddarach daeth aelod o'r *policija* lleol i wneud ymholiadau ynglŷn â'r ddamwain a sut roeddwn i'n digwydd bod yn teithio yng nghwmni Michela a pham roeddwn i ym Mosnia yn y lle cyntaf. Dyn canol oed oedd o gyda thrwyn paffiwr a llygaid a roliai i bob cyfeiriad fel marblis bach wrth iddo siarad. Es i dros fy hanes ers gadael Croatia, gan gadw'r manylion yn weddol niwlog a rhoi'r bai ar fy nghyflwr am fethu cofio pob dim. Dwn i ddim a oedd y swyddog yn fy nghredu ai peidio. Soniwyd am ymchwiliadau pellach, ond welais i mohono ar ôl hynny a ches lonydd i ddod ataf fi fy hun.

Ddeuddydd yn ddiweddarach, llwyddais i godi o'r gwely a chymryd ychydig gamau simsan a phoenus ar ffyn baglau ro'n i wedi cael eu benthyg gan ddyn ifanc yn y gwely nesaf ata i oedd wedi colli ei goes ar ôl iddo sathru ar fom yng ngardd ei gartre.

Wrth i mi faglu rhwng y gwelyau eraill, dyma ddyn y gôt wen yn cyrraedd. Edrychai hyd yn oed yn fwy blinedig na'r tro cynt, gyda chysgodion duon a phiws yn gleisiau ymledol o dan ei lygaid. Serch hynny, pan welodd o fi ar fy nhraed, am ennyd fflachiodd rhyw wên fach fachgennaidd o lawenydd ar draws ei wyneb. Mi wenais innau'n ôl, er mor boenus oedd y weithred honno.

'Yn ddelfrydol,' meddai wrtha i yn ei Almaeneg llafurus, 'mae angen mwy o lawdriniaeth ar y goes. Mae'r gewynnau wedi troi a'u torri bob siâp a dw i'n amau falla fod yna doriad yn rhywle. Dydi'r offer pelydr-X ddim yn gweithio erbyn hyn. Ond heb i chi gael y sylw angenrheidiol, dw i'n ofni na fydd y goes yn mendio'n iawn ac mae'n debyg y cewch eich plagio ganddi am weddill eich oes.'

Yn anffodus, roedd wedi cael gorchymyn i gadw'r

anesthetig at drin y milwyr yn unig. A dweud y gwir, pigiadau epidiwral oedd yr unig anesthetig oedd ar gael bellach. Tra bues i yno, gwelais sawl un yn gorfod diodde arswyd cael torri'i goes i ffwrdd ar ôl cael dim ond pigiad o'r fath yn ei gefn.

'Bydd yn rhaid i chi aros nes cael y driniaeth iawn, mae arna i ofn,' meddai'r meddyg. 'Gorau po gynta yr ewch chi'n ôl i'r Almaen. Ond does dim modd ar hyn o bryd gyda phethau fel maen nhw yma.'

A dyna pryd y gwnes i lwyr sylweddoli fy mod i mewn tipyn o dwll o ran ffeindio fy ffordd allan o'r wlad – a finnau heb na phasbort, arian na modd cysylltu â neb. Doedd neb yn poeni amdana i 'nôl ym Mhrydain a go brin y byddai fy nghyflogwyr yn mynd o'u ffordd i chwilio amdana i yng nghanol y rhyfel.

Ar ôl cael fy nghalonogi wrth gymryd y camau sigledig cyntaf 'na ar y ffyn baglau, setlodd y felan yn dynn amdana i unwaith eto.

Ro'n i wedi troi a thorri gewynnau'r goes a sawl asen ac wedi cael cnoc hegar i'r pen a'r trwyn, rhyw anaf annelwig i 'nghefn a briwiau cyffredinol eraill, ond yn waeth na'r anafiadau corfforol roedd y sioc, a honno'n dechrau cripian fel chwistrelliad o rew drwy fy ngwythiennau. Wrth i'r meddwl glirio ac i'r chwalfa o atgofion ddod i ryw fath o drefn unwaith eto, ro'n i'n ymwybodol o gwlwm poenus nad oedd yn anaf corfforol rywle y tu mewn i mi. Lle gynt y gallwn reoli fy emosiynau'n ddigon rhwydd, roedden nhw bellach yn hollol remp a'r nerfau'n siwrwd mân.

Ro'n i fel cadach o wan hefyd a byddwn yn deffro yn y nos dan grynu a swnian, yn ofnus fel ci bach.

Roedd gen i hiraeth mawr am Michela – eigion o hiraeth yn ymestyn i bob cyfeiriad. Daliwn i ddisgwyl ei gweld hi'n dod drwy'r drws i fynd â fi i rywle diogel, rhyw loches mewn coedwig ymhell o synau ac ogleuon y brwydro.

Yn yr amser prin yr oeddwn wedi dod i'w nabod hi, roedd hi wedi cyffwrdd â rhywbeth ynddа i a fu allan o gyrraedd pawb a phopeth tan hynny, gan sbarduno rhyw newid sylfaenol yn y ffordd yr edrychwn ar y byd a'i bethau.

Doeddwn i ddim wedi profi colled fel hyn o'r blaen chwaith, heb brofi'r ias ddirdynnol o wybod nad 'yn y stafell nesa', chwedl hwythau, y mae'r ymadawedig ond wedi'i gipio am byth bythoedd.

Rhy ifanc oeddwn i pan fu farw Mam; rhy ddiarth oedd 'Nhad i mi pan gollais i hwnnw; a rhy brysur oeddwn i pan aeth yr hwch drwy'r siop yn fy mhriodas – er fy mod i wedi mynd i golli'r genod yn fwy erbyn hyn.

Realiti gignoeth yr wythnosau diwethaf oedd y boen, y blinder, yr harddwch, y trallod... Roedd fy amddiffynfeydd yn deilchion, pob gwrthglawdd wedi'i fylchu a dim modd atal yr hyn oedd yn bygwth fy moddi.

Y cwbl medrwn i'i wneud drwy'r dydd yn y stafell fach ddiflas 'na oedd hel meddyliau ac atgofion a gwrando ar ddioddefaint y dynion eraill o'm cwmpas a thyrfa'r rhyfel yn y dre y tu allan. Doedd dim modd i mi grwydro ymhell iawn ar y ffyn baglau chwaith, a doedd yna fawr neb i sgwrsio â nhw. Gallwn deimlo rhyw wallgofrwydd yn treiddio drwy fy meddwl.

Safai'r dre yn union ar y ffrynt-lein. Bron nad oedd hi dan warchae fel Sarajevo ar brydiau. Milwyr clwyfedig oedd y rhan fwyaf o'r lleill oedd hefo fi a thros amser gwagiodd y stafell, naill ai oherwydd marwolaeth neu wrth i'r dynion gael eu symud yn ôl i faes y gad neu i ysbytai eraill ymhellach o'r ffrynt. Rhoddwyd blaenoriaeth iddynt hwy, wrth reswm, ac erbyn diwedd fy nghyfnod yno mi oedd pawb wedi anghofio amdana i i bob pwrpas.

Cyn bo hir, cefais fy hun ar fy mhen fy hun yn y lle gyda hyd yn oed y meddyg dewr a diflino oedd wedi achub fy nghoes, a 'mywyd i debyg iawn, wedi diflannu.

O'r diwedd, y bore hwnnw, jest wrth i mi ddechrau digalonni'n llwyr, dyma Mwstaffa, dyn addfwyn, eithaf swil yn ei chwedegau a weithiai yno fel nyrs o ryw fath, yn dod i mewn i'r stafell gan edrych o'i gwmpas, ychydig bach fel asiant tai yn asesu'r posibiliadau o ran gwerthu'r lle.

'Mae pawb wedi mynd,' cyhoeddodd, gan gofio'n sydyn amdana i wrth i mi sbecian yn nerfus arno o 'ngwâl yn y gongl bella.

'I ble?' gofynnais mewn braw gan swingio fy nghoesau dros erchwyn y gwely a chythru'n ffwndrus am y ffyn baglau a adawyd gan y garddwr ungoes pan gafodd ei symud i ysbyty arall.

Y tu allan gallwn glywed gwn peiriant trwm yn tanio'n achlysurol gerllaw, ei sŵn fel ffon yn cael ei rhedeg yn ffyrnig hyd reilins – yn nes o dipyn i'r adeilad nag ydoedd ddoe hyd yn oed...

Cododd Mwstaffa ei sgwyddau fel ymateb i 'nghwestiwn a dechrau sgubo'r llawr â brwsh mawr i hel hen rwymau gwaedlyd, bonion sigaréts, darnau o wydr a'r llwch plastr hollbresennol yn bentwr taclus yng nghanol y stafell.

'Be amdana i? Be wna i?' gofynnais yn fwy taer y tro yma. Roedd crawc flinedig fy llais yn cracio mewn panig wrth i mi hercian ar ei ôl o gwmpas y stafell.

Daliai i sgubo, a'r sŵn i'w glywed ychydig yn fwy anniddig erbyn hyn.

'Mwstaffa! Be amdana i? Be wna i rŵan? Beth os bydd y dre'n syrthio i'r ymosodwyr?'

Bu saib yn siffrwd yr ysgub a phwysodd Mwstaffa ar goes y brwsh gan syllu ar y pentwr sbwriel o'i flaen a sychu'i dalcen sgleiniog â chledr ei law. Clywson ni glec RPG yn taro'r nod – yn agos iawn unwaith eto.

'Mi fedrwch chi ddod adra aton ni,' meddai o'r diwedd, mor ddigynnwrf â taswn i'n ffrind ysgol i un o'i wyrion.

Ar ôl iddi dywyllu'r noson honno, ac ar ôl i'r tanio dawelu i ambell ergyd a hyrddiad yn unig, dyma ni'n ei chychwyn hi ar y daith gymharol fer o'r ysbyty gwag i fflat Mwstaffa. A diolch byth nad oedd hi'n daith hirach neu fe fyddwn i wedi diffygio'n llwyr cyn cyrraedd. Mwstaffa a gariai'r ychydig eiddo oedd gen i – pethau a roddwyd i mi yn y gwersyll – tra ymlusgwn innau yn ei sgil fel rhyw hen begor ar fy ffyn. Goleuwyd rhan o'n ffordd gan y tanau a losgai mewn rhai o'r adeiladau. Deirgwaith bu'n rhaid i ni aros lle'r oedd y geiriau 'PAZI! SNAJPER!' wedi'u paentio'n ddu ar y wal wrth groesffordd neu ar gyrion man agored. At ei gilydd, gefn golau dydd y câi'r sneipars eu hwyl yn bennaf, ond doedd fiw bod yn ddiofal hyd yn oed yn y nos fel hyn. Byddai rhyw falwoden o darged fel fi yn cloffi i'r golwg yng ngolau'r tanau yn fêl ar fysedd yr hen flewyn coch o sneipar yn ei wâl yng nghanol yr adfeilion a fyntau heb ddim byd gwell i'w wneud ar noson braf o haf.

Bob tro y bydden ni'n stopio, byddwn i'n falch o'r cyfle i orffwys a chael fy ngwynt ataf o'r newydd. Safai'r fflatiau lle'r oedd Mwstaffa yn byw ar ben llethr fach. Roedd y boen yn fy nghoes a'r cur yn fy mhen yn reit hegar erbyn hyn. Crynai pob rhan ohona i a ffrydiai'r chwys dros fy nhalcen ac i mewn i'm llygaid fel prin y gallwn weld lle'r oeddwn i'n baglu. Yn lwcus iawn, ar ôl tua hanner awr sleifiodd lorri fach heb oleuadau heibio i ni a llwyddodd Mwstaffa i'w stopio. Cytunodd y gyrrwr, oedd yn gymydog iddo, roi pas i ni at garreg y drws. Hebddo, dw i'n amau a fyddwn i wedi cyrraedd lloches y fflat yn fyw y noson honno.

Gan bwyso'n drwm ar Mwstaffa erbyn hyn, ac yn boenus o

araf, llwyddais i ddringo'r grisiau diddiwedd at ddrws ei fflat. Does gen i ddim cof croesi'r rhiniog a phan ddes i ata i fy hun, ro'n i mewn gwely a Mwstaffa'n plygu drosta i'n ofidus.

'Ti'n saff rŵan. Cysga'n dawel,' meddai fel hen ewythr clên.

Does unman yn saff yn y byd mawr crwn, meddyliais, ond ro'n i eisoes yn cysgu.

34

Maisonette eithaf mawr yn uchel mewn bloc o fflatiau cyffredin a safai ar fryncyn ger canol y dre oedd cartre Mwstaffa. Yn sicr, roedd yna dwr o bobl yno, hyd y gallwn weld, a wynebau newydd yn ymddangos ac yn diflannu bob dydd. Mi fues i'n rhannu stafell fach hefo bachgen swil tua dwy ar bymtheg oed o'r enw Admir a ddeuai adre ddiwedd y dydd â'i Kalashnikov dros ei ysgwydd gan godi cyn y wawr wedyn i gymryd ei le drachefn ar y rheng flaen fel un o amddiffynwyr y dre.

Dywedodd Admir wrtha i fod yr ymladd yn arbennig o filain. Roedd pennaeth y Bosniaid a phennaeth y Serbiaid yn hen gyfoedion yn yr academi filwrol erstalwm ac roedd y frwydr wedi troi'n ymryson personol rhwng y ddau. Yn ôl Admir, bydden nhw'n treulio hanner y diwrnod yn herio ac yn sarhau ei gilydd dros y radio fel plant bach ar fuarth yr ysgol. Dywedai hyn â rhyw hanner gwên ar ei wyneb ond roedd rhywun yn darllen yn ddyfnach i'w lygaid hefyd.

Dw i'n meddwl mai nai Mwstaffa oedd Admir; yn sicr, roedd golwg ddigon tebyg arno o ran pryd a gwedd. Roedd gweddill teulu'r hen ewythr un ai wedi'u hynysu i'r gogledd, yn garcharorion, yn ffoaduriaid neu wedi'u lladd. Rhyw lobsgows go iawn oedd gweddill trigolion y fflatiau – milwyr, gweithwyr nad oedd modd iddynt drafaelio i'w cartrefi bob nos oherwydd yr ymladd, ambell blentyn amddifad, hen bobl a sawl merch feichiog. Roedd y lle dan ei sang ar brydiau.

Cadwai Mwstaffa y fflat fel pin mewn papur, er gwaetha'r heidiau o letywyr a fyddai'n troedio drwy'r lle rownd y bedlan, a'r holl lwch a budreddi oedd yn cael eu creu gan y brwydro cyfagos. Dim ond yn bur ysbeidiol y byddai trydan ar gael ac yn ystod yr awr neu ddwy pan ddeuai ymlaen byddai Mwstaffa wrthi'n hwfro a golchi dillad am a fedrai.

Doedd dim sôn ei fod o'n cael fawr o gymorth gan neb arall wrth wneud yr holl waith chwaith. Mi welwn ambell hen wreigan yn y gegin weithiau ond dyna'r cwbl. Sŵn ysgub Mwstaffa fyddai'r peth cyntaf a glywn yn y boreau – heblaw am sŵn y gynnau, wrth gwrs.

Wnaeth neb ofyn unrhyw gwestiynau am fy mhresenoldeb yn yr adeilad nac ym Mosnia o ran hynny. Roedd adnabod Mwstaffa'n ddigon o basbort ynddo'i hun a phawb fel tasen nhw'n gwybod am y dieithryn gorllewinol yn eu mysg ac yn fy nerbyn felly.

Tra oeddwn i yno, a finnau'n amlwg wedi fy anafu, mi ges fy nhrin â'r ffasiwn barch a gofal fel bron nad oedd yn brifo, mor gywir a boneddigaidd oedd pawb. Roedd yn anodd cysoni urddas y bobl hyn â'r holl farbareiddiwch a bwtsiera oedd yn digwydd o bobtu ym mhob man arall.

Wrth i mi ymgryfhau, roeddwn i'n awyddus iawn i ad-dalu'r ddyled a gwneud be fedrwn i i helpu, ac felly dyma fi'n cynnig glanhau Kalashnikov Admir iddo fo bob nos fel y gallai yntau fynd i gysgu yn syth ar ôl llarpio ei fwyd – bwyd a oedd yn cael ei baratoi gan yr amryddawn Mwstaffa.

Yn raddol, o weld fy mod i'n dallt y dalltings o ran trin gynnau, daethpwyd â rhagor o arfau ataf i mi eu glanhau neu eu harchwilio. Llwyddodd Admir ac eraill i ddod ag ychydig o offer draw fel y gallwn drwsio neu drin ambell broblem. Roedd cael cyfrannu mewn ffordd mor ymarferol yn therapi da i mi, gan ei fod yn rhoi rhywbeth arall i mi feddwl amdano heblaw dyfnder y twll ro'n i ynddo a'r golled ar ôl Michela.

Yn ystod y dydd, ar fy mhen fy hun y byddwn i gan amlaf, a phawb arall allan ar ryw berwyl peryglus neu'i gilydd – a'r adeg honno roedd unrhyw berwyl yn un peryglus: prynu torth o fara yn y farchnad, mynd i'r ysgol, ymweld â pherthnasau, pob gweithred normal a beunyddiol a dweud y gwir. Peth cyffredin oedd ffarwelio â rhywun fyddai'n mynd allan ar ryw neges syml fel hel ychydig goed tân, a byth ei weld wedyn.

Gyda phentwr o ddrylliau wrth fy ochr i ddelio â nhw bob dydd, âi'r amser heibio'n rhyfeddol o gyflym. Ar ben hynny, roedd yr hyn oedd i'w weld o'r fflat yn rhywbeth i hoelio fy sylw drwy'r adeg.

Wedi i'r lle ymdawelu am y bore, mi fyddwn i'n llusgo cadair draw at y drws gwydr toredig a arweiniai i'r balconi. Dim ond darn bach o hwnnw oedd ar ôl erbyn hyn, sgwaryn bach tolciog o goncrid yn glynu'n styfnig wrth ei ffrâm blygedig, y gweddill wedi'i ddryllio gan y saethu ynghynt yn y flwyddyn, ond golygai hyn fod modd i mi weld, heb unrhyw rwystr, yr hyn oedd yn digwydd ar y stryd.

Byddai'n rhaid i mi osod y gadair ychydig o'r neilltu yn y cysgodion, wrth gwrs, rhag denu sylw'r sneipars. Roedd amryw wedi'u lladd a'u clwyfo wrth sefyll yn rhy agos at ffenestri eu tai.

O'r fan honno, gallwn weld y sgwâr bach islaw a'i ffownten hynafol, yn ogystal â'r groesffordd brysur ar ei gyrion. O godi fy ngolygon, gallwn dremio tua'r gogledd wedyn heibio i weddillion simsan y minarét, targed poblogaidd i fagnelwyr y Serbiaid, tuag at ochr bella'r dre. Dyma lle'r oedd y rhan fwyaf o'r brwydro'n digwydd ac yn aml byddai'r ardal gyfan dan gaddug o fwg llwydwyn neu ddu.

Roedd gwylio'r olygfa hon fel gwylio un o'r hen ffilmiau di-sain lle mae pawb yn cerdded yn rhy gyflym ac yn herciog fel teganau bach clocwyrc. Hyd yn oed yng nghanol yr holl saethu, byddai tipyn o fynd a dod ar y strydoedd, gyda phawb yn rhuthro ar hyd y lle rhag bwledi'r saethwyr cudd a'r sieliau a'r shrapnel. Roedd eu symudiadau'n atgoffa rhywun o ryw fath o ddawns arswydus – dawns angau, yn wir.

Ac nid pobl yn unig a gymerai ran yn y bale dieflig yma chwaith. O'r man lle'r eisteddwn, gallwn weld un o'r priffyrdd mawr ar gyrion y dre fyddai weithiau'n agored ac weithiau ar gau i draffig, gan ddibynnu ar lanw a thrai y brwydro yn y cyffiniau.

Pan fyddai'n agored, sgrialai'r ceir a'r lorïau hyd-ddi a heibio'r orsaf reilffordd a'i rhesi hirfaith o drenau segur. Byddai'r cerbydau ar y lôn yn ymweu'n ddramatig rhwng yr holl froc rhyfel, eu teiars yn sgrechian a chymylau bach o fwg yn codi ohonynt wrth iddynt gael eu halio o'r naill ochr i'r llall mewn ymgais i ddrysu'r magnelwyr a'r saethwyr a ysai am roi diwedd angheuol i'r gyrwyr.

Ar wib hefyd y deuai'r bysys, gan godi'r teithwyr heb stopio'n iawn. Doedd fiw i'r un bws aros wrth y safleoedd penodedig. Mewn un man ar fin y ffordd fawr gorweddai cragen losg bws mawr glas ar ei ochr yn tystio i'r hyn a allai ddigwydd ac i ddiawledigrwydd y rhai oedd yn ceisio goresgyn y dre.

Byddai'r siopwyr yn rasio o fan i fan, yn dowcio o drothwy i drothwy gan aros eu tro i fentro troi rhyw gornel beryglus neu groesi stribed o dir agored.

Dw i'n cofio rhyw ddyn canol oed, eithaf porthiannus a pharchus ei olwg, a fyddai bob amser yn cario ymbarél mawr lliw oren hufennog. Fe ddaliai hwn yn agored o'i flaen fel rhyw fath o darian hudol wrth iddo gamu'n bwyllog braf ar hyd y stryd, yn hollol anystyriol o'r peryglon o'i gwmpas. Er i mi ei weld o'n mynd heibio bob dydd bron, a hynny tua'r un adeg yn y bore a'r prynhawn, drwy ryw ryfedd wyrth fe dalodd yr ystryw ryfygus yma iddo a daeth drwy'r drin yn iach ei groen yn ystod yr holl fisoedd y bues i'n ei wylio. Falla mai ymbarél hud a lledrith go iawn ydoedd a bod y bwledi'n methu ei dreiddio neu'n gwyro o'i gwmpas. Pwy a ŵyr? Roedd yn dipyn o ryfeddod ac roedd ei weld o'n rhodio'n dalog bob dydd, er gwaetha'r hafoc ar hyd y stryd, yn rhoi hwb bach i ffydd rhywun.

Yn sicr, buodd dyn yr ymbarél yn fwy ffodus na'r ddynes 'ma a ddaeth i'r fei am ychydig wythnosau. Wrth i hon redeg ar draws y ffordd agored a arweiniai i'r sgwâr, byddai'n codi ei bag siopa glas ar ei hysgwydd a'i ddal yn sownd yn erbyn ei phen. Roedd yn chwerthinllyd meddwl y gallai rhywun gredu am eiliad y byddai'r cwdyn bach hwnnw'n atal hynt bwled a hedfanai ar gyflymder uchel rhag chwythu'i phen i ffwrdd. Dechreuais feddwl hwyrach bod ganddi blatyn o ddur neu dalp o blwm yn y bag, gymaint oedd ei ffydd ynddo.

Ond un bore – clec! Mi welais hi'n cael ei llorio. Un ergyd snaplyd yn selio'i ffawd. Y gwaed yn llifo o'i phenglog agored gan ffurfio pwll cywilyddus o goch o'i chwmpas. Cafodd cynnwys y bag bach diniwed ei chwythu i bob cyfeiriad – dim sôn am blatyn arfog i'w diogelu, dim ond trugareddau bag siopa cyffredin dynes gyffredin ar ei ffordd i nôl neges yn y dre.

Gorweddodd yno am oriau gan fod tanio ffyrnig wedi dechrau yn y cyffiniau ac roedd hi wedi nosi cyn i rywun allu mentro ati'n ddiogel i symud y corff.

Do, mi wyliais y rhyfel yn ei holl ogoniant ysgeler drwy'r drws hirgul 'na, fis ar ôl mis, y delweddau'n llenwi ffeil enfawr yn y cof – ffeil dw i'n dal i fedru clicio arni heddiw gan ddwyn i gof yr holl ddigwyddiadau, yr holl unigolion, yr holl sŵn a'r ogleuon a brofais o gyfforddusrwydd fy nghadair freichiau.

Deuai'r rhan fwyaf o'r sneipio o'r fflatiau yr ochr draw i bont y rheilffordd, ond weithiau doedd y saethwyr cudd ddim mor bell â hynny i ffwrdd. Dw i'n cofio un tro i mi weld un ohonynt yn yr adeilad gyferbyn â fi, yn y cysgodion ger y ffenest – fel fi. Does wybod sut roedd o wedi llwyddo i gyrraedd y fan honno, ond byddai'r ffrynt weithiau'n symud yn agos iawn atom dros nos ac yn cilio wedyn yr un mor ddisymwth wrth i'r amddiffynwyr daro'n ôl y bore canlynol.

Roedd y sgwâr yn eithaf gwag a thawel y noswaith honno, a'r haul yn dechrau llithro o'r golwg y tu ôl i rai o'r adeiladau uchaf. Mi fues i'n gwylio'r dyn a hwnnw'n gwylio'r sgwâr am tua deng munud. Ar y dechrau doeddwn i ddim yn sylweddoli mai un o'r ymosodwyr oedd o.

Yna, suddodd fy nghalon wrth i ferch ifanc â sgarff felen batrymog am ei phen ymddangos yn nrws un o'r fflatiau cyfagos, a'r cyfaill yn y cysgodion draw yn dod â'i wn i'r golwg ac yn ymbaratoi i saethu.

Arhosodd y ferch lle'r oedd hi am ychydig gan asesu sut roedd pethau ar y stryd. Er bod ychydig o saethu a thwrw yn y pellter, edrychai'r sgwâr yn ddigon digynnwrf. Roedd haid o golomennod yn pigo'r fflags o gwmpas y ffownten. Mi ddylwn i weiddi, meddyliais – y syniad yn ffurfio'n andros o ara deg yn fy mhen, un o sgileffeithiau'r gnoc ges i yn y ddamwain, ond hyd yn oed pe bai fy meddwl yn gweithio'n gyflymach, roeddwn i'n rhy bell oddi wrthi ac roeddwn i'n gwybod na fyddai modd iddi glywed fy llais bach tenau o'r nyth eryrod yn y fflat…

Roedd yna bentwr o ynnau wrth fy ochr hefyd, wrth gwrs, ac mi es ati i'w tsiecio rhag ofn ond doedd yr un ohonynt wedi'i lwytho a doedd dim clem gen i lle y gallwn gael gafael mewn bwledi ar eu cyfer mewn pryd, er bod yna ddigon i'w cael yn yr adeilad siŵr o fod.

Rydyn ni'n sôn am eiliadau fan hyn, ond teimlai fel pe bai amser wedi rhewi.

Sa lle rwyt ti, 'nghyw i, er mwyn Duw.

Ond 'rarswyd, dyma'r hogan yn cychwyn arni, yn dechrau loncian yn ddigon hamddenol tuag at ddrws un o'r fflatiau cyfagos.

'Sneipar!' sgrechiais yn wyllt ond yn ofer, fy llais brwynen yn llenwi'r stafell ond yn cael ei golli'n llwyr rhwng yr holl adeiladau tal, wrth i'r ergyd farwol atseinio dros y sgwâr ac i'r ddoli glwt slympian yn erbyn grisiau'r hen ffownten. Chwyrlïodd y colomennod yn gwmwl chwyrn o'r golwg. Roedd agen y ffenest lle llerciai ei llofrudd eisoes yn wag. Ddaeth neb heibio am sbelan go hir a dyna lle gorweddai'r hogan, yn sglyfaeth newydd ar y stryd a'r colomennod yn dychwelyd i'r fan cyn bo'i gwaed yn dechrau oeri hyd yn oed.

Yn y nos, ac Admir mewn trwmgwsg llonydd, heblaw am y cyfnodau pan fyddai'n gweiddi mewn panig yn ei freuddwydion, mi godwn o 'ngwely bach i wylio patrymau'r bwledi tanllyd dros y dre, eu trywydd llesmeiriol yn llifo'n llinyn o berlau diog – neu ddagrau falla – drwy'r awyr felfedaidd, gynnes. Hawdd y gallai rhywun gredu mai rhan o sioe tân gwyllt ddiniwed oedden nhw, yn cael eu gollwng i ddiddanu a dathlu yn hytrach na dinistrio a dileu.

Yn aml ar nosweithiau felly, troai fy meddyliau at yr eneth ifanc a saethwyd ger y ffynnon a'm hanallu i'w hachub. Dyna ricyn arall wedi'i dorri yn erbyn fy nghyfrif – yn gyntaf Michela, a rŵan yr hogan anhysbys yn y benwisg felen. Pwy nesaf, tybed? Wedyn dechreuwn ystyried y cyfrif nad oedd modd i mi wybod ei nifer, sef nifer y bobl ddiniwed a laddwyd gan arfau a ddarparwyd gen i i'r rhai a'u lladdodd. Mi fyddwn i'n troi fy nghefn yn y gwely cul ar y dafnau tanllyd, gan guddio fy wyneb yn y glustog denau â'i hoglau corbys a chwys, a cheisio fy ngorau i beidio â meddwl am ddim byd.

Tua dechrau'r hydref, yn rheolaidd bob diwrnod am ryw wythnos, byddai dynes ifanc mewn tracsiwt wen yn rhedeg gan arwain criw o ryw bymtheg a rhagor o blant oed ysgol gynradd, a'r rheini'n ei dilyn yn hollol ufudd a heb arlliw o ofn ar eu cyfyl.

Fe gafodd yr athrawes a'r plantos berffaith lonydd i redeg eu ras ddyddiol fel hyn am wythnos gyfan. Ai lwcus oedden nhw? Rhaid bod yna ryw swyddog ymhlith yr ymosodwyr â rhithyn o gydwybod ddynol yn perthyn iddo oedd yn gyndyn o wthio ffiniau barbareiddiwch yn rhy bell, neu'n sylweddoli hwyrach na fyddai cyflafan o'r fath yn gwneud fawr o les i'r achos ar y cyfryngau torfol ar draws y byd.

Parhaodd yr olygfa ryfeddol yma bob diwrnod am wythnos gron ac wedyn daeth i ben yr un mor sydyn ag y cychwynnodd. Hwyrach bod yr athletwyr ifanc a'u harweinyddes wedi diodde yn rhywle arall ar hyd eu taith, er nad oedd dim sôn amdanynt ymhlith fy nghyd-letywyr a fyddai'n trafod y trychinebau a'r lladdfa ddiweddaraf amser swper bob dydd. Wnes i ddim holi rhag ofn i mi glywed y gwaethaf.

Dro arall, eisteddai dyn ifanc barfog, hirwalltog mewn siaced gynffon fain ar gadair gerddorfa ger y ffownten yn canu'r soddgrwth, fel pe bai'r holl saethu wedi tawelu ar ei gyfer. Dwn i'm ai cyd-ddigwyddiad yn unig oedd hyn – prin y gellid clywed y nodau, p'run bynnag. Ond falla fod y ddwy ochr wedi'u swyno neu'u syfrdanu i'r fath raddau gan yr alaw gwafrog a godai o'r sgwâr nes iddynt roi eu Kalashnikovs o'r neilltu am ennyd i fyfyrio am fywyd ac angau, y rhai a gollwyd a'r dyddiau pan fyddai'r strydoedd yn llawn cerddoriaeth unwaith eto.

Dywedodd Mwstaffa wrtha i wedyn mai cariad y ferch a welswn yn cael ei saethu ger y ffownten yr wythnos cynt oedd y cerddor. Yng nghanol ei berfformiad, dyma ddau ddyn arfog, does wybod o ba ochr, yn ymddangos o nunlle gan ddynesu at y cerddor i wrando'n astud arno a'u drylliau'n gorffwys yn esmwyth yng nghrud eu breichiau. Cafodd dyn y soddgrwth orffen ei ddarn a gadael y sgwâr yn cario'i offeryn a'i gadair, a'r milwyr yn nodio eu gwerthfawrogiad cyn diflannu. Toc, dyma'r saethu'n ailgychwyn gan gyrraedd cresiendo byddarol unwaith eto. O gwmpas y fan lle cafwyd y datganiad dolefus gallwn weld chwip y bwledi'n fflachio a gwreichioni o'r newydd.

Trodd yr hydref yn aeaf a thopiau'r mynyddoedd pella'n wyn. Un noson farugog iawn, am ryw reswm dyma'r fflatiau gyferbyn yn denu holl sylw'r magnelwyr trwm. Wrth i ni orwedd ar y llawr, diflannodd gweddillion ola'r gwydr yn ein ffenestri a llenwodd y lle â mwg wrth i fflamau lamu drwy bob cwr o'r adeilad. Doedd dim modd cysgu y noson honno a dyma bawb allan ar y stryd, er gwaetha'r peryglon, i wylio'r ddrama wrth i bobl geisio dianc o falconi i falconi rhag y fflamau barus a'r mwg dudew oedd yn llyfu drwy'r ffenestri. O'r rhai a welson ni, llwyddodd pawb, dynion ifainc gan mwyaf, i ddianc, er bod rhai, medden nhw, wedi syrthio i'w marwolaeth.

Bu'r adeilad yn llosgi am dridiau. Heb wres yn y tŷ, roedd y gwres a fwriwyd draw o'r tanau'n dderbyniol iawn. O'r diwedd, llwyddwyd i ddiffodd y fflamau gan adael cragen anghyfannedd, oer a'r holl loriau wedi'u dinoethi.

Yna daeth yr eira. Plu enfawr, llethol yn powlio i lawr yn ddi-stop drwy'r nos a'r rhan fwyaf o'r diwrnod canlynol a thrwy gydol y noson wedyn. Mygwyd popeth. Swatiai'r magnelwyr wrth eu gynnau yn slochian *slivovitz*. Sleifiodd y sneipars o'u ffeuau i ffeirio straeon am eu glewder yn y byncars newydd a adeiladwyd yn y bryniau o amgylch. Lapiwyd briwiau'r wlad mewn rhwymau gwynion trwchus ac am ychydig ataliwyd y gwaedlif beunyddiol.

Ar yr ail ddiwrnod, daeth y bobl allan drachefn. Pawb â'i sled oedd hi, yn mynd ar eu hynt yn ddilyffethair trwy'r gwynder heb orfod dowcio, rhuthro nac ofni gan fod y gynnau'n fud.

Diwrnod arall ac fe rewodd yr holl wynder yn gorn. Treiddiai'r heth i fêr yr esgyrn, diflannodd teimlad o fysedd a thraed a doedd dim modd gwneud fawr ddim. Roedd codi yn y bore a 'nghoes wedi cyffio drwyddi dan y cynfasau tenau yn artaith. Doedd dim gwres yn unman gan fod tanwydd yn brin.

Cyn bo hir roedd y coed yn y parciau ac wrth ochr y ffyrdd yn cael eu cwympo, a deuai sŵn y llifio a thoc-toc cyson y bwyeill drwy'r niwl rhynllyd a orweddai dros bobman. Gyda mwy o bobl o gwmpas yn hel tanwydd, dyma'r sneipars yn synhwyro bod ychwaneg o sglyfaeth ar eu cyfer a mwy o hwyl i'w chael a daeth hel coed tân yn orchwyl yr un mor beryglus â nôl bara a dŵr neu groesi'r stryd i weld y teulu.

35

Daeth y gwanwyn â gwelliant yn hanes y dre a'i phobl. Roedd lluoedd byddin Bosnia-Herzegovina wedi llwyddo i wthio'r ymosodwyr yn ôl fel nad oedden ni bellach o fewn cyrraedd eu gynnau mawr na phigiadau diddiwedd eu saethwyr. Dechreuodd y tramiau redeg eto a fesul tipyn daeth pobl allan i'r stryd i eistedd a siarad yn yr haul cynnes, i gyfri'r gost a'u bendithion personol am yn ail neu i alaru am eu hanwyliaid ac i ystyried y cam nesaf i oroesi'r holl chwalfa.

Erbyn hyn roedd mwy o luoedd y Cenhedloedd Unedig i'w gweld yn yr ardal. Roedd golwg bwrpasol a pharchus arnynt ond digon cymysg oedd y croeso a gaent hwythau hefyd. Rhy ychydig yn rhy hwyr, meddai pawb, a phobl yn gyndyn o faddau iddynt am y gwaharddiad arfau a'r diffyg cymorth uniongyrchol ar adegau tyngedfennol.

Gyda'r brwydro'n darfod yn yr ardal, sylweddolais yn sydyn fod yn rhaid i mi droi fy sylw o ddifri at y mater bach o ffeindio fy ffordd adre heb gael fy nal a'm carcharu gan ryw garfan fwy wynebgaled na'i gilydd rywle ar hyd y daith.

Erbyn hyn ro'n i'n helpu mewn ffatri arfau fach yn y dre ac yn dechrau ennill ychydig o arian poced – ond arian poced yn unig oedd o, a dim ond mesen ym mol yr hwch chadal yr hyn y byddai ei angen arnaf i ddianc o'r wlad. Roeddwn i'n gwybod taswn i'n gallu cyrraedd Trieste yng ngogledd-ddwyrain yr Eidal fod gen i gysylltiadau yn y ddinas honno a allai gael pasbort i mi ac, wrth gwrs, byddwn i'n gallu cael gafael ar fy arian fy hun unwaith eto, ond byddai cyrraedd y fan honno'n dipyn o gamp.

Ro'n i'n dechrau hel meddyliau am beth ro'n i am ei wneud â 'mywyd ar ôl cyrraedd adre. Dim pedlera arfau mwyach – agor siop flodau, falla! Mi wyddwn i'n bendant fod newid wedi digwydd a 'mod i'n edrych ar y byd mewn ffordd wahanol iawn ar ôl holl drawma a phathos y misoedd diwethaf. Ond dim ond un grefft oedd gen i, un alwedigaeth – a hyd yn oed taswn i am geisio cefnu arni, roedd y galw amdani'n ddi-ben-draw a byddai yna bobl wastad yn chwilio amdana i, fel oedd ar fin digwydd fan hyn.

Un bore, roeddwn i'n aros i groesi'r bompren dros dro oedd yn cysylltu dwy ochr yr afon i gyrraedd fy ngwaith. Pont unffordd ddigon simsan oedd hi a sawl un wedi llithro i'r dŵr wrth ei chroesi. Do'n i ddim yn licio'r siwrnai drosti. Cerdded hefo un ffon fyddwn i erbyn hyn ac roedd styllod y bont bob amser yn slic fel gwydr, gan fygwth fy mwrw i'r afon.

Yn sydyn, dyma swyddog heddlu'n ymddangos gan anelu'n syth amdana i. Safodd o 'mlaen gan edrych arna i'n haerllug, ei lygaid mochyn miniog yn mesur hyd-dda i o 'nghorun i'm sawdl. Ddywedodd o yr un gair, dim ond sbio. Cododd y blewiach ar 'y ngwar a theimlwn chwys yn pigo o dan fy ngheseiliau.

'Alla i helpu?' gofynnais er mwyn torri'r ias, yn ymwybodol o chwilfrydedd cynyddol y bobl eraill yn y ciw.

'Herr Schuhle?'

'Pwy sydd am wybod?'

'Rydych chi'n nabod Admir Fancofic?'

Admir fu'n rhannu stafell â fi ers misoedd, wrth gwrs, ond doeddwn i ddim wedi'i weld ers pythefnos a rhagor – nid bod hyn wedi peri unrhyw bryder fel y cyfryw.

Atebais i mohono fo. Doeddwn i ddim yn hoffi golwg hwn o'r cychwyn cyntaf. Roedd ei holl ymarweddiad yn aflonyddu arna i ac yn gwneud i rywun deimlo'n euog, p'un a oedd o ai peidio.

'Pwy…?' dechreuais.

'Dewch gyda fi, os gwelwch yn dda.'

Edrychais o'm cwmpas. Doedd neb erbyn hyn yn awyddus i gydnabod fy modolaeth, heb sôn am ddangos eu bod yn fy nabod. Roedd y chwilfrydedd blaenorol wedi diflannu a phawb yn syllu'n hollol ddifater i bob cyfeiriad heblaw arna i a'r plismon drama 'ma.

'Ond dw i'n gorfod mynd i'r gwaith… yn y ffatri arfau.'

'Dewch!' mynnodd yn fwy pendant byth gan roi ei law ar wain ledr ei bistol.

Mi ddilynais o draw at lain o dir agored lle'r oedd cerbyd heddlu yn aros. Suddodd fy nghalon. Ai dyma ddiwedd y daith? Oedd yr awdurdodau wedi codi fy nhrywydd rywsut? Oedd heddluoedd Ewrop gyfan yn chwilio am Herr Schuhle?

Safai'r drws cefn yn agored. Gwthiodd y swyddog fy mhen i lawr yn ddigon hegar, fel taswn i'n droseddwr cyffredin, a'm gorfodi i mewn i'r cerbyd.

Yn sedd flaen y teithiwr eisteddai dyn ifanc gwallt golau, llygatlas a drodd ata i gan wenu'n arswydus o glên. Roedd yntau hefyd yn gwisgo iwnifform ac arni faner yr Iseldiroedd a tharian UNPROFOR, sef lluoedd y Cenhedloedd Unedig yn yr hen Iwgoslafia.

'Hei!' meddai mewn acen Ewro-Americanaidd a chynnig sigarét i mi. Roedd golwg hy ac awgrymog ar ei wyneb.

Mi dderbyniais y sigarét ond heb ddweud yr un gair. Cynigiodd dân i mi o daniwr digon drud ei olwg. Daliodd i wenu arna i mewn ffordd eithaf gwallgo, cyn troi i wynebu'r blaen wrth i'r cerbyd yrru ymaith.

Er fy mod i'n poeni braidd am fy niogelwch personol, roedd naws y sefyllfa'n reit gyfarwydd i un a fu yn y fasnach arfau am flynyddoedd ac ro'n i'n dechrau amau mai rhyw fusnes felly oedd dan sylw fa'ma.

Gyrrodd y plismon ar wib wyllt drwy strydoedd cul yr hen dre a bu'n rhaid i sawl un neidio am eu bywydau wrth i ni sgrialu o fewn trwch blewyn iddynt. Tynnais yn ddwfn ar y sigarét a'i mwynhau. Drwy'r ffenest gallwn weld hyd a lled y difrod ym mhob cwr, gyda rhai adeiladau hen ac urddasol gynt yn amlwg wedi'u pwnio a'u dymchwel yn garneddau o dan y bomio. Roedd hi'n wyrthiol nad oedd bloc fflatiau Mwstaffa, a safai mewn man mor amlwg ar y bryn, wedi cael gwaeth difrod na cholli'r holl ffenestri, ambell dwll yn y to ac ambell dolc i fframwaith yr adeilad.

Daliai'r plismon i gadw ei droed yn drwm ar y sbardun wrth i ni ddringo uwchben y tai teils coch a gwibio ar hyd ffyrdd cul a thyllog drwy goedwigoedd trwchus, nes cyrraedd warws helaeth dirgel ei olwg mewn llannerch o dir diffaith.

Y tu allan i'r adeilad safai cragen tanc wedi'i losgi a phob math o lystyfiant eisoes yn gorchuddio'i fetel rhydlyd gan ymdroelli am faril y canon. Roedd un o gerbydau arfog yr UN wedi'i barcio y tu allan i'r warws a dau ddyn yn gwisgo *berets* gleision yn eistedd arno'n smocio ac yn sgwrsio'n ddwys wrth i ni gyrraedd. Prin iddynt edrych arnon ni wrth i'r car heddlu stopio o flaen mynedfa'r adeilad yn null Starsky a Hutch erstalwm.

Dilynais y plismon a'r Iseldirwr i mewn i'r warws. Ffliciodd y plismon res o switshys a goleuwyd yr honglad o le gan oleuadau cryf ar hyd y waliau a'r nenfwd. Gallwn weld bod y lle'n llawn i'r ymylon o focsys, a'r rheini'n gorlifo ag arfau o bob math. Ro'n i'n dechrau dyfalu beth oedd ar y gweill a pham 'mod i yno.

'Mae 'na ddigon o stwff fan hyn i arfogi byddin fach,' meddai'r Iseldirwr yn ei Saesneg Americanaidd, gan fynegi'r union feddyliau oedd yn troelli drwy fy mhen innau wrth imi syllu ar y pentyrrau diddiwedd.

Doeddwn i ddim isio dangos gormod o ddiddordeb, ond gallwn deimlo'r hen gyffro wrth weld y fath helfa mewn un lleoliad. O dan amgylchiadau gwahanol, yng nghanol y fath drysorfa, mi fyddwn wedi bod fel hogyn bach ar ddydd Nadolig, yn sbecian ac yn rhoi fy mhump ar bob bocs oedd o fewn cyrraedd.

'Mae'r Cenhedloedd Unedig i fod i gasglu'r holl arfau maen nhw'n dod ar eu traws,' eglurodd y dyn gwallt golau. 'I'w troi'n sgrap yn y pen draw. Dyna chi wastraff, yntê?'

Am funud neu ddwy ni ddywedodd neb yr un gair. Herciais heb ffon yn nes at y pentyrrau gan edrych yn fanwl ar ambell gratsh. Gwelais enw cwmni o'r Unol Daleithiau ar sawl un, ysgrifen Arabaidd ar ambell un arall; roedd yna ddigon o lythrennau Syrilig i'w gweld hefyd, a faint fynnoch chi o

Almaeneg a Sbaeneg ym mhobman. Mi allaswn i fod wedi dyfalu tarddiad tebygol dros hanner y llwyth 'ma.

'Wel, Herr Schuhle...' Oedodd dyn yr UN yn fwriadol i weld fy ymateb i'r enw. 'Wna i ddim gwastraffu'ch amser drwy chwarae gemau. Ryden ni'n chwilio am brynwr. Basa'n drueni bod yr holl gyfoeth 'ma'n cael ei ddatgomisiynu a'i ddinistrio, yn basa? A hynny yn enw rhyw *do-gooders* o blismyn rhyngwladol. Yn enwedig pan mae 'na ddwsin neu ragor o gwsmeriaid mewn sawl gwlad ar draws y byd yn ysu am gael eu bachau ar gasgliad o'r fath.'

Ystyriais gymryd arna i na wyddwn i am be oedden nhw'n sôn. Ond doedd dim diben, nag oedd? Roedden nhw'n gwybod yn iawn pwy o'n i a beth oedd fy hanes a 'mhroffesiwn.

'Ac felly?' gofynnais yn ddigon ffwrdd-â-hi, er bod fy nghalon yn curo fel gordd.

'Ryden ni'n gwybod mai chi ydi'r dyn i ffeindio cwsmer i ni... fel y gallwn ni eu gwerthu... cael cartre da iddyn nhw, yntê? Ryden ni hefyd yn gwybod eich bod chi'n chwilio am ffordd o adael Bosnia-Herzegovina a dychwelyd i'r Almaen... neu i Brydain falla – heb ddenu gormod o sylw,' meddai'n bryfoclyd. 'Wel?'

A rholiodd ei lygaid yn awgrymog tua'r pentyrrau.

Mi gogiais fy mod i'n cymryd fy amser i ystyried pethau, gan gerdded o flwch i flwch a nodio'n ddoeth neu ebychu'n wybodus. Dechreuais chwibanu'n dawel rhwng fy nannedd – hen arfer oedd gan 'y nhad erstalwm pan fyddai yntau o dan straen. Act oedd hyn i gyd, wrth gwrs, ac mae'n siŵr bod fy nghyfaill o'r Iseldiroedd yn gwybod hynny. Roedd hwnnw'n dallt y dalltings, saff i chi. Rhyw daeog bach dibwys oedd y cop brodorol, dw i'n meddwl – rhywun oedd wedi derbyn cildwrn go nobl ac a fyddai'n gallu delio ag unrhyw fân broblemau.

Serch yr actio, roedd fy meddwl a'm stumog yn corddi fel

dwn i'm be. Dyma'r ddihangfa roeddwn i'n chwilio amdani, y tocyn adre, ond am ba bris?

'Mi gostith,' dywedais mor ddidaro ag y gallwn i.

'Mi dalwn,' meddai'r Iseldirwr gan wenu ei wên lydan afreal unwaith eto.

Cydwybod? Tudalen lân? Gwneud iawn am gamweddau fy ngorffennol? Chwythu'r chwiban? Gwrthod y cynnig a chael bwled drwy 'mhen a 'nghorff yn cael ei olchi i lawr yr afon nes mynd yn sownd o dan styllod y bont felltith 'na?

Doedd gen i ddim dewis.

36

Yn ystod y dyddiau ar ôl cyfarfod â Richard Cunliffe yn y Grand Canyon, teimlai Nina Puskar fel pe bai mewn rhyw freuddwyd gynnes. Âi dros bob manylyn o'r noson yn ei phen, popeth oedd wedi digwydd, pob ystum, pob gair. Bob tro y deuai rhywun drwy ddrws y bar, âi rhyw bwl o gyffro drwyddi rhag ofn mai'r Capten ei hun fyddai yno.

Byddai Danko'n ei phryfocio'n ddidrugaredd.

'Pryd daw ei Gwyddel bach hi eto, sgwn i?' meddai mewn llais dolefus gan wasgu'i ddwylo a chogio sychu deigryn.

'Cau di dy geg, Danko. Paid â bod mor wirion. Mae Richard yn ddyn caredig iawn. Dyna i gyd,' arthiai'n flin arno, er ei bod yn eithaf mwynhau sylwadau chwareus ei brawd-yng-nghyfraith.

Roedd hi'n ymwybodol iawn ei bod yn ymddwyn yn chwit-chwat braidd, yn anghofio pethau sylfaenol, yn gollwng llestri, yn drysu wrth gymryd arian y cwsmeriaid. Byddai'n ddigon teg petasai Danko wedi colli'i limpin hefo hi ond roedd o i'w weld yn ymhyfrydu yn ei chyflwr.

Ac wedyn, un prynhawn Sadwrn, pan ddaeth Nina i'r bar ar ddechrau ei sifft, roedd Danko ar y ffôn. Pan welodd Nina, trodd ei gefn yn sydyn a dechrau siarad yn dawel bach a symud cyn belled ag y gallai oddi wrthi. Wnaeth hi ddim cymryd fawr o sylw. Roedd Danko bob amser â'i fys mewn sawl brywes amheus – wedi'r cyfan, roedd pawb yn gorfod manteisio ar bob cyfle yn y ddinas ar y pryd, a phopeth mor brin ac anhrefnus. Doedd gan Nina ddim diddordeb yn ei fusnes, beth bynnag, ac yntau'n gofalu'n dda amdani.

Ond pan ddaeth yr alwad i ben, trodd Danko'n ôl ati hi a gwên fawr ar ei wyneb a daeth draw ati a rhoi ei ddwylo ar ei sgwyddau.

'Dyfala pwy oedd hwnna.'

Ddywedodd Nina'r un gair, ond roedd ei chalon fach ar garlam.

'Capten Richard Cunliffe o Heddlu Milwrol Byddin Iwerddon. Mae o'n dod i alw amdanat ti bore fory.'

Allai Nina ond dychmygu'r olwg oedd arni hi y funud honno. Yn sicr, doedd dim modd iddi guddio'r hyn roedd hi'n ei deimlo.

''Na ti – dyma dy docyn allan o Fosnia i wlad y teigr Celtaidd.'

'Paid â malu cachu,' meddai hi gan ddechrau llusgo blychaid o boteli gweigion i'r cefn.

'Mae dy fochau bach di ar dân,' meddai Danko gan roi slap i'w phen-ôl wrth iddi fynd heibio.

'Dos i grafu,' meddai hithau, ond cafodd gip ar ei hwyneb yn y drych a redai ar hyd rhan o gefn y bar. Go damia! Roedd y cythraul yn llygad ei le.

Fore trannoeth, cyrhaeddodd Richard yn brydlon am ddeg o'r gloch yn edrych yn rhyfeddol o smart yn ei iwnifform lliw olewydd a'i beret glas.

Unwaith eto, teimlai Nina'n andros o swil, yn fwy lletchwith hyd yn oed na'r noson o'r blaen. Ond unwaith eto, roedd Cunliffe yn amyneddgar iawn hefo hi ac roedd o wedi cofio ei addewid i fynd â hi draw i weld beddau ei thylwyth yn y stadiwm.

'Wyt ti'n siŵr?' gofynnodd Nina. Roedd y sefyllfa'n teimlo ychydig yn od iddi bellach. Roedd hi'n awyddus iawn i ymweld â'r lle ond hwyrach y dylai hi aros nes bod ei chwaer yn gwmni iddi. Roedd Eldina yn dal i fod yn Hadžići, a bellach yn gofalu am ei nain a'i thaid yn ogystal â magu Dino. Byddai Danko'n mynd ati'n aml ond dim ond yn achlysurol y câi Eldina a'i chwaer ieuengaf, Lara, gyfle i ddod i Sarajevo a rywsut doedd y cyfle ddim wedi codi iddynt fynd i weld beddau eu tad a'u brodyr gyda'i gilydd.

Ta waeth, roedd Cunliffe yn hollol o ddifri wrth gynnig mynd â hi yno. Roedd o wedi claddu ei rieni, meddai, ac wedi colli brawd pan oedd o'n fach ac roedd yn gwybod pa mor bwysig oedd hi iddi weld y beddau.

Roedd golwg ddigon trist yn dal i fod ar Sarajevo ar y pryd, a distryw mawr ym mhob man. Doedd dim modd cerdded yn llawer o'r llefydd a arferai fod yn boblogaidd oherwydd bod cymaint o fomiau tir yn dal i fod yno. Roedd yr adeiladau'n frith o batsys coch lle'r oedd y tyllau a achoswyd gan fomiau mortar wedi'u llenwi. Dyma Rosynnau Sarajevo. Wrth ffrwydro yn y concrid byddai'r bomiau mortar yn gadael patrwm tebyg i flodyn petalog a byddai'r tyllau wedyn yn cael eu llenwi â rhyw resin coch i ddynodi'r man lle'r oedd un neu fwy o'r trigolion wedi marw.

Doedd Nina ddim yn hollol siŵr lle cawsai ei thad ei ladd. Gweithio i'r cwmni trydan oedd o, un o'r criw dewr oedd wedi ymdrechu mor galed i gadw'r cyflenwad i lifo pan oedd y gwarchae yn ei anterth – gwaith uffernol o beryglus, a nifer y rhai a gollodd eu bywydau yn uchel iawn.

Mewn cyngerdd yn gwrando ar gôr lleol yr oedd ei brodyr pan ddrylliwyd y neuadd gan siel – dau o blith dros hanner cant a fu farw y noson honno.

Roedd Cunliffe a Nina yn cerdded fraich ym mraich a theimlai Nina'n eithaf balch achos gwyddai eu bod yn edrych yn dda gyda'i gilydd. Roedd hi wedi gwisgo'i ffrog orau ac roedd ffrind iddi wedi clymu'i gwallt hi'n ôl yn gelfydd am ei phen.

Yn ffodus, doedden nhw ddim yn gallu dweud llawer wrth ei gilydd oherwydd prinder ieithyddol y naill a'r llall. Roedd Nina'n ei chael hi'n fwy anodd troi'i thafod i'r Saesneg nag yr oedd y noson o'r blaen ac ar brydiau roedd hi'n amlwg bod meddwl Cunliffe ar bethau eraill. Ond pan ddaethon nhw i'r stadiwm bêl-droed rhoddodd Cunliffe ei holl sylw iddi gan ei helpu i ddod o hyd i'r beddau. Roedden nhw'n eithaf pell oddi wrth ei gilydd a doedd dim cerrig beddau, dim ond estyll pren plaen. Yno dros dro roedden nhw.

Profiad dirdynnol oedd gweld enwau ei thad a'i brodyr a chofio am y dyddiau da a gawsai yn eu cwmni. Cofiodd hefyd am yr holl bobl eraill yn Sarajevo a adwaenai yn ystod ei phlentyndod ond a gollasai eu bywydau yn y rhyfel ofnadwy.

Beichiodd grio a rhoddodd Cunliffe ei fraich amdani a'i chysuro.

Wedi iddynt adael y stadiwm, roedd Nina'n dal o dan deimlad ac aeth Cunliffe â hi i gaffi bach a phrynu brandi mawr iddi. Gwrandawodd yn amyneddgar arni wrth iddi geisio esbonio pa mor anodd y bu pethau ar ôl iddi golli ei thad a'i brodyr ac wedyn ei mam. Disgrifiodd rai atgofion o'r gwarchae ac o ddianc drwy'r twnnel.

Soniodd wrtho sut roedd rhai merched mor dlawd ar ôl y rhyfel, heb yr un dyn i'w hamddiffyn, nes eu bod yn gorfod gweithio fel puteiniaid neu newynu. Roedd bywyd yn gallu bod yn beryglus iawn i ferched yn y math hwnnw o sefyllfa ym Mosnia. Disgrifiodd sut roedd miloedd o wragedd wedi cael eu treisio gan filwyr yn ystod y rhyfel a sut roedd rhai ohonynt wedi cael eu diarddel gan eu teuluoedd yn sgil hynny ac yn gorfod magu'r plant a genhedlwyd o ganlyniad i'r trais heb unrhyw gymorth.

Tasgai'r geiriau ohoni. Doedd bosib bod Cunliffe yn ei deall, ond roedd arni eisiau mynegi ei hofnau wrth rywun – ofnau oedd wedi cael eu celcio ynghyd ers y diwrnod y glaniodd y sieliau cyntaf, yr ofnau a fu ynghudd cyhyd.

Deall ai peidio, gwrandawodd y diawl bach â golwg mor dosturiol ar ei wyneb llwynogaidd. Yn aml yn ystod y misoedd du a ddaeth wedyn, meddyliodd Nina am yr orig honno yn ei gwmni a chynyddai ei chasineb tuag ato â'r un rhuthr ag y cynyddodd ei hoffter ohono yr adeg honno.

'Beth hoffet ti 'i wneud 'se ti'n cael y cyfle?' gofynnodd Cunliffe wrth iddynt gerdded yn ôl o'r caffi i'r Grand Canyon y bore hwnnw.

Gadael Bosnia. Mynd i Ewrop neu America. Cael gwaith. Cael cymwysterau. Dyna oedd ei hateb. Yn bendant, doedd hi ddim yn gweld ei dyfodol yn y wlad lle magwyd hi. Roedd wedi gweld gormod o bobl yn cael eu lladd a'u caethiwo oherwydd hen hanes dibwrpas. Ac yna, dechreuodd igian crio eto oherwydd, er ei bod yn torri ei bol eisiau gadael Bosnia, doedd hi ddim eisiau gadael ei chwiorydd na Danko a'i nai bach, Dino, na'i nain a'i thaid a'r holl bobl roedd hi'n eu caru.

Rhoddodd Cunliffe ei fraich amdani unwaith eto a phwyso'i dalcen yn erbyn ei thalcen hithau wrth ddweud:

'Dw i'n mynd i dy helpu di, Nina. Sycha dy ddagrau. Mae popeth yn mynd i fod yn iawn, gei di weld.'

Roedd ei anadl yn gynnes ac yn ffres. Edrychodd Nina arno a gwenodd Cunliffe arni. Gwelodd Nina fod ei ddannedd yn berffaith wyn.

37

Aaa, shit!

Torrodd brathiad y rasal ar draws llif fy meddyliau. Doeddwn i ddim wedi defnyddio rasal hogi fel hon ers blynyddoedd, ers dyddiau Anti Nel yn wir, ond dyna'r unig declyn oedd gan Guido i'w fenthyca i mi. Tociad bach o dan fy ngên oedd swm a sylwedd y difrod, ond ro'n i'n gwaedu fel mochyn. Ymbalfalais am ddarnau o bapur tŷ bach gan ruthro'n ôl at y sinc farmor i ddal y papurach yn drwsgwl yn erbyn y clwyf.

Byddai'n rhaid i mi wneud yn siŵr bod llif y gwaed wedi'i atal yn llwyr cyn gwisgo'r crys sidan lliw lemon roedd Guido wedi'i ddarparu ar fy nghyfer. Doeddwn i ddim wedi craffu ar fy ngwep fy hun ers amser maith a doedd yr hyn a welwn i rŵan ddim yn plesio rhyw lawer. Nid bod golwg drybeilig o hyll arna i na dim byd felly – jest 'mod i'n teimlo fy mod i wedi laru ar fy ngwep. Roeddwn i wedi laru'n llwyr ar y llygaid llwyd, oeraidd a'r trwyn ffroenlydan, y gwefusau tew yn fframio ceg orlydan, y bochau llac a'r gweflau ymledol oedd bellach wedi'u harddu gan y sgwaryn blêr o bapur tŷ bach â'i staen cochbiws maint swllt.

Wedi diflasu'n llwyr, camais yn ôl a dechrau gwisgo amdanaf. Y crys lemon a'r llodrau trwsiadus lliw olewydd, pob dim wedi'i smwddio'n grefftus gain gan howsgipar Guido. Roedd y dillad yn ffitio i'r dim. Roedd y misoedd ro'n i wedi'u treulio yn dodjio bwledi ac yn byw o'r llaw i'r genau ym Mosnia yn golygu bod cryn dipyn o'r hen floneg wedi diflannu ac erbyn hyn roedd y bol yn hongian fel sach ddiffrwyth o 'mlaen...

Profiad od ar y naw oedd bod mewn annedd mor grand â fflat Guido ar lawr uchaf un o hen blastai Trieste, â'i holl stafelloedd eang, lloriau marmor a gwaith celf drudfawr ar bob wal.

Fel arfer, byddwn wrth fy modd mewn lle o'r fath â'r holl foethusrwydd chwaethus o 'nghwmpas, yn bwyta bwyd bendigedig oddi ar lestri cain ac yn yfed gwinoedd dethol. Ond rywsut doeddwn i ddim yn gyfforddus â'r holl bethau yma mwyach. Ro'n i wedi colli blas ar *high life* bondigrybwyll fy mhroffesiwn.

Roedd gorfod troi at ddyn fel Guido am gymorth yn stwmp ar y stumog hefyd. Guido Ricardo oedd un o brif fasnachwyr arfau'r oes. Ac yntau'n enedigol o deulu Eidalaidd tlawd yn yr Unol Daleithiau, ar ôl gwasanaethu yn y llynges Americanaidd aethai ati yn ystod y Rhyfel Oer i wneud ei ffortiwn trwy elwa ar holl gynllwynio, dichell a safonau dwbl yr oes honno. Yna, yn yr wythdegau, fo oedd un o'r prif gyflenwyr arfau i Saddam Hussein. Gyda chefnogaeth barod y CIA, bu'n gwerthu arfau o bob math i'r bonheddwr hwnnw yn ystod y rhyfel rhwng Iran ac Irac, heb sôn am ei weithgareddau yn Ecwador, Nicaragua, Libanus – mwyaf gwaedlyd y rhyfel, tebycaf i gyd y byddai Guido â'i fys yn y brywes.

Ond ar ddechrau'r nawdegau fe gymerodd Guido gam gwag ar ôl y rhyfel cyntaf yn y Gwlff, lle bu'n chwarae'r ffon ddwybig unwaith yn ormod, a chafodd ei garcharu am chwe blynedd yn yr Eidal. Dim ond am ddwy flynedd y bu yn y carchar yn y pen draw – roedd yr Americanwyr yn fwy na pharod i warantu hynny yn gyfnewid am yr helfa fras o gudd-wybodaeth amhrisiadwy roedd Guido yn gallu ei chynnig iddynt am ei ryddid.

Roedd o bellach yn ôl yn masnachu mor eofn agored ag erioed a'r rhyfela drws nesaf i'w gartre dros y ffin yn yr hen Iwgoslafia yn fêl ar ei fysedd ac yn ffynhonnell ddihysbydd i'w gyfoeth anhygoel, oedd yn uwch na gwerth GDP ambell un o'r gwledydd y byddai'n masnachu â nhw.

Roeddwn i wedi cwrdd ag o yng nghanol yr wythdegau ac, am ryw reswm, roedd o wedi cymryd ata i – a finnau ato fo, o ran hynny, yr adeg honno. Ond er ei fod yn deyrngar yn ei ffordd ei hun, creadur hynod beryglus oedd o mewn gwirionedd a doedd fiw i neb ei groesi na'i siomi.

Pan gysylltais ag o ar ôl croesi'r ffin i Groatia, ymatebodd yn union fel y gwnâi hoff gefnder neu ffrind coleg. Doedd dim isio i mi boeni am ddim.

'Dere draw, gyfaill. Dere draw! Mi wna i drefnu popeth.'

Ac mi lynodd at ei air. Darparodd gwch cyflym pwrpasol i mi a gyrhaeddodd arfordir Croatia; awr o fordaith dan y sêr ar yr Adriatig wedyn cyn glanio ar draethell fach breifat heb fod nepell o gartre y dyn ei hun. O'r diwedd gallwn ymlacio – er cymaint yr oeddwn yn ffieiddio at Guido a'i fath. O leiaf byddwn i'n gallu cyrraedd adre'n saff.

38

Bu'r cyfnod olaf ym Mosnia yn anoddach ac yn fwy o straen na'r holl fisoedd blaenorol.

Yn hollol groes i'r graen, ro'n i wedi derbyn cynnig Hendrik, yr Iseldirwr bythol wengar, i fod yn asiant iddo fo a'i gynffonwyr bach afiach ac roeddwn i wedi mynd ati o bell i froceru dêl i werthu holl gynnwys y warws yn y coed i gwsmer awchus a thra chyfoethog o'r Dwyrain Canol.

Roedd meddwl am gefnu ar y bobl ffeind yn fflat Mwstaffa yn wirioneddol boenus hefyd. Teimlwn yn fradwrus iawn, ond dyna'r drefn. Roeddwn i bellach wedi gwerthu fy enaid wrth y groesffordd ac yn was cyflog i Hendrik a'i griw ac felly'n gorfod lletya yn eu plith. Doedd neb i wybod lle'r oeddwn i.

Roedd cydweithio â Hendrik Locher a'i giwed o sbifs a sgrôts yn brofiad hynod, hynod ddigalon. Hyd y gallwn i farnu, rhyw *sociopath* hollol ddiegwyddor, diedifar a dideimlad ei anian oedd o a dreuliai ei amser yn gamblo, yn hwrio ac yn manteisio ar bob gwendid a ffaeledd dynol a welai yn y byd o'i gwmpas.

Yn fuan iawn, es i'n gryn gyff gwawd iddo fo a'i ffrindiau oherwydd 'mod i'n ymatal rhag ymuno â nhw yn eu difyrion hamdden, oedd yn troi'n syrffedus o gwmpas puteiniaid, *slivovitz* a chyffuriau.

Yn lle hynny, byddwn yn treulio unrhyw amser 'hamdden' a gawn i allan yn cerdded y fforestydd – wel, yr hyn o gerdded oedd yn bosib hefo 'nghoes yn dal i achosi andros o lot o boen i mi. Roeddwn i'n mentro, gan fod ffrwydron tir ar wasgar drwy'r lle, ond ro'n i'n benderfynol o gadw draw gymaint ag y gallwn oddi wrth y siafflach oedd yn fy nhalu.

Roedd fy nghyflogwyr yn amheus iawn ohona i, a sawl tro ces fy nilyn gan ryw sbŵc arfog oedd yn loetran yng nghysgodion y coed. Weithiau mi gawn hwyl yn eu tywys ar fy ôl ac yna cogio fy mod i mewn rhyw drybini ar y creigiau neu wrth groesi nant, gan alw'n groch wedyn am eu help.

O'r diwedd, cwblhawyd y contract am y blydi arfau melltith yn y warws – pwy fyddai'n meddwl y byddai arfau'n ennyn y fath ymateb gen i o bawb? – ac roedd fy ngwaith yn y wlad wedi dod i ben i bob pwrpas.

'Pam na wnei di aros yma?' holodd Hendrik dan wenu o hyd. 'Mi wnawn ni ein ffortiwn yma; does dim lle tebyg i wlad ar ôl rhyfel mawr i wneud pres mawr. Meddylia'r holl arfau fatha'r rhai 'dan ni newydd eu gwerthu, jest yn ista yna a neb yn 'u defnyddio nhw – neb wir i'w weld yn poeni amdanynt. Fel'na oedd hi ar ôl yr Ail Ryfel Byd a'r Rhyfel Oer, meddan nhw. Roedd o'n rhy hawdd, doedd? Y cynta i'r felin, myn diân i! Be amdani, gyfaill?'

'Be am y trefniada i mi gael mynd o 'ma?' holais yn sychlyd gan anwybyddu ei gynnig. 'Pryd dw i'n cael teithio at y ffin?'

Llaciodd y wên ychydig.

'Gawn ni weld,' meddai'n bwdlyd.

Bu'n rhaid i mi edliw am wythnos gron cyn iddo gytuno i wneud rhywbeth. Mewn gwirionedd, doeddwn i ddim yn poeni'n ormodol na fyddai'n cadw at ei ran o o'r fargen. Roedd hi'n ofynnol i mi gwblhau un cam arall o'r ddêl yn ôl ym Mhrydain – cam eithaf proffidiol – ac ro'n i wedi trefnu hyn yn ofalus; fel arall, mae'n siŵr y bydden nhw wedi dal eu gafael ynddа i i gynnal eu busnes am byth, nes iddynt flino arna i a chael gwared arna i mewn rhyw ffordd ysgeler. Fel hyn, roedd hi'n gwneud sens iddynt adael i mi fynd.

'Mi ddown ni i gysylltiad â chdi ar ôl i ti gyrraedd Prydain,' mynnodd Hendrik.

Dim ffiars, boi, meddyliais.

39

Y peth cyntaf wyddwn i am symud o Fosnia oedd pan ges i fy neffro am bump y bore tua deng niwrnod yn ddiweddarach gan fy ffrind, PC Stooge.

'Ti'n mynd o 'ma. Brysia!' meddai a chroen ei din wedi'i sodro'n dynnach nag arfer ar ei dalcen Neanderthalaidd ar ôl gorfod codi mor fore.

Dri chwarter awr yn ddiweddarach ro'n i ar fws yng nghwmni criw o ffoaduriaid oedrannus oedd ar eu ffordd i Slofenia. Byddai'r bws yn aros mewn tre ar y ffin rhwng Bosnia a Chroatia, ac roedd gen i gyfeiriad yn y fan honno lle byddwn i'n gallu cysylltu â rhywun fyddai'n gwneud yn siŵr fy mod i'n croesi'r ffin yn ddirwystr i Groatia. Wedi i mi ei chroesi byddwn ar fy mhen fy hun, ond o leiaf roedd gen i arian yn fy mhoced ac roedd arfordir Croatia yn cynnig mwy o bosibiliadau o ran teithio i'r Eidal heb orfod dangos pasbort.

Bu'r daith yn boenus o araf, a'r bws hynafol yn dod i stop fwy nag unwaith. Roedd yr hen bobl yn diodde yn enbyd yn y gwres. Doedd yr *air-con* ddim yn gweithio ac roedd sawl un ohonynt, o ganlyniad, yn anhwylus neu'n ddryslyd. Eisteddais wrth ymyl hen ddyn bach crwca a sychai ei drwyn drwy'r amser â chefn ei law. Prin fy mod i'n deall yr un gair a ddywedai, ond doedd hynny ddim i'w weld yn mennu ryw lawer arno wrth iddo ddal ati i barablu fel pwll y môr mewn llais gwichlyd, undonog ar hyd y daith, nes bod 'y mhen wedi'i godlo.

Wedi cyrraedd y dre, bu'n rhaid i'r hen gonos i gyd eistedd am oriau yn yr haul crasboeth cyn cael eu llwytho ar drên i'w cludo i Slofenia. Er fy mod yn awyddus i ddod o hyd i'r person oedd am fy helpu a chael 'madael â'r ffurat bach siaradus a'i drwyn diferol, roedd cyflwr fy nghyd-deithwyr yn peri tipyn o ofid i mi. Mi es i ar sgowt gyda gyrrwr y bws i chwilio am botelaid neu ddwy o ddŵr iddynt. Wedyn, wrth i'r haul fachlud ac i'r trên hir oedd i'w cario gyrraedd y stesion, mi sleifiais ymaith i chwilio am fwyty'r Karuza, lle'r oeddwn i i fod i gwrdd â'r perchennog, fyddai'n fy helpu i groesi'r ffin.

Bwyty di-raen ar gyrion y dre oedd y Karuza a'r perchennog yn gawr boldew a swrth yn ei chwedegau. Edrychodd arna i'n ddrwgdybus iawn pan gyhoeddais pwy oeddwn a pham roeddwn i yno. Doedd o ddim i'w weld yn fy nisgwyl a dim ond dwysáu ei amheuon a wnaeth fy holl ymdrechion i esbonio yn fy Serbo-Croat bratiog pwy yn union oeddwn i a sut roeddwn i wedi cael fy anfon ato.

'Arhosa,' gorchmynnodd o'r diwedd gan brocio fy mrest.

Trodd a mwmian rhywbeth wrth ddau ddyn yr un mor gawraidd ac anghymodlon eu golwg ag yntau a gamodd yn ufudd i'w lle rhyngdda i a'r drws a sefyll yno a'u breichiau mawr blewog ymhleth. Diflannodd y perchennog i gefn yr adeilad.

Ymhen hanner awr neu ragor daeth yn ei ôl, fymryn yn llai drwgdybus, hwyrach, er ei bod hi'n anodd dweud.

'Tisio bwyd?' arthiodd yn fygythiol.

Nodiais yn wylaidd a chael fy synnu wrth i mi gael fy nhywys drwodd i'r gegin, lle rhoddwyd platiad o stiw o 'mlaen. Roedd ogla hyfryd yn dod ohono fo a finnau bron â llwgu gan nad oeddwn wedi cael mwy nag ychydig o fisgedi sych ers y bore. Ar ôl clirio'r plât a llowcio glasiad hael o win coch eithaf dymunol, cynigiais dalu am y pryd.

Dyna i chi gam gwag – wnaeth hyn ddim plesio o gwbl. Ond ar ôl iddo roi pregeth hir i mi am fwrw sen ar ei letygarwch, dechreuodd y perchennog feirioli radd neu ddwy eto a llaciodd yr wyneb taran. Yn ei le gwelwyd rhyw rithyn o wên fel yr haul yn chwarae mig â'r cymylau ar ddiwedd diwrnod stormus.

A hithau bellach wedi nosi, fe'm tywyswyd i ryw iard yng nghefn y bwyty lle safai caban bach hynafol ei olwg.

'Gei di gysgu yma. Daw rhywun atat ti cyn y bore bach i fynd â ti dros y ffin.'

Roedd y caban fel ffwrnais y tu mewn ac yn drewi o chwys a phiso cathod, a dyn a ŵyr be arall. Ond ro'n i wedi blino'n rhacs erbyn hyn a doedd dim ots gen i ble byddwn i'n rhoi fy mhen, 'mond 'mod i'n cael cysgu, yntê? Mi es i ati i glirio patshyn glân i mi fy hun ar y llawr gan stwffio fy mag dan fy mhen fel gobennydd. Roedd yna ryw fath o fatras mewn un gornel ond doedd ei chyflwr na'i hoglau ddim yn apelio ata i rywsut.

Mi es i i gysgu'n syth ac yn ddwfn, er gwaethaf rhuo system oeri'r bwyty ryw ychydig droedfeddi oddi wrth fy mhen y tu cefn i'r caban.

Mae'n rhaid mai tua dau o'r gloch y bore oedd hi pan ges fy neffro o freuddwyd ddigon anhapus lle'r oeddwn i'n ceisio achub Emma, y ferch fenga, o goeden yn yr ardd erstalwm a hithau'n hongian gerfydd un llaw o'r canghennau uchaf ac yn chwerthin o'i hochr hi am fy mhen.

Gallwn glywed sŵn y tu allan yn yr iard. Dyna oedd wedi fy neffro, siŵr o fod. Roedd y system awyru wedi'i diffodd erbyn hyn ac roedd pobman yn dawel, dawel. Clustfeiniais. Ar y dechrau, meddyliais mai dim ond rhywun yn caru oedd yno, ond synhwyrais wedyn fod yna rywbeth nad oedd yn iawn a bod rhywbeth arall heblaw caru'n digwydd. Roedd yna ddyn yn tuchan ac un arall fel 'sa'n chwerthin yn dawel ond hefyd, bob hyn a hyn, clywn lais dagreuol ac ofnus merch yn codi ac yna'n cael ei fygu.

Codais o'r llawr a mynd draw at ddrws y caban. Doedd y glicied ddim yn gweithio a llwyddais i agor cil y drws heb greu unrhyw sŵn. Y tu allan roedd hi'n noson olau leuad a phopeth i'w weld cyn gliried â chefn dydd golau.

Dychrynais. Yr ochr draw i'r iard, ryw hanner can metr i ffwrdd falla, gallwn weld dau ddyn yn sefyll wrth ymyl car nad oedd yno pan gyrhaeddais ychydig oriau ynghynt. Roedd un ohonynt wedi gwthio merch ar ei bol dros flaen y car, yn ei dal yn ei lle ac yn amlwg yn ei threisio. Roedd hi'r un mor amlwg bod y ferch druan yn cael ei gorfodi ac roedd hi'n brwydro'n ofer yn erbyn yr un oedd yn ymosod arni. Safai'r ail ddyn wrth law yn barod i'w rhwystro bob tro y ceisiai'r ferch ymladd.

Roedd pob greddf yndda i am weiddi 'Stop!' a rhuthro draw i atal y trais. Ond oedais. Be fedrwn i ei wneud yn erbyn deuddyn o'r fath? Doedd gen i ddim gwn nac arf o unrhyw fath. Arferwn gario gwn llaw pan fyddwn ar daith fusnes ond roeddwn i wedi ei golli pan ddinistriwyd y car yn y cyrch awyr, ac er yn dawel bach i mi ddod o hyd i rywbeth i gymryd ei le yn ystod yr wythnosau diwethaf, mi wnes ei adael o ar ôl rhag ofn y byddai rhywun yn chwilio drwy fy mhethau ar y ffiniau neu rywle arall ac yn cymryd yn fy erbyn o'r herwydd. Ar ben hynny, roedd yna ddau ohonynt. Mi allen nhw fy sdido'n greia ac wedyn lluchio fy nghorff dros ymyl rhyw bont cyn y bore – ond eto, gallai'r ferch ddianc tra byddwn i'n aberthu fy hun...

Oedi... Mi oeddwn i wedi oedi gormod yn 'y mywyd yn barod. Cofiais yr eiliadau yr oedais cyn gweiddi rhybudd ar y ferch yn y benwisg felen ar y sgwâr. Camais o'r sied er mwyn... er mwyn... wel, yn sicr er mwyn y ddynes ifanc oedd yn cael ei cham-drin mewn ffordd mor erchyll o 'mlaen.

Ro'n i ar fin gweiddi pan deimlais rywbeth yn pwnio'n galed yn erbyn fy asennau. Troais fy mhen a gweld un o gewri gwarcheidiol perchennog y bwyty yn camu o'r cysgodion, lle bu'n mwynhau'r sioe.

Camais yn ôl â baril pistol yn pwyntio'n syth ata i.

Heb yngan gair, gwnaeth y dyn arwydd â'r gwn i mi fynd yn ôl i mewn i'r sied gan gau'r drws arna i a sefyll o'i flaen i wylio gweddill y sioe, siŵr o fod.

Wrth i'r drws gau yn fy wyneb clywais lais aneglur y ferch,

yn llawn poen a gofid ac anobaith. Cydiais yn fy mhen â'm dwylo dan riddfan yn uchel. Ro'n i'n crynu fel deilen. Aeth popeth yn dawel y tu allan. Sefais yn y sied, yn chwys doman ac yn dyhefod fel ci.

Toc, clywais sŵn dŵr yn tasgu a'r ferch yn sgrechian ac yn tagu. Yn sydyn, sylweddolais beth oedd yn digwydd – roedd un o'r bastards yn piso arni.

Dyma 'nghorff yn methu dal y pwysau rhagor. Chwydais y stiw a'r gwin coch dros y fatras sglyfaethus gan ddal ati i gyfogi'n wag nes bod cyhyrau fy mol yn rhy wan i godi rhagor.

40

Roeddwn i'n dal i grynu ddeufis yn ddiweddarach wrth hedfan i mewn i Heathrow yn deithiwr dosbarth cyntaf ar hediad ben bore o Filan. Mae'n anodd disgrifio'r hen aflwydd yma sydd hefo fi hyd heddiw. Mae fel rhyw fath o gerrynt trydan isel falla, yn canu grwndi'n ddi-baid ym mhob darn o 'nghorff; hen deimlad od ar y naw nad oedd o wedi stopio'n llwyr am eiliad ers y noson ofnadwy honno yn iard y Karuza.

Er bod yr hanner potelaid o wisgi roeddwn i wedi'i phrynu ym maes awyr Milan gwpwl o oriau ynghynt wedi sadio'r nerfau ychydig, ro'n i'n dal i fod yn ymwybodol o'r cryndod parhaus a redai drwydda i. Doedd dim byd i'w weld yn crynu fel y cyfryw, a gallwn ddal fy nwylo o 'mlaen yn gadarn fel y graig, heb rithyn o gryndod ar eu cyfyl, ond y tu mewn doedd dim byd yn teimlo'n llonydd.

Bu'r gollyngdod wrth godi i'r awyr gan wybod fy mod i ar fy ffordd adre yn anhygoel. Mi driais benderfynu beth oeddwn i am ei wneud gyntaf er mwyn dathlu dychwelyd yn saff i Brydain. Rhywbeth syml, rhywbeth ystrydebol – fel cael paned o de mewn caffi cyffredin, neu fynd am dro i'r pyb; gwatsiad gêm bêl-droed neu rygbi o flaen y bocs bnawn Sadwrn. Doeddwn i erioed wedi teimlo mor falch wrth edrych i lawr dros doeau Llundain ar fy ffordd i mewn, er i mi weld yr olygfa ugeiniau os nad cannoedd o weithiau wrth hedfan yn ôl ac ymlaen ar hyd a lled y byd dros y degawdau diwethaf, heb falio ryw lawer lle'r o'n i wedi'i gyrraedd.

Ac roedd gen i wâl i ffoi iddi – fflat bach diogel ar y Metropolitan Line yn Chorleywood ym mherfeddion Swydd Hertford. Roeddwn i wedi'i brynu pan oeddwn i'n dal i fyw hefo Sharon, er na wyddai hi na neb arall ddim amdano. Ar y pryd roedd hi'n handi cael rhywle gweddol ddi-nod yn agos i'r ddinas fawr ar gyfer fy ngwaith, ond hefyd ro'n i'n ei chael hi'n braf cael bod ar fy mhen fy hun weithiau, i fynd a dod fel y mynnwn, yn hollol anhysbys i bawb.

Doeddwn i ddim wedi ymweld â'r lle ers sawl blwyddyn, ond byddai'r goriad gen i bob amser yn fy mhoced. Roedd o yn fy mhoced yn ystod y cyrch awyr pan aeth popeth arall yn wenfflam yn y car; roedd o wedi dod yn ôl ata i ar ôl imi gael fy nal gan y Mujahideen ac mi oedd o yno drwy'r holl helyntion hyd at ddal yr awyren yn ôl i Heathrow. Droeon yn ystod dyddiau du'r misoedd diwethaf roeddwn i wedi llithro fy llaw i 'mhoced i fyseddu ei siâp cyfarwydd gan ddyheu am yr amser pan fyddwn yn gallu ei ddefnyddio yn y twll clo priodol unwaith eto. Tra oedd y goriad yn saff, mi fyddwn innau'n saff. Dyna gredwn i. A chan fy mod i ar dir y byw o hyd, pwy oedd i ddweud nad oeddwn i'n iawn i feddwl felly?

Bron bedair awr ar ôl glanio yn Heathrow, a finnau wedi pasio'n ddiffwdan heibio'r swyddog yn y bwth rheoli pasbortau, roeddwn i'n camu drwy fynedfa gorsaf y tiwb yn Chorleywood. Buasai tacsi wedi bod yn haws ac yn gynt, yn enwedig hefo'r hen goes yn chwarae'r diawl, ond roeddwn i'n ffond iawn o'r

Metropolitan Line ac roedd taith ar y tiwb cystal ffordd â dim i 'mherswadio fy hun fy mod i adre go iawn.

Roedd hi'n noson hydrefol a brath barrug yn yr awyr gyda chilcyn o leuad i'w weld yn clipio brigau ucha'r coed wrth ddringo i'r awyr las tywyll. Y tu ôl i mi dyma'r tiwb yn ailgychwyn ar ei daith i Chalfont a Chesham, litani o enwau oedd yn falm i enaid y teithiwr blinedig ar ôl dychwelyd o enau uffern.

Dim ond dau berson arall oedd wedi disgyn o'r trên hefo fi ac yn fuan cawsant eu llyncu gan y cysgodion wrth iddynt fynd ar eu hynt a doedd neb yn disgwyl ar y platfform draw. Sefais yn nistawrwydd y llwydnos yn clustfeinio ar awyrgylch y lle gan dynnu'r aer main yn ddwfn i'm sgyfaint.

Cerddais yn ara ac ychydig yn simsan gan bwyso ar fy ffon, fy mag yn teimlo'n drymach bob cam, ar hyd y strydoedd heddychlon wrth i mi geisio cofio pa droad bach yn union oedd yn arwain y ffordd at y fflat. Rhyfeddwn at yr holl wyrddni yn y gerddi ac ar bob ochr i'r ffordd, hyd yn oed ar drothwy'r gaeaf fel hyn. Daeth atgof sydyn am helpu i gwympo'r coed ar gyfer tanwydd yng nghanol y gaeaf rhynllyd diwethaf ym Mosnia a'r eira'n drwch dan draed. Roedd y lle yma mor syber, mor afreal o sidêt o'i gymharu. Tawelai'r meddwl, wrth gwrs, ac roedd yn llesol iawn i'r nerfau carpiog, ac eto'n peri rhyw anniddigrwydd annisgwyl oherwydd ei fod o mor gysetlyd a hunanfoddhaus.

Trodd y goriad yn nhwll y clo mor llyfn â thaswn i wedi gadael y bore hwnnw ac mai dyma fu'r drefn arferol bob nos ers blynyddoedd.

Am fis a rhagor, mi swatiais yno heb godi fy mhen bron. Prin y gwelwyd fy ngwep gan y byd mawr y tu allan i Chorleywood. Wyddai neb lle'r oeddwn i. Doedd 'na neb fyddai isio cysylltu â fi, o ran hynny – heblaw'r gwylliaid yn y gwŷdd yn ôl ym Mosnia, a finnau heb gau pen y mwdwl ar y busnes yn Llundain yn unol â'n cytundeb. Roedd hynny'n rhywbeth roeddwn i wedi penderfynu peidio â'i wneud reit o'r dechrau'n deg, a dweud y gwir, wrth ymuno â nhw. Dyma oedd y cam cyntaf wrth geisio gwneud iawn am fy ngweithredoedd yn y gorffennol. Roedd o'n deimlad braf hefyd.

Lle peryg yw byd y fasnach arfau, ac nid ar chwarae bach y bydd rhywun yn torri ei air. Ond doeddwn i ddim yn poeni'n ormodol. Criw bach amaturaidd braidd oedd y rhain, a doedd eu croesi ddim yr un fath â chroesi rhai o gewri'r gêm. Ac er y byddai'n rhaid i mi droedio'n ofalus, mi deimlwn i'n weddol saff yn Chorleywood, ac roeddwn i'n ffyddiog bod digon o bethau eraill gan bobl Bosnia i'w cadw'n brysur.

Wedyn, wrth gwrs, roedd fy nghleientiaid yn yr Almaen, y rhai oedd y tu ôl i'm taith wreiddiol i Fosnia. Roedd 'na chwaraewyr mawr dan sylw yn fan'na – ymhlith y rhai mwyaf oedd i'w cael – ond, mewn gwirionedd, doeddwn i ddim wedi'u twyllo mewn unrhyw ffordd. Doeddwn i ddim wedi cael unrhyw daliad ganddyn nhw heblaw am gostau'r daith draw. Hyd y gwydden nhw, mi allwn i fod yn gelain mewn ffos yn rhywle. Go brin y bydden nhw'n blês iawn tasen nhw'n gwybod y gwir, ond doeddwn i ddim o'r farn y bydden nhw am wastraffu unrhyw adnoddau arna i ac y byddwn, yn yr achos yma, yn rhannu'r un ffawd ag ambell asiant cyfeiliornus.

Yr adeg honno roedd gen i ddigon o gelc y tu ôl i mi fel y gallwn fod wedi ymddeol yn ddigon cyfforddus cyn cyrraedd fy hanner cant. Ond unwaith eto, doeddwn i ddim yn barod i wisgo fy slipers o flaen y tân. Wedi dweud hynny, doedd gen i ddim amcan be ddylwn i 'i wneud.

Ar ben hynny, roedd yna dipyn o bethau y byddai'n rhaid i mi roi trefn arnynt. Y cyntaf oedd gweld a allwn i gael sylw meddygol i'r goes, a ddaliai i achosi cryn dipyn o boen ac anghyfleuster i mi. Mi ges i weld un o brif arbenigwyr orthopedig y wlad – rhywbeth a gostiodd yn ddrud iawn i mi. Mi ges i ragor o lawdriniaethau ond heb fawr o welliant o ran fy ngherdded na'r boen.

Llawdriniaeth ar fy nghefn oedd y cam nesaf, ond eto ni thyciodd ddim ar y cyflwr.

A finnau bron ddeugain mil o bunnoedd yn dlotach, dywedwyd wrtha i na fyddai 'nghoes byth yn gwella a'i bod yn bur debyg mai gwaethygu fyddai ei hanes wrth i mi heneiddio. Bu hon yn ergyd a gyfyngodd gryn dipyn ar y dewisiadau oedd gen i o ran sut y byddwn i'n treulio gweddill fy nyddiau.

Y busnes anorffenedig arall oedd yn pwyso'n drwm arna i oedd unioni'r rhwyg rhyngdda i a'r merched. Golygodd yr holl strach feddygol i flwyddyn fynd heibio ar ôl imi lanio yn Chorleywood cyn i mi ddechrau mynd i'r afael â'r mater arbennig hwnnw.

Bu'n dipyn o gamp cael hyd iddynt. Doedd gen i ddim syniad lle'r oedden nhw na'u mam erbyn hyn, a wydden nhwythau chwaith ddim oll amdana i, wrth gwrs, na'm hanes cythryblus dros y blynyddoedd diwethaf. Peryg mai'r unig beth fasa wedi peri i'r merched boeni amdana i fyddai pe bai'r lwfansau hael yr oeddwn i'n dal i'w talu iddynt yn darfod.

Drwy ddirgel ffyrdd mi ges wybod bod Abigail, yr hynaf, yn gweithio yn y ddinas yn Llundain i un o fanciau'r Swistir. Doeddwn i ddim yn synnu. Roedd Abi bob amser ar ben ei phethau, yn dda mewn mathemateg a gwyddoniaeth yn yr ysgol, yn drefnus iawn ac yn ddigon oeraidd a phenstiff ei ffordd o'i chymharu â'i chwaer iau. Roedd hi wedi torri'r rhwymau teuluol a'r rhwymau â'i chartre yn ddigon handi ar ôl gadael y nyth a mynd i'r brifysgol. Ac yn sicr, roedden ni wedi ymddieithrio ymhell cyn i 'mhriodas i ddechrau dadfeilio.

Mi adewais i negeseuon llafar ar ei ffôn a sgwennu llythyr (ac e-bost – a finnau'n ceisio ymgyfarwyddo â chwyldro technoleg y rhyngrwyd, oedd yn dechrau codi stêm erbyn diwedd y nawdegau), ond ofer fu'r holl ymdrechion. Distawrwydd llethol oedd yr unig ymateb ac ar ôl chwe mis o roi cynnig ar wahanol ddulliau cyfathrebu, penderfynais roi'r ffidil yn y to o ran cysylltu â hi. Roedd hi'n amlwg nad oedd Abigail am wneud dim â'i thad. Rhaid fy mod i wedi'i siomi y tu hwnt i bob achubiaeth.

Roedd hyn yn ergyd ac aeth y rhwystredigaeth na fedrwn ddod o hyd i Emma, y fenga, yn dipyn o fwrn. Roeddwn i'n ymwybodol fy mod i'n mynd yn fwyfwy ynysig. Doeddwn i ddim isio cysylltu â hen ffrindiau yn y busnes arfau – ac yn y byd hwnnw roedd fy hen ffrindiau i gyd. Roedd hi'n anodd gwneud ffrindiau newydd yn awyrgylch aruchel Chorleywood. Wrth i aeaf arall setlo dros y dre, teimlwn yn bur anfodlon fy myd ac ro'n i wedi dechrau yfed yn drwm.

Daeth yr atgofion am Michela yn fwyfwy o obsesiwn hefyd a dechreuodd yr hunllefau amharu ar fy nghwsg. Daeth tonnau o euogrwydd drosta i gan mai fi oedd wrth y llyw pan gafodd ei lladd. Eto, des i sylweddoli nad egin cariad einioes oedd yno ond rhywbeth digon arwynebol na fyddai modd iddo fod wedi para y tu hwnt i amgylchiadau lle a chyfnod. Gwystlon i'r amgylchiadau hynny oedden ni'n dau.

Go brin y cawn i rywun arall rŵan ac fe ddaeth cysylltu a chymodi â'r merched yn fwyfwy pwysig wrth i'r misoedd fynd heibio.

Mewn byd mor simsan, a henaint cynnar ac unig yn rhuthro tuag ata i, roedden nhw'n cynnig rhywbeth y gallwn i ddal gafael ynddo, ond wrth i amser lusgo heibio ofnwn fy mod wedi'i gadael hi'n rhy hwyr.

Ond yn hollol ddirybudd ryw noson, dyma'r ffôn bach yn canu. Edrychais yn syn arno. Doedd o ddim gen i ers yn hir a dim ond rhyw ddwy neu dair o alwadau roeddwn i wedi'u derbyn arno erioed. Gallwn gyfrif hefyd ar fysedd un llaw faint o bobl oedd yn gwybod am y rhif. Abigail oedd un ohonynt – rhaid mai hi oedd yno.

Codais y teclyn gan ffwndro am y botwm cywir.

'Helô?' meddwn i'n betrusgar.

'Helô… Dad?'

'Abi?'

Saib.

'Emma sy 'ma.'

'Emma! Sut ar wyneb y ddaear gest ti'r rhif 'ma?'

Cwestiwn gwirion – gan ei chwaer, wrth gwrs, ond ro'n i wedi cynhyrfu'n lân a'm meddwl ychydig yn niwlog ac ara deg o hyd ar ôl y ddamwain.

'Lle wyt ti?'

'Birmingham.'

'Wyt ti'n iawn?'

'Ydw… wyt ti?'

'Ydw – ddim yn ddrwg. Mae'n dda clywed dy lais di.'

'Lle wyt ti?'

Roeddwn i ar fin datgelu lle yn union oeddwn i, ond roedd grym arferiad yn drech na fi.

'O… yn Llundain.'

'Dw i'n aros hefo Mam.'

'O… a sut mae hi?'

Nid bod gen i ddiddordeb. Roedd fy nheimladau tuag at Sharon wedi hen bydru.

'Iawn.'

'Gawn ni gyfarfod? Basa'n dda dy weld ti.'

'Ia, ocê,' meddai'n ddigon difater.

'Wyt ti am i mi ddod i fyny atat ti, neu mi gei ditha ddod i lawr ata i?'

'*Whatever.*'

Hen ymadrodd annifyr oedd yn mynd reit o dan 'y nghroen i.

'Mi ddo i i Brym 'ta,' dywedais ychydig yn big.

Ac aethom ati i drefnu man cyfarfod mewn caffi yn y Ffatri Gwstard, y ganolfan fach drendi a grëwyd yn hen ffatri Bird's, heb fod ymhell o orsaf Moor Street a'r Bullring. Erbyn diwedd y sgwrs ffôn roedd Emma wedi gadael i'r ffasâd cŵl lithro ryw ychydig a daeth hen asbri ei chymeriad i'r fei unwaith eto. Buon ni hyd yn oed yn chwerthin hefo'n gilydd, ac roedd ei chwerthin yn gynnes ac yn fyrlymus – fel ei mam.

'Edrych ymlaen,' meddwn i wrth i'r sgwrs ddirwyn i ben.

'A fi,' meddai.

Roedd hwnna fel cnepyn o aur i mi.

Mi oeddwn i wir yn edrych ymlaen at ei gweld hefyd, ac yn ysu am fynd ar y trên i Birmingham y penwythnos canlynol. Ar fore ein cyfarfod arfaethedig roeddwn i ar fy nhraed cyn y wawr ac wedi ymbaratoi ac ymbincio fel llanc ifanc yn mynd ar ei ddêt cyntaf.

Roeddwn i wrth y bwrdd yn y caffi ryw hanner awr cyn yr amser penodedig.

Fuodd o ddim yn gyfarfod llwyddiannus. Roedd Emma dri chwarter awr yn hwyr yn cyrraedd. Doedd hynny'n ddim byd newydd. Byddai hi bob amser yn hwyr i bob dim pan oedd hi'n ifanc. Rhedeg am y bws ysgol fyddai ei hanes bob bore bron, tra byddai ei chwaer hŷn wastad wrth y safle mewn da bryd – ac at ei gilydd ro'n i'n debycach i'm merch hynaf yn hynny o beth, er fy mod yn fwy hoff o ysbryd ac afiaith Emma.

Mi geisiais gadw hyn mewn cof wrth ddechrau ar fy nhrydedd baned o goffi, gan flino ar guriad y gerddoriaeth *reggae* ddi-baid a ddeuai o uchelseinydd uwchben y cownter.

Hwyrach bod Emma wedi cael traed oer. Wedi'r cwbl, dadlau fel ci a hwch fu ein hanes ni y tro diwethaf i ni fod yng nghwmni ein gilydd – hithau'n edliw fy ngalwedigaeth i mi a finnau'n ei dwrdio hi am ei diffyg gwerthfawrogiad. O feddwl yn ôl, digon ymfflamychol fu ein perthynas ni erioed.

Synnwn i ddim ei bod hi'n gweld y cyfarfod yn wastraff ar amser – ac eto roedd hi wedi dweud ei bod hi'n edrych ymlaen. Mi driais ei galw hi ar y ffôn bach ond dim ond y gwasanaeth negeseuon ges i a wnes i ddim trafferthu gadael un.

Cyrhaeddodd hi funudau'n unig cyn i mi ei throi hi am adre. Edrychai mor dlws ag erioed, ei hwyneb crwn heb newid fawr ddim er pan oedd hi'n blentyn bach a llygaid glas ei mam mor drawiadol ag erioed. Teimlais ryw don annisgwyl o emosiwn yn rhuthro drwydda i a baglais ar fy nhraed i'w chofleidio.

'Be sy 'di digwydd?' meddai, wedi dychryn o weld fy nghyflwr.

'Stori hir, mi wna i ddeud wrthach chdi rywdro eto.'

Mi welais ei bod yn craffu ar fy wyneb. Mae'n siŵr fy mod wedi heneiddio a gerwino er pan welodd hi fi ddiwethaf, y gwallt wedi teneuo a britho, sbectol… roedd yna olwg go ddiarth arna i, 'ddyliwn i.

Gwisgai hithau ryw ffrog garpiog lwydaidd a thrwch o golur *goth* ar ei hwyneb, yn enwedig am ei llygaid. Roedd ei gwallt gwinau wedi'i liwio'n ddu fel y frân hefo strempiau piws drwyddo. Wrth ei chofleidio'n drwsgwl, dychrynais braidd o weld modrwy fach yn ei thrwyn a chael braw mwy byth, wrth iddi ddechrau siarad, o weld fflach modrwy fach arall ar flaen ei thafod.

Mi lwyddais i ddal fy nhafod innau a pheidio â gwneud stŵr am y ffaith ei bod hi mor hwyr, na chyfeirio at yr holl fodrwyau diangen – am y tro, beth bynnag.

Mi ges wybod ei bod hi wedi 'madael â'r brifysgol cyn graddio – wedi mynd yn *bored* hefo'r cwrs, meddai hi.

Unwaith eto, mi lwyddais i ddal fy nhafod.

'Wyt ti'n gweithio?'

'Dw i'n ôl yn y coleg.'

'Be? Yma yn Birmingham?'

'Naci. Yn Brighton.'

'O… yn g'neud be, 'lly?'

'Adweitheg.'

Doeddwn i ddim yn hollol siŵr beth yn union oedd adweitheg, heblaw ei bod yn rhyw fath o grachfeddygaeth hipïaidd. Wnes i ddim trafferthu gofyn chwaith. Fy adwaith cyntaf oedd myllio o'i gweld hi'n gwastraffu ei doniau ac yn afradu ei dyfodol ar ryw hocws-pocws da i ddim – a hynny ar draul 'mhres i, a oedd yn dal i'w chynnal, pres roedd hi'n ei ystyried yn 'arian gwaed' ond eto yr oedd hi'n ddigon hapus i'w wario.

Fedrwn i ddim dal yn rhagor.

Dyma fynd ati fel y bydden ni erstalwm, finnau'n dweud y drefn a hithau'n tanio'n ôl yr un mor frwd. Roedd y sefyllfa braidd yn hurt, ond mae greddfau rhiant yn bethau digon digyfnewid ac roeddwn innau'n teimlo'n amddiffynnol fel arfer wrth ystyried dyfodol fy mhlant. Buan iawn roedden ni'n dau yn ôl yn yr hen rigol, a'r un hen ystrydebau a chyhuddiadau'n hedfan o un i'r llall.

'Rheitiach peth i ti ffeindio rhyw ddyn arall i ofalu amdanat ti. Dw i wedi laru ar dy gadw di cyhyd. Dwyt ti ddim yn dryst, nag wyt, ar dy ben dy hun yn poitsian hefo rhyw mymbo-jymbo fel'na.'

'Mae *gen i* bartner,' heriodd.

'O! A be mae hwnnw'n ei wneud i gadw'r blaidd o'r drws? *Witch doctor*, ia?'

'Hi.'

'Be?'

'Hi. Mae Julia'n ddynes ac yn ddylunydd gwefannau llwyddiannus iawn.'

Mae'n rhyfedd sut mae rhywun yn gallu trafaelio'r byd, gweld pob math o bethau a'u derbyn am yr hyn ydyn nhw, ond pan fydd rhywbeth yn digwydd yn nes adre mae'n bwrw rhywun oddi ar ei echel yn llwyr rywsut.

Yn sicr, yn ei hanfod doedd gen i ddim gwrthwynebiad yn y byd i berthynas rhwng dwy ddynes na dau ddyn neu unrhyw gyfuniad o'r fath, ond roedd rhywbeth arall ar waith fan hyn. Rhywbeth rhwng tadau a'u merched debyg. Bu bron i mi ofyn beth oedd ei mam yn 'i feddwl. Ond wnes i ddim.

Roedd fy ngwrychyn wedi'i godi a dywedais bethau digon byrbwyll a chael llond ceg yn ôl ganddi hi. Roedd staff y caffi'n dechrau edrych ar ei gilydd ac anesmwytho wrth i'n lleisiau godi'n uwch na'r *reggae* bondigrybwyll, a'n rhegi ninnau'n mynd o ddrwg i waeth.

Yn y diwedd, dyma ryw lipryn o hogyn ifanc yn gwisgo sbectol fach gron a masgara yn dod draw aton ni ac yn gofyn i ni adael oherwydd ein bod yn aflonyddu ar y cwsmeriaid eraill.

Y tu allan i'r caffi, trodd Emma ar ei sawdl yn syth a chychwyn cerdded i ffwrdd yn bwrpasol. Dyma ymdeimlad o banig yn gafael yndda i.

'Emma!' gwaeddais a'r llais yn cracio.

Arafodd ei cham ychydig.

'Gawn ni drio eto, plis? Dw i'n sori. Dw i dan straen… Dw i'n ceisio newid.'

Roedd yr ymbil amrwd yn sioc i mi, yn hollol annisgwyl ac yn codi braw.

Hanner trodd, gan oedi cyn ateb ond heb edrych arna i.

'Rywdro, ella, Dad… ond 'sdim pwynt am y tro, nag oes?'

Ac i ffwrdd â hi. Mi wyliais i hi'n mynd at y gongl ac wedyn mi droais jest cyn iddi fynd o 'ngolwg i fel na fyddwn i'n gorfod ei gweld hi'n diflannu fel'na, yn flin ac yn ddiarth i gyd.

Cerddais yn ôl i fyny'r llethr i orsaf Moor Street, fy nhymer wedi oeri'n stwmp diflas ar fy stumog a'r edifeirwch yn rhuthro amdana i fel llanw dros foryd.

Roedd y trên yr oeddwn i wedi bwriadu ei ddal wedi gadael ers meitin ac roedd gen i dros awr i aros tan yr un nesaf. Roeddwn i dan deimlad, yn flin hefo fi fy hun ac yn llawn hunandosturi, heb sôn am fod yn ymwybodol iawn 'mod i ar fy mhen fy hun.

A hithau'n dechrau tywyllu, mi es i i chwilio am dafarn.

41

4.24 y prynhawn.

Roedd chwyrnu Cunliffe wedi tawelu rywfaint a golwg cwsg y meirw arno.

Roedd Nina wedi oeri erbyn hyn ac eisiau bwyd arni. Yn ofalus, cododd rai o'i dillad o'r llawr ger y gwely a dechrau gwisgo amdani yn y gwyll. Wrth wneud, ac wrth iddi sylwi nad oedd ei symudiadau i'w gweld yn tarfu dim ar gwsg Cunliffe, eginodd rhyw hedyn bach heriol yn ei phen.

Hwyrach na allai hi ladd y bwystfil ond gallai roi cynnig ar ddianc rhagddo.

Faint yn waeth ei byd fyddai hi, beth bynnag, tasa'r Gwyddel yn dod ar ei hôl ac yn ei dal? Yn ddi-os, byddai'n golygu cael cweir a mwy fyth o gam-drin, ond gallai ddygymod â hynny efallai. Roedd ei chorff yn teimlo'n hollol ddiffrwyth, fel pe bai dan anesthetig. Y boen a'r gofid mewnol oedd yr artaith fwyaf. A tasa hi'n cael ei bwrw i ryw afon dywyll fel rhai o'r genod eraill, efallai mai dyna'r peth gorau a allai ddigwydd iddi.

Ei hofn pennaf oedd beth ddigwyddai i'w chwaer fach.

Bob tro y magai ychydig o blwc a phob tro y byddai rhyw rithyn o gynllun i ddianc yn dechrau gwawrio yn ei phen, cofiai am Lara a byddai'n gwthio'r syniad o'i meddwl yn syth. Ond efallai fod Lara eisoes wedi'i chipio a'i smyglo i ryw wlad estron ac yn gorfod gwneud y pethau ofnadwy roedd hi, Nina, yn gorfod eu gwneud. Efallai hefyd ei bod hi'n dal adre hefo eu nain a'u taid yn Hadžići, bod Danko heb fod ar ei chyfyl ac mai celwydd gwag oedd holl fygythiadau Cunliffe. Wedi'r cwbl, dim ond ei air ef oedd ganddi am yr hyn allai ddigwydd i Lara.

Ond roedd hi wedi clywed digon o hanesion am ferched eraill lle bu dial ar y teulu ar ôl iddynt geisio ffoi o grafangau'r smyglwyr.

I ble'r âi hi beth bynnag? At bwy y gallai hi droi? Heb basbort, heb fawr o Saesneg, heb arian, heb ddim byd mewn gwirionedd. Doedd ganddi ddim syniad lle'r oedd hi bellach chwaith, ers cyrraedd y lle newydd 'ma ddoe. Ym mha dre, ym mha ran o'r wlad? Rywle ym Mhrydain, dyna'r oll a wyddai.

Roedd Cunliffe wedi treulio'r bore ar y ffôn, gan yfed yn drwm. Tua hanner dydd roedd o wedi mynnu bod Nina'n gwneud cinio iddo. Roedd digonedd o fwyd yn yr oergell a'r cypyrddau. Yn amlwg, câi'r tŷ ei ddefnyddio'n rheolaidd gan rywrai. Bwytaodd Cunliffe stecen, madarch a thatws wedi'u ffrio tra bu'n rhaid i Nina fodloni ar ychydig o basta a hen afal ac oren crebachlyd.

Wrth iddi goginio roedd y larwm mwg wedi canu dros y lle pan oedd Cunliffe yng nghanol rhyw alwad hirfaith ar y ffôn. Yn annisgwyl, doedd o ddim wedi'i churo, er nad oedd o'n blês iawn, ac fe'i galwodd yn bob enw dan haul a stompio rownd y tŷ yn ei fyll, yn clepian drysau a chicio dodrefn tan iddi ddod â'i fwyd at y bwrdd.

Ar ôl bwyta ei ginio ac yfed y rhan fwyaf o gynnwys potelaid o win coch, penderfynodd Cunliffe fod eisiau rhyw arno. Ac yntau'n chwil gaib, cafodd gryn drafferth ar y grisiau ar ei ffordd i'r llofft a chysgodd cyn gorffen y weithred, yn sach drom dros ei chefn. Ar ôl rhyw hanner awr, deffrodd o'r newydd a rhoi ail gynnig arni gydag ychydig mwy o lwyddiant o'i ran yntau. Wedyn, rhochian cysgu a ffigyrau'r cloc radio yn ara dreiglo tra gorweddai Nina yn gwrando ar y chwyrnu, a'i meddwl, gan mwyaf, yn wag – tan rŵan.

4.28.

Roedd yr egin syniad yn tyfu a'r plwc a fagwyd yn ei sgil heb wywo eto. Roedd ei hawydd i wneud rhywbeth yn drech na phob gofid arall. Dianc neu edwino o fis i fis, o flwyddyn i flwyddyn...

Erbyn hyn roedd Nina wedi llwyddo i wisgo amdani heb ei ddeffro. Roedd ei chalon yn curo a'i hanadl ar ruthr. Llyncodd ei phoer a cheisio rheoli'r anadlu gwyllt. Daliai Cunliffe, ar y llaw arall, i anadlu'n ddwfn ac yn rheolaidd, yn ddigon uchel i foddi unrhyw sŵn a wnâi Nina wrth symud ar flaenau ei thraed at y drws. Safodd yn hollol lonydd wedyn am funud neu ddwy cyn ei agor.

Allan ar y landin, roedd pob greddf yn ei sbarduno yn ei blaen, yn ei chymell i rasio i lawr y grisiau ac o'r tŷ cyn gynted ag y medrai, ond llwyddodd i ffrwyno'r ysfa honno.

Ystyriodd fynd i'r toiled ond, na, byddai'n rhaid i hynny aros o gofio bod drws y bathrwm yn gwichian. Ar fwrdd y stafell fyw gwelodd swp o arian sychion. Hyd yn oed yn ei chyfyngdra presennol, doedd dwyn ddim yn dod yn hawdd, ond aeth at y bwrdd a sgubo'r arian oddi arno a'i stwffio yn ei phoced. Gwelodd hefyd far mawr o siocled...

Hwn oedd yr ail dro yn ei bywyd pan fu'n rhaid iddi ffoi am ei heinioes.

Ddeng mlynedd ynghynt roedd hi a'i mam a'i chwaer iau wedi dianc o Sarajevo drwy'r twnnel a dwriwyd o ardal y gwarchae i un o'r maestrefi oedd yn dal i fod o dan reolaeth lluoedd Bosnia-Herzegovina.

Doedd awdurdodau Sarajevo ddim yn awyddus i blant y ddinas ffoi o'r gwarchae. Roedd dangos dioddefaint y plantos ar sgriniau teledu'r byd yn helpu'r achos dros godi'r gwarchae a thros godi'r gwaharddiad ar arfau ac i ysgogi pwysau gwleidyddol o blaid ymyrraeth NATO.

Nyrs oedd mam Nina ac felly roedd hawl ganddi i fynd drwy'r twnnel heb ganiatâd arbennig, ac oherwydd bod Nina a Lara o dan un ar bymtheg oed caent hwythau fynd hefo'u mam heb orfod cael papurau ychwanegol.

Roedd y twnnel yn gul ac isel, gyda dŵr yn diferu ar hyd-ddo bob cam. A hwythau'n blant ifainc, doedd Nina a Lara ddim yn gorfod plygu eu pennau fel y bu'n rhaid i'r oedolion ei wneud, ond daliai'r twnnel i bwyso i lawr arnynt wrth iddynt gerdded. Roedd yn drewi o chwys a phiso. Drwyddo symudai cynffon ddiddiwedd o boblach flinedig ac ofnus, pobl oedd wedi gorfod ffarwelio â'u hanwyliaid a'u cymdogion a hynny, efallai, am byth – fel y bu'n rhaid i Nina a Lara ffarwelio â'u tad a'u dau frawd yn ogystal ag Eldina, oedd newydd gael ei dwy ar bymtheg ac felly'n rhy hen i ddod drwodd hefo nhw.

Yr adeg honno roedd llais eu mam wedi annog y ddwy ferch bob cam drwy gydol yr ymdaith danddaearol – profiad brawychus a barodd tua hanner awr.

'Cadwch i fynd, genod. Cadwch i gerdded. Peidiwch â stopio. 'Dan ni ddim yn bell rŵan.'

Heddiw, wrth baratoi i adael y tŷ (ar gyrion dinas Bangor, fel y darganfu wedyn) clywai'r llais yn ei chlustiau o hyd. Cadwa i fynd. Paid â stopio.

Ar fachyn ger y drws ffrynt cafodd hyd i'w chôt a'i gwisgo. Dyma un o'r ychydig eitemau oedd wedi dod o Fosnia ac oedd yn dal i fod yn ei meddiant. Roedd gweddill ei dillad ei hun wedi diflannu yn y lle diawledig cyntaf y bu hi'n aros ynddo yn Iwerddon. Yn y fan honno, gorfodwyd hi a'r merched eraill i wisgo'r dillad hwrio ofnadwy 'ma – rhyw danc-tops tyn oedd yn blastr o secwins, sgidiau â sodlau gwirion o uchel, sgertiau lledr chwerthinllyd o fyr. Ond rywsut neu'i gilydd roedd hi wedi dal ei gafael yn y gôt drwchus a gawsai yn anrheg gan ei nain a'i thaid cyn iddi fynd i Sarajevo i weithio hefo Danko.

Roedd y gôt wedi'i leinio â chrwyn bleiddiaid a saethwyd gan ei thaid yn y mynyddoedd ac roedd ei nain wedi brodio blodau mewn patrymau lliwgar ar y cefn ac ar hyd yr ymylon. Er bod y gôt ychydig yn rhy fach iddi ar y pryd, ac er iddi ofni yr âi hi'n rhy fawr i allu ei gwisgo o gwbl wrth dyfu'n hŷn, erbyn hyn, ar ôl cael ei newynu cymaint, roedd y gôt yn rhy fawr o lawer iddi. Eto, daliai i ogleuo'n gartrefol gan ennyn rhyw lygedyn o hyder ynddi wrth iddi agor y drws ffrynt a chamu'n betrus dros y trothwy i'r stryd.

42

Ro'n i wedi cael digon.

Erbyn i'r ambiwlans gyrraedd Ysbyty Gwynedd ro'n i'n teimlo'n well ac yn barod i barhau ar fy nhaith, ond roedd darbwyllo'r paramedics yn fater arall.

'Diolch am bopeth, ond wna i ddim aros.'

'Dylet ti gael *check-up*,' meddai'r ddynes, 'jest rhag ofn.'

'Dw i'n gwbod be sy'n bod arna i. Dw i dan ddoctor adra.'

Bu'r ddau'n trafod yn dawel bach ar risiau'r ambiwlans gan daflu cipolwg draw ata i o bryd i'w gilydd.

'Os oes gynnoch chi rywbath i'w ddeud amdana i, dw i isio 'i glywad o.'

Ro'n i ar fy nhraed erbyn hyn.

'Stedda fan'na, byddwn ni'n ôl mewn munud,' meddai'r ddynes yn eithaf stowt ac aeth y ddau o'r golwg.

Arhosais am ddeng munud heb unrhyw sôn bod y ddau'n dod yn eu holau. Yn y diwedd ro'n i wedi cael llond bol a dyma fi'n cydio yn y ffon a 'magiau a 'nelu am y drws.

Ein cerbyd ni oedd yr olaf mewn ciw o dri neu bedwar ambiwlans. Doedd dim sôn am y ddau baramedic ac felly, mor ddidaro ag y gallwn, sleifiais o'r cerbyd i'r llwydwyll gan wneud fy ffordd tua'r man lle gallwn weld safleoedd bysys a phobl yn aros.

Cyrhaeddodd bws i'r dre o fewn pum munud ac wrth iddo dynnu i'r briffordd teimlais ryw hyder newydd yn llifo drwydda i. Ro'n i'n ôl wrth y llyw, fel petai. Roedd gen i gynllun clir yn fy mhen. Roedd y therapi drosodd – ar fy ngwyliau oeddwn i o hyn allan.

Mi deithiwn ymlaen i Landudno y noson honno. Dylai fod yn eithaf hawdd cael rhywle gweddol rad i aros yno ym mis Tachwedd. Digon o fargeinion i'w cael. Rhywle i swatio am ddiwrnod neu ddau heb hel rhagor o feddyliau ac atgofion. Jest mwynhau bod mewn tre glan môr ar adeg dawel. Mwynhau'r naws ac ymlacio go iawn.

Ar ôl gadael y bws o'r ysbyty yng nghanol y ddinas, es ati i chwilio ar hyd y cysgodfannau nes i mi gael hyd i'r un oedd yn dangos manylion y bysys i Landudno. Wel, haleliwia. Dim ond wyth munud i aros nes byddai'r un nesa'n cyrraedd. Da o beth oedd hynny, achos doedd hi ddim yn bnawn i loetran yn yr awyr agored yn sicr. Roedd y tywydd wedi sychu ond roedd y gwynt wedi meinio cryn dipyn ac erbyn hyn yn sgrialu i lawr o berfeddion yr Arctig. Roedd sôn am eira cyn y penwythnos, yn ôl y pytiau o sgwrs a glywn o 'nghwmpas.

Roedd tipyn o bobl yn dechrau hel yng nghyffiniau'r cysgodfannau, yn gwasgu'n dynn at ei gilydd rhag y rhewynt y tu ôl i'r paneli gwydr annigonol.

A dyna pryd y sylwais i arni hi gyntaf.

Merch ifanc tuag un ar bymtheg oed hwyrach, yn hŷn o bosib, yn gwisgo côt drwchus anarferol gyda phatrymau trawiadol dros y cefn, blodau wedi'u brodio hyd yr ymylon a chwfl wedi'i drimio â ffwr dros ei phen. Roedd golwg ddryslyd a gofidus ar ei hwyneb gwelw. Roedd hi'n hofran ar gyrion y dorf fel fi, ac yn amlwg mewn tipyn o benbleth.

Cyrhaeddodd y bws a symudodd y dorf yn nes at ei gilydd wrth ymgasglu o gwmpas y drws. Roedd y ferch yn dal yn ôl rhag mynd ar y bws o hyd.

Wrth i ni lusgo fesul tipyn at y drws, nodiais fy mhen arni fel arwydd iddi fynd o 'mlaen i. Rhewodd ac yna troi a gwibio ymaith y tu ôl i gysgodfan arall ac allan o'm golwg.

Tynnais fy hun i fyny i'r platfform o flaen caban y gyrrwr gan gyflwyno fy mhas. Mi droais er mwyn symud i lawr y bws a gweld bod fy ffon, rywsut, wedi mynd yn sownd yn strapiau un o'm bagiau.

Caeodd y drws y tu ôl i mi a pharatôdd y gyrrwr i dynnu o'r safle i lif y traffig. Roeddwn i'n dal ar fy nhraed yn ceisio datglymu'r gwahanol strapiau wrth i'r bws ddechrau symud, a phan fu'n rhaid i'r gyrrwr hitio'r brêcs yn sydyn mi ges fy ngwthio'n galed yn erbyn un o'r polion a gollwng y bali lot ar lawr.

'Hoi! Dal dy ddŵr am funud, plis. Dw i heb gael sêt eto.'

Stopiodd y gyrrwr heb ddweud yr un gair ond doedd o ddim yn blês iawn.

Eiliadau'n ddiweddarach, a finnau'n brwydro i godi fy mhethau a mynd am y seti, daeth cnocio ffyrnig ar y drws. Dyma'r gyrrwr yn ei agor a'r ferch ddiarth a welswn i gynnau bach yn baglu i mewn wrth fy ochr. Mi wnes i hanner troi wrth i'r drws hisian ynghau unwaith eto, a chael cip ar ddyn yn tynnu'i ddwylo'n ôl ac wedyn yn sefyll yn stond â'i ddyrnau ynghau y tu allan ar y ffordd, a'i wyneb fel taran.

'Yn cael bach o draffarth fan'na, cariad?' meddai'r gyrrwr yn ddigon clên wrth yr hogan ifanc. 'Paid â phoeni. Chaiff hwnna ddim dod ar y bws 'ma rŵan. Mi gei di dalu yn y funud, yli. Rhaid i mi symud neu fa'ma bydda i tan Dolig.'

Dyma'r ferch yn gafael yn yr un polyn â fi, ei llaw fach rynllyd yn cyffwrdd â'm llaw innau'n ddamweiniol. Trodd ac edrych arna i â llygaid mawr llawn braw.

'*Izvinite,*' mwmiodd hi'n reddfol a symud ei llaw.

O fod yn ieithgi, mae'r glust bob amser wedi'i meinio'n

barod i glywed seiniau ieithoedd dw i wedi'u dysgu. Roedd yr iaith yma'n gyfarwydd iawn.

'*Nema problema,*' meddwn i.

Cododd ei phen eto a syndod wedi disodli'r braw yn ei llygaid tywyll.

'*Govorite li bosanski*?'

Oeddwn, roeddwn yn medru iaith Bosnia – wedi gorfod ei dysgu wrth i sieliau'r Serbiaid fwrw i lawr ar y dre lle bûm i'n gaeth ar ôl y ddamwain. Roedd yna naw mlynedd o rwd wedi hel arni er pan oeddwn i wedi'i siarad ddiwethaf, ond roedd y sylfaen yn gadarn o hyd ac, o'i chlywed a'i llefaru, teimlwn ryw gyffro rhyfedd yn cyniwair drwydda i.

Ond doedd dim amser i ni ffeirio ein hanesion na gwag-swmera. Wrth daflu cipolwg trwy'r ffenest, gwelodd y ferch fod car wedi stopio a'r dieithryn blin a fu'n dyrnu drws y bws wedi mynd i mewn iddo ac yn dechrau ein dilyn. Aeth yr hogan yn fwy gwelw byth gan edrych o'i chwmpas a chwilio'n ofer am ddihangfa.

'Tyrd i ista,' meddwn i.

Roeddwn i'n ymwybodol bod ambell ben yn troi wrth i ni symud tua chefn y bws, finnau'n ei hysio o fy mlaen fel plentyn cyn cael hyd i sêt wag. Roedd y ferch yn crynu fel deilen a'r masgara wedi strempio o dan ei llygaid fel colur rhyw wrach mewn pantomeim.

Mentrais roi fy llaw ar gefn ei llaw hithau i'w chysuro, ond mi dynnodd hi i ffwrdd yn syth a stwffio'i dwylo dan ei cheseiliau.

'Iawn,' meddwn i'n dawel a chymodlon. 'Paid â bod ofn. Wna i ddim byd i ti.'

Roedd y wraig fferm yn y sêt dros y ffordd i ni'n sbio braidd yn gam arnon ni o weld gofid amlwg yr hogan a chlywed yr iaith estron. Yn ffodus, ni fuodd ar y bws yn hir.

Am sbel, doeddwn i ddim yn gwybod beth i'w ddweud na'i wneud, na lle i ddechrau. Roedd y ddynes ifanc yn wylo'n ddistaw a di-baid erbyn hyn, ei dagrau'n diferu oddi ar ei bochau a'i gên. Mi wyddwn fod hances glaearwen lân gen i yn fy mhoced a dyma ei hestyn iddi. Sbïodd yn ddiddeall arni am ennyd.

'Mae'n hollol lân,' meddwn i.

O'r diwedd, cydiodd yn betrusgar ynddi a sychu ei llygaid, ac yna ei chynnig yn ôl i mi.

'Na, na. Cadwa hi. Chwytha dy drwyn ac mi deimli di'n well.'

Daeth atgof bach sydyn o'r cyfnod pan oedd y plant yn fach: un o'r merched, dw i ddim yn cofio p'un, yn cael codwm oddi ar ei beic neu'r siglen yn yr ardd falla, a finnau'n dod o hyd i hances fawr wen iddi hi hefyd ac yn ei hannog i sychu ei dagrau a chwythu ei thrwyn, a chyn pen dim byddai hi wedi'i chreu o'r newydd ac yn wenau i gyd. Mi oedd yna amseroedd da wedi bod…

Peidiodd dagrau'r hogan ddiarth am sbel.

'Beth ydi dy enw di?'

Dim ateb.

'Pwy oedd y dyn 'na?'

Dim ateb.

'O ble wyt ti'n dod?'

'Sarajevo,' meddai o'r diwedd.

Roedd y gyrrwr wedi stopio i godi teithwyr a gadael y wraig fferm wrth safle arall. Byddai'n rhaid i hon fynd ato rŵan i dalu am ei thocyn.

'Oes gen ti arian? Lle wyt ti isio mynd?'

Rhoddodd ei llaw yn ei phoced a thynnu ohoni fwndel eithaf sylweddol o Ewros.

'O, dydi'r rheina'n dda i ddim yn y wlad 'ma, cariad,'

meddwn i. 'Sa funud. Mi a' i nôl tocyn i chdi. Lle wyt ti isio mynd?'

Sgwydodd ei phen gan edrych yn dristach nag erioed.

'Aros di fa'ma.'

Es at y gyrrwr a gofyn am docyn unffordd i Landudno.

'Pwy 'di hi 'ta?'

'Dwn i'm.'

'Fforin, ia?'

'Ia, debyg.'

'Ddim o ffor hyn eniwe,' meddai hwnnw, yn amlwg wrth ei fodd â'i ffraethineb ei hun.

Cymerais y tocyn a dychwelyd at yr hogan, oedd wedi'i chynhyrfu o'r newydd.

Gallwn weld bod y car wedi stopio'n union y tu ôl i'r bws a chyn gynted ag yr ailgychwynnon ni ar ein taith dyma fo'n ein dilyn. Ac felly y bu ar hyd y daith.

'Gwranda,' meddwn i. 'Wnân nhw ddim twtsiad ynoch chdi tra byddi di hefo fi, ocê?' Doeddwn i ddim mor siŵr â hynny o wirionedd fy ngeiriau ond byddai'n rhaid i mi ei thawelu a chael gwybod mwy os oeddwn i am fod o gymorth.

Erbyn inni gyrraedd Penmaenmawr roeddwn i'n gwybod mai Nina oedd ei henw a bod y dyn diarth a welswn i yn ôl ym Mangor yn gyfrifol am ei dal yn gaeth. Doedd dim rhaid iddi ymhelaethu; mi wyddwn yn iawn am yr hyn a allai ddigwydd i ferched ei hoedran hi mewn gwledydd oedd wedi'u dryllio a'u drysu gan ryfeloedd. Mewn gwlad fel Bosnia, lle nad oedd fawr o ddim byd yn gweithio'n iawn flynyddoedd ar ôl ymladd a dinistr y nawdegau, a lle'r oedd gwasanaethau sylfaenol yn hollol siambolig, dim ond un diwydiant oedd i'w weld yn ffynnu, yn tyfu ac yn gweithio fel wats – a'r diwydiant masnachu rhyw oedd hwnnw.

Bob tro y stopiai'r bws, stopiai'r car a byddai Nina'n mynd

yn fwyfwy ofnus wrth fy ochr. Doedd gen i ddim syniad beth ddigwyddai pan fydden ni'n cyrraedd pen y daith yn Llandudno. Ro'n i'n dechrau teimlo'n eithaf pryderus fy hun, a minnau'n hen gyfarwydd â dulliau ac eithafion y math o ddynion oedd yn y car y tu ôl i ni.

Fflachiodd atgof i'r meddwl – atgof o iard fach y tu allan i fwyty'r Karuza ar y ffin â Chroatia ar fy nhaith yn ôl o Fosnia. Atgof o'r digwyddiad mwyaf ysgeler o blith yr holl gatalog o ddelweddau anffodus oedd wedi'u serio ar fy meddwl o'r cyfnod hwnnw...

Yn bendant, fedrwn i ddim cefnu ar y ferch yma rŵan a'i gadael i'w thynged; roedd yna ddyled i'w setlo, ynghyd â rheidrwydd i wneud y peth iawn am unwaith er mwyn dileu'r atgof hwnnw a lechai fel neidr dan garreg yn fy mhen.

Rywsut, disodlwyd y pryder, os nad gan ddewrder yna gan ryw deimlad effro, teimlad fy mod i'n byw yn y presennol gan fwrw ymaith, dros dro beth bynnag, ormes meddyliau tywyll y gorffennol oedd wedi 'mhlagio ers cymaint o amser.

Eto i gyd, doedd gen i ddim rhithyn o syniad beth ddylwn i ei wneud wedi i ni gyrraedd y safle olaf ar Stryd Mostyn.

'Mi wna i ofyn i'r gyrrwr alw'r heddlu,' meddwn i. 'A chawn ni aros ar y bws nes iddyn nhw gyrraedd.'

Gafaelodd Nina yn fy mraich yn syth, ei llygaid yn ymbil arna i.

'O na, dw i'n crefu arnoch chi. Peidiwch â galw'r heddlu. Peidiwch er mwyn Duw.'

'Wel, be wnawn ni, Nina fach? Dw i ddim mewn cyflwr i'w taclo nhw. Sbia arna i o ddifri.'

'Rhedeg,' meddai'n bendant. 'Dyna'r unig beth fedrwn ni ei wneud. Ond dim heddlu...'

'Fedra i ddim rhedeg i achub fy mywyd, 'merch fach i,' dywedais, 'a siawns mai dyna fasa'n rhaid i mi wneud hefo'r hogia 'ma.'

Erbyn hyn roedden ni'n dod i mewn i ganol Llandudno ar hyd Ffordd Conwy a'r car y tu ôl i ni yn dal i'w weld yn dynn wrth ein sodlau. O'n blaenau gallwn weld tŵr eglwys ar y chwith ac, nid am y tro cyntaf yn fy mywyd, ro'n i'n dyheu am fod yn grefyddol. O leiaf wedyn gallwn weddïo am achubiaeth wyrthiol, achos, hyd y gwelwn i, dyna'r unig ddihangfa bosib.

Yn sydyn, fel petai rhywun wedi ateb y weddi daer nas offrymwyd, clywais sŵn brêcs yn sgrechian, cyrn yn canu a gweld bod rhywbeth wedi digwydd ar y groesfan sebra ym mhen Stryd Mostyn. Roedd y traffig y tu ôl i ni, gan gynnwys car ein herlidwyr, yn methu dod drwy'r dyrfa oedd wedi ymgasglu ar y groesfan. Mae'n bosib bod y car oedd wedi ein dilyn wedi anwybyddu hawl tramwy'r cerddwyr ar y groesfan a bod rhywun wedi cael ei fwrw. Doedd gen i ddim bwriad mynd yn ôl i gadarnhau'r ddamcaniaeth.

Wrth i'r bws stopio, symudon ni'n dau i'r pen blaen ac allan â ni i'r pafin ac oerni gwynt ffroen-yr-ych yn chwipio'n dynn amdanon ni'n syth. Edrychais o'm cwmpas yn wyllt. Er bod y dyrfa wrth y groesfan yn dechrau gwasgaru a'r traffig yn dechrau llifo eto, doedd dim sôn am y car. Roedd Nina eisoes wedi saethu i ffwrdd ar garlam.

'Nina! Nina!' gwaeddais wrth geisio trefnu fy magiau a chael gafael yn fy ffon.

Er mawr ryddhad, stopiodd Nina a throi gan ddod yn ôl ata i drwy'r dorf i afael yn fy mraich a 'nhywys i ffwrdd o ganol yr holl bobl.

Gan gadw i'r cysgodion, dyma droi i Sgwâr y Drindod a dal ati heibio'r eglwys, a cherdded am ryw bum munud nes ein bod ymhell o fwrlwm canol y dre yn seintwar rhyw ardal breswyl ddigynnwrf.

Roedd yn rhaid i mi arafu. Roedd y goes, ar ôl cael ei sbarduno am ychydig gan yr adrenalin, yn teimlo'n drwm ac yn ddiffrwyth erbyn hyn.

'Awn ni i'r stryd fach yma,' meddwn i a dyma ni'n troi i lôn gulach na'r lleill hefo ceir wedi'u parcio ar hyd un ochr iddi. Pwysais yn erbyn wal i gael fy ngwynt ataf.

'Wel, be rŵan?' gofynnais.

Dechreuodd Nina wylo eto, dagrau o ryddhad dros dro, a dyma fi'n ei thynnu'n dynn ata i. Daliais ei sgrepyn corff am amser hir wrth iddi igian crio ar frest fy nghôt, ambell bluen eira'n setlo ar ei gwallt, a taswn i'n un am grio byddai fy nagrau i'n gymysg â'i rhai hi.

43

Edrychais ar y cloc larwm ger y gwely. Dim ond chwarter i ddeg y nos oedd hi. Ro'n i'n methu credu nad oedd hi'n hwyrach rywsut. Teimlai'n amser maith er pan adewais i Gricieth y bore hwnnw.

Cnociais ar y wal wrth fy mhen.

Tap tap tap-tap-tap tap tap.

Ar ôl saib, adleisiwyd y signal o'r ochr draw. Pawb yn iawn 'lly.

Y tu allan, heblaw am derfysg parhaus y tonnau ar y traeth gerllaw, yr unig synau oedd sŵn y gwynt yn bachu yn y landeri ac ambell ddyrnaid o genllysg yn cael eu hyrddio'n flin yn erbyn y ffenest. O glywed car yn nesáu ac yn slofi, mi wnes i foeli fy nghlustiau a theimlo 'nghorff yn tynhau a'r pryder yn dechrau brigo yn fy mol o'r newydd.

Ond na, aeth y modur heibio, ei oleuadau'n sgubo am amrantiad dros y nenfwd, ac wedyn roedd y strydoedd yn dawel unwaith eto a rhu'r tonnau ar Draeth y Gorllewin yn creu rhyw gerddoriaeth gefndirol ddigon cysurus.

A dweud y gwir, dyma'r union fath o le ro'n i wedi

gobeithio dod o hyd iddo, cyn i mi landio yng nghanol yr antur ddiweddaraf yma. Lle bach diymhongar ar y cyrion. Llety clyd a chartrefol heb fod yn rhy llwm nac yn rhy grand.

Doedd y lletywraig o ogledd Lloegr ddim wedi dangos unrhyw syndod wrth groesawu'r ddau deithiwr hollol anghymharus ac amheus eu golwg oedd wedi glanio ar garreg ei drws yng nghanol yr eira. Oedd, mi oedd dwy stafell sengl ganddi, meddai. Caewyd y drws y tu ôl i ni. Roedden ni'n ddiogel am y tro.

'Falla y dylen ni fynd yn ôl i'r dre i brynu ambell beth sylfaenol i ti cyn i ni fynd i chwilio am lety,' awgrymais wrth Nina rai oriau ynghynt yn y stryd fach gul, a'r dagrau wedi sychu unwaith eto.

A ninnau ar ein gwyliadwriaeth, dyma bicio i ambell siop i brynu nics glân a brwsh dannedd a ballu iddi a phenderfynu mynd yn ôl i ochr orllewinol y dre, ar drywydd llety y tro hwn, a ninnau ychydig yn sgafnach ein camau. Ond dyma Nina'n sydyn yn gafael yn fy mraich ac yn fy ngwthio i mewn i hafn dywyll mynedfa Vision Express.

'Fo ydi o,' gwichiodd mewn braw â'i llaw dros ei cheg wrth iddi edrych ar draws y stryd.

Edrychais i'r un cyfeiriad a fan'no, yn nrws Marks & Spencer, mi welais i ddau ddyn yn sgwrsio – a'r un a welswn i'n ceisio dod ar y bws ym Mangor oedd un ohonynt.

'Dydyn nhw ddim wedi ein gweld ni,' sibrydais, er mai go brin y gallen nhw ein clywed o'r ochr draw i'r stryd a'r traffig yn dal i lifo'n ddi-dor. 'Mi wnawn ni aros yma nes iddyn nhw symud o 'na ac wedyn mi fedrwn ni fynd reit draw i ochr bella'r dre i chwilio am rywle i aros.'

Doeddwn i ddim yn rhy bryderus erbyn hyn. Wedi'r cwbl, doedden nhw ddim yn disgwyl i Nina fod yng nghwmni unrhyw un. Chwilio am ferch ar ei phen ei hun roedden nhw

– merch hollol amddifad heb nac eiddo nac arian, na phapurau nac iaith. Pysgodyn hawdd iawn ei dal.

Bu'n rhaid i ni aros am ryw bum munud cyn i'r dynion symud ymaith a cherddded i gyfeiriad pen uchaf Stryd Mostyn. Doedd Nina ddim yn gwybod pwy oedd y llall ond Richard Cunliffe oedd enw'r dyn a welswn i ger y bws. Gwyddel oedd o ac roedd o wedi bod hefo lluoedd y Cenhedloedd Unedig yn Sarajevo, meddai.

Cyn gynted ag yr aeth y dynion ar eu ffordd, dyma ni'n dau'n sleifio'n ôl drwy'r strydoedd tywyllaf i chwilio am lety, gan daro ar y lle gwely a brecwast yma reit ar fin Traeth y Gorllewin. Roedden ni wedi prynu ychydig o fwyd yn y dre, ond ryw hanner awr ar ôl inni gyrraedd yn ôl dyma'r lletywraig yn cnocio ar fy nrws i ofyn a hoffen ni ychydig o swper.

Tipyn o gamp oedd perswadio Nina i ymuno â fi. Roedd hi'n poeni'n dwll am ei gwisg – rhyw ddillad tyn, anaddas oedd yn datgelu mwy nag yr oedden nhw'n ei guddio; dillad y gorfodwyd hi a'r merched eraill i'w gwisgo.

Yn y pen draw, aethon ni drwodd i'r stafell fwyta fach lle cawsom blateidiau hael o lasagne a salad blasus iawn. I ddechrau, dim ond chwarae â'i bwyd a wnâi Nina, ond ar ôl tipyn o anogaeth aeth ati i larpio pob tamaid fel pe bai heb weld bwyd ers mis.

Rhaid bod y lletywraig yn amau pob math o bethau wrth i ni ddod i'r stafell fwyta – yr hen grwydryn blêr a'i fodan ifanc yn ei dillad glitsi – ond, unwaith eto, ddywedodd hi'r un gair, na gofyn unrhyw gwestiynau anodd.

Wrth imi orwedd yn fy ngwely yn gwrando ar chwiban ysbeidiol y gwynt, gallwn ddychmygu bod Nina druan siŵr o fod ar bigau, yn hollol effro ac yn disgwyl clywed camau'r ddau gena'n dod at y tŷ unrhyw funud.

Mi gnociais eto ar y pared.

Dim ateb. Naill ai roedd hi'n cysgu neu roedd hi'n amau fy mwriadau falla.

Be nesa? Ro'n i'n teimlo'n weddol ffyddiog y bydden ni'n llwyddo i adael Llandudno heb i Cunliffe a'i bartner ein gweld. Gallai Nina ddod adre gyda fi i Riwabon a byddwn i'n mynd ati i drefnu rhywbeth ar ei chyfer o fan'no.

Byddai'n rhaid cysylltu â'r heddlu yn y pen draw. Roeddwn i'n deall yn iawn pam roedd Nina mor gyndyn o gysylltu â nhw. Doedd ymddygiad nac agweddau plismyn yn ei gwlad hi ei hun ddim yn arbennig o glodwiw, wedi'r cyfan.

Roedd yr holl gyffro wedi fy mlino i'r eithaf a theimlwn y byddwn i'n cysgu'n iawn heno. Roedd hwiangerdd y môr yn tylino'r ymennydd a gallwn deimlo fy hun yn graddol ollwng fy ngafael, gan lithro'n fodlon braf i'r math o gwsg nad oeddwn wedi'i brofi ers amser maith iawn.

44

Roedd Nina wedi cysgu. Anodd credu hynny, ond roedd hi wedi cysgu'n sownd er gwaethaf ubain y storom y tu allan a'r ofn y tu mewn iddi. A phan ddihunodd, roedd y gwynt mawr wedi tawelu a'r heulwen yn estyn ei bysedd brau heibio i'r llenni, a'r rheini'n cael eu dal yn rhimyn y drych mawr yn nrws y cwpwrdd dillad ac yn cael eu bwrw wedyn yn smotyn seithliw ar y nenfwd lelog uwch ei phen.

Roedd yn anodd iddi gredu cymaint o bethau: roedd hi'n methu credu ei bod yn dal yn fyw; yn methu credu ei bod yn gorwedd mewn gwely esmwyth rhwng llieiniau glân, dau obennydd mawr gyda les hyd yr ymylon dan ei phen a charthen gynnes â phatrwm dail tlws drosti, a hyn oll mewn stafell lân lle gallai hi gael cawod pryd bynnag roedd hi eisiau.

Am dros ddwy flynedd roedd hi wedi bod yn cysgu mewn mannau y byddai moch wedi troi eu trwynau arnynt – ers y noson gyntaf un honno pan laniodd yn Iwerddon a phan gyhoeddodd Cunliffe ei fod yn gorfod mynd yn ôl i wersyll y fyddin yn y Curragh ond y byddai ffrindiau iddo'n dod i'w nôl hi o'r maes awyr.

Wrth iddo fynd roedd y diawl wedi'i chusanu'n gariadus a thyner a theimlai hi mor hapus ei bod wedi cyfarfod ag o ac iddi gael y cyfle i ddod i Iwerddon hefo fo i chwilio am waith a chael gwell byd a bywyd newydd mewn gwlad lle nad oedd dim rhyfela'n digwydd.

Roedd Nina wedi gwylio Cunliffe yn mynd drwy fynedfa'r maes awyr. Teimlai'n drist oherwydd na fyddai hi'n ei weld o am wythnos gron a hefyd roedd hi ychydig yn ofnus o fod ar ei phen ei hun mewn gwlad ddiarth. Ond roedd Cunliffe wedi dweud wrthi y byddai ei ffrindiau'n gofalu amdani a'i fod newydd siarad hefo nhw ar y ffôn a'u bod nhw ar eu ffordd. Byddai'n dychwelyd nos Wener nesaf, medda fo, ac fe âi â hi i ddangos popeth iddi bryd hynny. Câi weld y traethau, y coedydd, yr afonydd a'r mynyddoedd, bwrlwm bywyd dinas Dulyn a Chorc, gwylltineb Connemara, ac aent gyda'i gilydd i wrando ar y gerddoriaeth draddodiadol orau yr oedd gan y wlad i'w chynnig…

Erbyn hyn, yn ei stafell wely lân a chynnes yn Llandudno, gallai Nina glywed oglau bwyd yn cael ei goginio i lawr y grisiau a sylweddolodd ei bod bron â llwgu eisiau rhywbeth i'w fwyta. Roedd gwraig y llety wedi gwneud bwyd hyfryd iddynt neithiwr ond cawsai hi'n anodd bwyta i ddechrau oherwydd yr holl gryndod y tu mewn iddi.

Tap tap-tapiti-tap-tap tap tap.

Roedd yn rhaid iddi wenu. Keith oedd hwnna, yn cnocio ar y pared yn union y tu ôl i'w phen. Trodd ar ei hochr ac ymestyn y tu cefn iddi.

Tap tap tap tap.

Saib.

Tap-tap-tap-tap-tap – yn gyflym iawn.

Daliai i wenu. Pryd oedd y tro diwethaf iddi ddeffro dan wenu, tybed? Yna cofiodd fod Cunliffe a'i ffrind yn dal i fod yn chwilio amdani ar hyd y dre, siŵr o fod. Teimlodd ei pherfedd yn troi, aeth ias oer fel cyllell drwyddi a chasglodd cymylau duon mawr yn ei phen unwaith yn rhagor.

Dylai fod wedi gweld yr arwyddion ar y cychwyn, wrth gwrs, ond, o feddwl yn ôl, doedd ganddi ddim rheswm i fod yn ddrwgdybus.

Dros yr wythnosau ar ôl eu hymweliad â beddau ei thad a'i brodyr, daethai Cunliffe heibio'r Grand Canyon nifer o weithiau pan fyddai ei ddyletswyddau'n caniatáu hynny. Aeth â Nina allan am sawl pryd o fwyd yn y mynyddoedd ac yn rhai o'r bwytai mwyaf dethol oedd gan Sarajevo i'w cynnig. Aeth â hi i bartïon rhai o'r asiantaethau rhyngwladol yn y ddinas gan ei chyflwyno i bwysigion o bob math oedd ynghlwm â'r gwaith o ailadeiladu Sarajevo. Yn aml, byddai Nina'n ei chael hi'n anodd credu ei bod hi'n mynd i'r holl lefydd yma, ond roedd Cunliffe mor hwyliog a hawddgar fel ei bod yn barod i ymddiried ynddo'n llwyr.

Dair wythnos ar ôl y noson gyntaf iddo alw yn y bar, aeth Cunliffe â Nina i ffwrdd i aros mewn gwesty hyfryd i'r gorllewin o'r ddinas, gwesty oedd rywsut wedi osgoi'r bomio a'r tanio.

A dyna'r tro cyntaf iddi gysgu gydag o; y tro cyntaf iddi gysgu gydag unrhyw un. A hithau'n ddwy ar bymtheg oed, doedd hi ddim yn gwybod beth i'w ddisgwyl – dim ond yr hyn a gâi ei awgrymu mewn ffilmiau a wyddai, a'r hyn yr oedd hi wedi'i ddarllen mewn cylchgronau. Yn ogystal, clywsai am hanesion a phrofiadau brith y merched eraill yn y gwaith – hanesion oedd yn aml wedi'u gorliwio, yn ddi-os.

Ar y dechrau, ni welsai Nina fod yna fawr ddim yn arbennig am ryw a'r holl halibalŵ yn ei gylch, ond yn raddol daeth i hoffi'r profiad yn fawr a byddai'n ysu am yr adegau pan fyddai Cunliffe yn rhydd o'i ddyletswyddau ac yn gallu treulio'i amser gyda hi.

Weithiau teimlai fod y Capten dipyn bach yn arw hefo hi efallai ond roedd hi'n meddwl mai fel'na roedd pethau i fod. Ym Mosnia, roedd rhywun yn gyfarwydd â chlywed hanes dynion yn pwnio eu gwragedd a gweld merched yn gleisiau byw ambell waith a neb yn codi bys. Beth bynnag, doedd Cunliffe ddim hanner mor wael â hynny a gan amlaf byddai'n ei thrin yn ystyriol iawn.

Ac wedyn fe ddaeth y dydd. Yn gwbl ddirybudd, dyma'r Capten yn tasgu i mewn i'r Grand Canyon. Dim ond Danko a hi oedd yno ar y pryd.

'Dw i'n hedfan i Fienna fory ac ymlaen i Ddulyn drannoeth ac rwyt ti'n dod efo fi,' meddai gan chwifio tocyn awyren dan ei thrwyn.

'Ond dw i'n gorfod gweithio,' dywedodd Nina ar ôl i'r sioc gyntaf bylu, gan droi at Danko. 'A beth am bapurau a ballu?'

'Cer,' meddai hwnnw. 'Dyma dy gyfle di. Mae'r cwbl yn barod gan Richard. 'Sdim isio i chdi boeni am ddim byd.'

'Oeddach chdi'n gwbod am hyn, felly?'

Ddywedodd Danko yr un gair, dim ond gwenu – ond hen wên fflat oedd hi, o gofio.

Synnai Nina braidd nad oedd Danko wedi dweud gair wrthi nac wrth Eldina, ond roedd hi wedi cyffroi gormod i boeni am hynny am y tro. Y cwbl wnaeth hi oedd taflu ei breichiau am wddf ei brawd-yng-nghyfraith a phlannu sws fawr ym mlewiach ei foch.

'Does a wnelo fo ddim oll â fi,' meddai Danko dan chwerthin.

Felly dyma Nina'n ymestyn dros y bar gan gydio yng nghrys Cunliffe a'i dynnu ati nes bod ei wyneb yn ddigon agos iddi roi cusan hir ar ei wefusau.

Aeth Danko i'r cefn a daeth Cunliffe rownd y bar a'i chofleidio, ond rhyddhaodd Nina ei hun wrth i fwy o ofidiau ddechrau llenwi ei meddwl.

'Does gen i ddim digon o arian na dillad na… na…'

Daliodd Cunliffe ei hwyneb rhwng ei ddwylo.

'Bydd popeth yn iawn. Does dim rhaid i ti boeni am ddim byd. Fi fydd yn gofalu amdanach chdi.'

'Ond beth am y teulu? Beth am fy chwiorydd?'

'Wel, bydd Danko'n dweud wrthyn nhw, siŵr, ac mi gei di ffonio gartre o Fienna neu Iwerddon er mwyn dweud wrthyn nhw dy fod ti wedi cyrraedd yn saff… ac wedyn, pan fyddi di wedi setlo, ceith Lara ac Eldina ddod draw i ymweld â chdi.'

Prin ei bod wedi cysgu y noson honno. Roedd popeth yn un cawlach blêr yn ei phen, a'r syniad o adael ei thylwyth yn ei chorddi drwy'r nos.

Roedd Eldina a Dino ei mab, ynghyd â'i chwaer fach Lara, yn dal i fod gyda'u nain a'u taid yn Hadžići a fyddai dim cyfle iddi ddweud hwyl wrth yr un ohonynt.

'Dros dro yn unig fydd hi, saff i chdi,' roedd Danko wedi dweud wrthi.

'Ia, am wn i. Ond bechod nad yw Mam a 'Nhad ddim yn gwybod pa mor ffodus dw i wedi bod. O leia mae Nain a Taid wedi byw i gael gwybod. Pan fydda i'n dechrau ennill arian go iawn yn Iwerddon, mi fedra i yrru peth yn ôl atyn nhw ac mi fyddan nhw'n gallu fforddio ychydig o gysuron bywyd.'

Roedd ei nain a'i thaid yn haeddu tipyn o foethau, meddyliodd, achos doedd wybod lle byddai hi wedi bod yn ystod y rhyfel heblaw amdanynt hwy.

Ar ôl troi a throsi am yn hir, daeth Nina i feddwl am Cunliffe a pha mor garedig oedd o a meddyliodd am y nosweithiau pan fydden nhw'n caru ac yntau y tu mewn iddi ac yn tuchan ei henw yn ei chlust. Daeth ton fawr o hapusrwydd i'w llenwi a disodli'r myrdd gofidiau oedd wedi tarfu ar ei chwsg.

Roedd y bore'n niwlog wrth iddynt adael maes awyr Sarajevo. Doedd Nina erioed wedi hedfan o'r blaen ond cofiai'n dda y cyfnodau pan oedd hi'n fach yn gwylio'r chwilod metel mawr yn crafangu eu ffordd i'r ffurfafen las. Roedd hi'n edrych ymlaen yn ofnadwy at weld y byd yn mynd yn llai ac yn llai oddi tani a theimlo ei bod yn gadael ei hen fywyd a'i holl atgofion chwerw y tu ôl iddi. Ond erbyn iddi fagu digon o blwc i gymryd cip drwy ffenest yr awyren, roedden nhw eisoes yng nghanol y cymylau.

Roedd Cunliffe yn dawel ar y daith.

'Mae peth wmbreth o waith papur gen i,' meddai. 'Plis, paid â phrepian cymaint.'

Cyn y daith roedd o wedi addo y bydden nhw'n aros dros nos yn Fienna ac yn mynd allan i weld y ddinas a chael pryd o fwyd hyfryd yn rhywle cyn hedfan ymlaen i Ddulyn y diwrnod canlynol.

'Lle byddwn ni'n aros, Richard?' gofynnodd hi wrth i'r peilot gyhoeddi y bydden nhw'n glanio ym maes awyr Fienna ymhen ugain munud.

'O, dw i ddim yn meddwl y byddwn ni rŵan, 'sti,' meddai Cunliffe heb godi'i drwyn o'i bapurau.

'Ond mi ddeudaist ti…'

'Dw i'n gorfod bod yn ôl yn y gwersyll yn Iwerddon yn gynt nag o'n i'n meddwl. Roedd 'na neges i mi ym maes awyr Sarajevo.'

Rhyw ddwy awr yn unig oedd ganddyn nhw cyn dal yr hediad nesaf o Fienna i Ddulyn. Bu'n anodd i Nina guddio ei siom ond roedd yr holl brofiad yn dal i fod yn newydd ac yn gyffrous a doedd ganddi ddim amser i ofidio'n ormodol am hwyliau'r Gwyddel wrth ei hochr. Ar ôl gadael Fienna roedd Cunliffe wedi cysgu'r holl ffordd bron – dim rhyfedd ac yntau wedi bod yn yfed yn drwm ar hyd y daith.

Erbyn iddynt ddechrau disgyn tua'r Ynys Werdd roedd hi'n nos, ac roedd yn rhaid i Nina gydnabod ei bod yn teimlo ychydig yn unig. Cydiodd ym mraich Cunliffe wrth weld goleuadau'r ddinas oddi tanynt, ond chymerodd hwnnw fawr o ddiddordeb yn ei chyffro. Wedi iddynt lanio a hel eu bagiau, aethant heibio i'r rheolfa basbortau a'r tollau'n hollol ddiffwdan. Roedd Nina wedi rhoi ei phasbort i Cunliffe cyn y daith a byddai hi'n ei ddychwelyd iddo bob tro ar ôl ei ddangos. Wrth i Cunliffe ddiflannu o'r maes awyr y noson honno, cofiodd Nina fod ei phasbort yn dal i fod ganddo fo. Ond roedd hi'n dal i ymddiried yn llwyr ynddo bryd hynny…

Ymddiried wnaeth hi hefyd yn y bobl a ddaeth i'w nôl – ffrindiau Cunliffe. Cyrhaeddon nhw ryw bum munud ar ôl iddo adael ac roedden nhw'n andros o glên hefo hi. Damien a Moya oedd eu henwau. Roedd hi'n cymryd mai cwpwl oedden nhw ac roedd ganddyn nhw ffordd braf o ymwneud â'i gilydd hefyd, meddyliodd. Fe wnaethon nhw gario ei bagiau a'i holi am ei siwrnai a sawl gwaith dywedwyd wrthi y gallai fynd i'r gwely cyn gynted ag y byddent yn cyrraedd eu tŷ, neu, os oedd Nina eisiau rhywbeth i'w fwyta, mi wnaen nhw rywbeth iddi'n gyntaf.

Roedd Nina wedi blino, wedi blino'n rhacs, ac yn dechrau teimlo'n hiraethus ac ychydig yn ofnus eto. Penderfynodd y byddai popeth yn edrych yn well yng ngolau dydd.

'Rhaid i ti wneud dy hun yn hollol gyfforddus,' meddai Moya o ffrynt y car. 'Hen dro bod Richard yn gorfod mynd yn ôl i'r Curragh heno, ond o leia mi gei di gyfle i ddadflino rywfaint hefo ni.'

Doedd y daith o'r maes awyr ddim yn hir iawn. Teithient drwy ardal eithaf di-raen o'r ddinas lle'r oedd llawer iawn o hen stordai. O'r diwedd, dyma nhw'n stopio y tu allan i adeilad tal a gallai Nina glywed sŵn gwylanod. Doedd hi erioed wedi'u clywed nhw o'r blaen, heblaw mewn ffilmiau ac ar y teledu.

Doedd y tŷ ddim yn teimlo'n groesawus iawn rywsut ond erbyn hyn roedd Nina wedi blino cymaint nes ei bod y tu hwnt i boeni lle byddai'n rhoi'i phen y noson honno – dim ond ei bod yn cael gwneud hynny cyn bo hir. Doedd dim sôn am bryd o fwyd bellach ond, mewn gwirionedd, roedd hi wedi blino gormod i feddwl am fwyta.

'Mae dy lofft di yn nhop y tŷ,' meddai Damien. 'Gad dy fagia yma a tyrd efo fi i mi gael 'i dangos hi i ti.'

Fe'i dilynodd i fyny'r grisiau. Ogleuai'r lle'n damp iawn ac roedd angen côt o baent mewn sawl man. Roedd yn wahanol iawn i'r hyn roedd Nina'n ei ddisgwyl. Roedd golwg llawer iawn mwy llewyrchus ar dŷ ei nain a'i thaid y tu allan i Hadžići...

O'r diwedd, cyrhaeddon nhw ddrws ar ben set o risiau oedd yn arwain o'r landin ar y llawr uchaf.

Stopiodd Damien wrth y drws a'i ddatgloi. Rhyfedd, meddyliodd rhyw ran effro o feddwl Nina. Roedd llais bach yn ei phen yn ei rhybuddio nad oedd popeth yn iawn fan hyn, ond roedd hi mor flinedig nes iddi anwybyddu'r llais a chamu ymlaen a heibio i Damien ar ben y grisiau cul. Gwthiodd y drws yn agored. Roedd y stafell yn hollol dywyll.

'Cer i mewn,' dywedodd Damien yn wahoddgar braf. 'Mae'r swits golau ar y wal.'

Aeth Nina i mewn i'r stafell. Prin y gallai weld.

'Lle ma'r golau?' holodd, gan ymbalfalu ar hyd y wal. A'r peth nesaf roedd Damien wedi ei gwthio nes iddi syrthio ar ei hyd ar lawr. Sgrechiodd a cheisio codi ar ei thraed wrth i'r drws gau y tu ôl iddi a chlywodd sŵn goriad yn troi yn y clo.

'Be wyt ti'n 'neud? Agor y drws!'

Dyrnodd ar y drws a throi'r ddolen yn wyllt. Ond y cwbl y gallai ei glywed oedd sŵn traed Damien yn rhedeg i lawr y grisiau.

A dyma'r blinder a'r ofn yn mynd yn drech na hi a disgynnodd yn glewt yn erbyn y drws dan grochlefain a gweiddi…

'Paid â gwastraffu dy egni, cyw,' meddai llais benywaidd dwfn y tu ôl iddi.

'Pwy sy 'na?' Craffodd i'r gwyll, ei chalon yn mynd fel gordd.

Daeth y golau ymlaen a gwelodd Nina nad oedd hi ar ei phen ei hun.

45

Tap-tap-tap-tap-tap.

Mi wnes i daro mor gyflym ag y gallwn i yn erbyn y pared y tu ôl i mi, tipyn yn galetach na'r tro cyntaf, ond ddaeth dim ymateb. Chwarae teg, roedd Nina wedi cnocio unwaith yn barod. O leiaf ro'n i'n gwybod ei bod hi yno o hyd ac nad oedd hi wedi rhedeg i ffwrdd yn y nos.

Mi orweddais yn llonydd am ychydig gan wrando ar synau'r bore: ambell gar yn mynd heibio; rhywbeth yn crafu ar hyd y stryd wrth gael ei lusgo gan y gwynt a ddaliai i chwythu'n ddigon egnïol ar adegau, er bod storom y noson cynt wedi gostegu; lleisiau plant yn cerdded i'r ysgol; ymgecru parhaus y gwylanod; y ffenest yn siglo'n achlysurol yn ei ffrâm a'r landeri plastig yn clecian ac yn stwyrian yn heulwen annisgwyl y bore. Ac, yn gefndir parhaus, sŵn tragwyddol y môr a'i donnau.

Dyma anadlu'n ddwfn a cheisio canolbwyntio ar y rhu pellennig hwnnw, er mwyn cau popeth o fy meddwl, ei wagio o'i atgofion a'r gofidiau am y dyfodol ac anghofio am ennyd am broblem fawr y bore, sef beth i'w wneud ynglŷn â'm cydymaith newydd yn y llofft drws nesaf. Doedd cynlluniau'r noson cynt ddim yn ymddangos mor syml ac amlwg yng ngolau dydd.

Daliais ati i anadlu'n ddwfn a chanolbwyntio ar sŵn y cefnfor, yn union fel ro'n i wedi'i ddysgu yn y gweithdai myfyrio ac ymwybyddiaeth ofalgar.

Am sbel fach llwyddais i asio fy meddwl â'r rhu cyson yr ochr draw i'r ffordd ac ymlacio – ond bron yn syth dyma fi'n clywed oglau brecwast yn cael ei baratoi a ches fy llusgo'n ôl i'r presennol a materion dwys y dydd.

Teimlai fy mhen yn gliriach nag arfer a finnau heb yfed unrhyw alcohol ddoe.

Dechreuodd yr yfed trwm ar ôl i mi gyfarfod ag Emma yn Birmingham a minnau wedi diflannu i'r dafarn agosaf ar ôl colli'r trên.

Dyna oedd dechrau'r cyfnod gwaethaf un i mi ers dod yn ôl o'r Balkans – y dyddiau gwirioneddol dywyll. Roedd gwaddol holl brofiadau ysgeler y blynyddoedd cynt wedi bod yn cronni y tu mewn i mi yn rhywle ers tro. O'r diwedd, torrodd yr argae a bu bron i mi foddi.

Dyna pryd y dechreuais weld Michela o 'mlaen i yn fy nghwsg bob nos, yn waed o'i chorun i'w sawdl, a finnau'n gorfod ail-fyw'r ddamwain dro ar ôl tro. Yn ystod yr oriau pan fyddwn yn effro, rhedai dolen barhaus o ddelweddau'r brwydro dyddiol y bues i'n dyst iddo o ffenest fflat Mwstaffa drwy fy meddwl, a gwelwn eto y ferch yn y benwisg felen yn syrthio'n sglyfaeth i'r sneipar a finnau'n methu gweiddi i'w rhybuddio a'i hachub.

Yn fy nghlustiau, atseiniai wylofain yr holl rai a laddwyd ac a glwyfwyd gan y gynnau y bues i'n eu masnachu mor ddeheuig, ynghyd â sŵn galar diddiwedd eu hanwyliaid. Ac yna, yn goron ar y symffoni dorcalonnus yma, byddwn i'n clywed eto lef ddirdynnol y ddynes ifanc a gafodd ei threisio o 'mlaen i yn iard y Karuza ac yn blasu'r cyfog yn fy ngheg unwaith eto.

Chwalwyd fy holl amddiffynfeydd a doedd dim dianc rhag y llanw, doedd dim llonydd i'w gael rhag y lleisiau a'r adleisiau. Mi yfwn er mwyn anghofio; mi yfwn i ymdopi a goroesi, a bu bron i mi suddo o'r golwg.

Doedd yr holl boenau corfforol yn ddim byd o'u cymharu â'r artaith feddyliol yma.

Wrth y bwrdd brecwast, edrychai Nina'n well o lawer na'r noson cynt. Er ei bod yn dal i wisgo'r hen ddillad *tarty*, roedd hi wedi cael cyfle i olchi'i gwallt a'i glymu'n ôl yn gelfydd â rhyw sgrepyn o ruban a gawsai o rywle, ac roedd golwg llai blinedig arni. Wrth iddi agor drws ei llofft pan alwais i fynd â hi i lawr i gael brecwast, ro'n i wedi gweld rhithyn o wên yn amlygu ffresni ei hwyneb ifanc, fel fflach o heulwen dros y môr ar ddiwrnod llwydaidd.

'Bore da, Nina. Wnest ti gysgu?'

Nodiodd ei phen a lledodd y wên.

Roedd esgyrn ei gruddiau'n drawiadol o uchel, ond oherwydd ei chyflwr newynog roedd hyn yn troi ei hwyneb yn rhyw fasg macâbr braidd a yrrodd dipyn o ias drwydda i.

Digon tawedog oedden ni wrth y bwrdd brecwast, wrth reswm. Deuai'r lletywraig yn ôl ac ymlaen at y bwrdd heb gymryd arni fod unrhyw beth yn anarferol amdanon ni, ond roedd yn amlwg ei bod yn sylwi ar bopeth wrth weini rhwng y gegin a'r stafell fwyta. Yn ffodus, doedd dim sôn am unrhyw westeion eraill y bore hwnnw – dim ond ni'n dau, ac islais siwgr mêl cyflwynydd Radio 2 yn y cefndir.

Be nesa?

Doeddwn i ddim mor siŵr am fynd at yr heddlu erbyn hyn. Hawdd dychmygu ymateb coeglyd y plods yng ngorsaf heddlu Llandudno taswn i'n martsio i mewn ac yn cyflwyno Nina iddynt fel *sex slave* o Fosnia. Hithau'n edrych yn union fel y byddai rhywun yn ei ddisgwyl o'r disgrifiad hwnnw a finnau'n edrych fel yr hen ddyn budur clasurol. Bydden ni'n dau yn y celloedd ar ein pennau.

Iddynt hwy, jest un o ferched y nos fasa Nina. Ychydig iawn o bobl mewn awdurdod sy'n fodlon cydnabod y gwahaniaeth. Nid puteiniaid cyffredin ydi merched fel hi – gallech ddweud bod rhyw elfen gyfyngedig o 'ddewis' gan buteiniaid cyffredin. Doedd dewis ddim yn ystyriaeth ym mywyd caethion fel Nina.

Adra biau hi, penderfynais. Ychydig mwy o siopa am ddillad addas. Tsiecio amserau'r bysys. Ro'n i wedi chwarae â'r syniad o godi'r ffôn ar Cemlyn unwaith eto. Byddai cael cyn-aelod o'r Paras o gwmpas yn handi tasa'r dynion drwg yn dod i'r fei unwaith eto. Ond ro'n i'n amau a fasa fo'n neidio at y cyfle.

Cael Nina i'r tŷ yn Rhiwabon heb dynnu sylw'r cymdogion fyddai'r gamp, wrth gwrs, a'i chadw rhag llygaid busneslyd y postmon. Unwaith i mi ei chael hi yno byddwn i'n cael cyfle i wneud ychydig o ymchwil ar y we i weld a oedd yna unrhyw grŵp neu fudiad a allai estyn cymorth iddi.

Ro'n i'n edrych ymlaen at gael ei chwmni yno a chael gofalu amdani a'i helpu i fagu'r plwc a'r hyder i geisio am gymorth.

'Ti'n f'atgoffa fi o fy merched,' dywedais wrthi dros y bwrdd brecwast.

'Mae gen ti deulu?' gofynnodd yn anghrediniol, yn fy ngweld fel rhyw drempyn digartre, mae'n siŵr.

'Oes. Dwy ferch – mewn oed erbyn hyn.'

'A gwraig?'

'Wedi ysgaru.'

Dim ymateb.

Mi gofiais sut byddwn i'n cael lot o hwyl yng nghwmni'r genod pan oedden nhw'n fach a hwythau un ai'n fy eilunaddoli neu'n fy nhroi o gwmpas eu bysedd bach am yn ail. Roedd y dyddiau dedwydd hynny wedi diflannu fel gwlith y bore ond roedd yr hiraeth amdanynt yn gryf o hyd.

A'r cynllun ar gyfer gadael Llandudno wedi'i sadio yn fy mhen, dechreuais deimlo'n well. Ymlaciais ychydig a chynnig mwy o goffi i Nina. Fe'i derbyniodd ond gallwn weld bod y gwpan yn ysgwyd yn ei llaw wrth iddi ei chodi o'r soser a sblasiodd ychydig o'r hylif ar ei thop disglair.

Mi gymerais y gwpan oddi arni a'i gosod yn ofalus ar y soser. Estynnais am ei llaw, yn awyddus i beidio â'i dychryn neu beri iddi gamddehongli fy symudiad. Teimlai'i phawen fach yn hollol lipa yn fy ngafael. Gwasgais hi'n dyner a cheisio gwenu'n galonogol arni. Daliai i syllu'n wag tua'r llawr ond yn sydyn mi ges fy ngwobrwyo gan wên fach wib arall.

Ar ei hunion, dyma'r lletywraig yn hwylio i mewn i ofyn oedden ni isio mwy o dost, ei llygaid craff yn dal yr olygfa ond heb ddangos dim fel arall.

'Does dim isio chwanag, diolch. Roedd hynna'n fendigedig. Doedd, Nina?'

Syllu'n wag eto.

A diflannodd y lletywraig i'r gegin yn y cefn.

Mi driais esbonio'r cynlluniau i Nina.

'Mi wna i setlo'r bil fan hyn ac wedyn mi awn ni i'r dre i brynu rhywbeth ychydig yn llai *outrageous* i chdi i'w wisgo. Yna mi ddaliwn ni fws yn ôl i Riwabon, lle dw i'n byw, ac mi gei di aros hefo fi nes byddwn ni'n penderfynu sut i gael rhywun i dy helpu di. Mi fyddi di'n hollol saff ac mi ofala i amdanat ti. Does dim isio i ti boeni dim.'

Rhyw gybolfa o iaith Bosnia a Saesneg y siaradwn i â hi. Oedd hi'n deall popeth ro'n i'n ei ddweud wrthi? Ro'n i'n amau. Ond gwrandawai arna i'n astud iawn. Un fechan fach oedd hi hefyd, fel doli glwt. Da o beth oedd gweld ei bod wedi llarpio'i brecwast – yn union fel y gwnâi'r genod acw erstalwm.

O'r diwedd, ar ôl ailadrodd y cwbl sawl gwaith, nodiodd ei phen.

'Ocê,' meddai mewn llais dwys ac araf.

Rhyw rom bach o ymddiriedaeth, falla? Codon ni o'r bwrdd a mynd i hel ein pethau.

46

'Yn sicr, ro'n i'n reit debyg i chdi pan oeddwn i'n ifanc,' meddai Keith gan syllu draw at Drwyn y Fuwch, a hwnnw dan sgeintiad o eira, yn dafell o deisen eisin yn yr haul â'r môr yn felfedaidd lonydd ar hyd godre'r graig.

'Ro'n i'n torri fy mol isio mynd o 'ma. Ro'n i jest â mogi yma. Mi oedd hi fatha bod yng ngwaelod rhyw lyn dwfn, yn gweld yr haul yn tywynnu uwch dy ben ar wyneb y dŵr ond bod y maen melin anferth 'ma gen ti yn sownd am dy droed nes bo chdi'n methu mynd at yr haul ac mai dim ond hyn a hyn o amser oedd gen ti cyn byddet ti'n boddi.'

Roedd Nina'n syllu i'r un cyfeiriad hefyd, ac yn lled wrando ar ymson Keith. Teimlai'n oer ond roedd blas y siocled poeth yn nefolaidd a dynodai'r plât difriwsion o'i blaen bod y talp mawr o deisen foron hefyd wedi plesio'n arw. Unwaith eto, doedd hi ddim yn gallu coelio lle'r oedd hi na'r hyn oedd yn digwydd, ac roedd pob mân bleser yn teimlo'n bechadurus rywsut.

Drwy gil ei llygad cafodd gip ar wyneb ei hachubwr.

Erbyn hyn, a hithau'n gwisgo dillad cynnes, cyfforddus a brynwyd o siop Barnardo's yn y dre, roedd golwg ychydig yn fwy parchus arni hi nag arno fo a dweud y gwir. Ryw ddydd, meddyliodd Nina, hoffai fynd ag o i siopa mewn dinas fawr a phrynu siwt smart iddo ac wedyn mynd ag o at y barbwr i gael trefn ar y caglau seimllyd a hongiai o gwmpas ei glustiau a'i goler. Yn sicr, o'i wisgo'n fwy trwsiadus a thorri ei wallt byddai golwg ddymunol iawn arno. Roedd o'n ei hatgoffa ychydig o'i thaid o ran pryd a gwedd. Roedd yr ychydig frithni yn ei wallt tywyll yn apelio ati ac roedd yna awgrym o feddalwch yn ei lygaid ar adegau, er y gallent droi'n eithaf anniddig bryd arall.

Aeth cryndod drwyddi o gofio sut roedd hi wedi cael ei denu at y sglyfaeth Cunliffe 'na pan welodd hi o gyntaf... ac onid oedd yntau hefyd wedi bod yn glên ac yn garedig a hyd yn oed yn gariadus tuag ati ar y dechrau?

Cymerodd Keith lwnc arall o'i goffi. Doedd o'n dal ddim yn siŵr faint oedd hon yn ei ddeall, ond roedd o'n mwynhau'r therapi. Roedd yn cael gwell hwyl arni fan hyn gyda Nina nag yn yr holl sesiynau drudfawr yn Lerpwl a Llundain. Byddai bob amser yn rhy hunanymwybodol yn y sesiynau hynny. Heddiw, doedd dim ots – fyddai hon ddim yn ei fywyd am byth; doedd dim cymhellion proffesiynol nac ariannol fan hyn, nac agenda amgen o unrhyw fath. Doedd dim rheswm pam na allai ddweud y pethau 'ma wrthi.

Ond wedyn, dychrynodd. Diawl, dyma fo'n dadlwytho'i holl feichiau ar rywun oedd wedi diodde saith gwaith gwaeth nag o. Rhywun oedd yn gyfan gwbl ar drugaredd ffawd heb unrhyw gynhaliaeth ar ei chyfyl, heb do uwch ei phen na dimai goch i'w henw.

'Ddrwg iawn gen i,' meddai'n drwsgwl. 'Gwranda arna i'n rhygnu ymlaen. Beth amdanat ti? Rhaid i ti ddeud mwy wrtha i am be sy wedi digwydd i ti. Plis…' Daliodd ei ddwylo o'i flaen yn wahoddgar.

Heb edrych arno, sgwydodd Nina ei phen yn araf.

'Na, dim heddiw.'

'Ocê,' meddai Keith a bu tawelwch hir, a'r ddau'n syllu dros dangnefedd y bae.

Dyna sy'n digwydd, meddyliodd Keith. Byw ar fy mhen fy hun. Ddim yn gweld digon o bobl heblaw am therapyddion a'r rhan fwyaf o'r rheini'n hanner pan, beth bynnag. Roedd rhywun yn gallu mynd yn obsesd hefo'r holl ddadansoddi 'ma.

Tynnodd anadl ddofn gan fwynhau brath yr awyr yn ei sgyfaint.

Cymerodd lwnc arall o'i goffi. Roedd wedi dechrau oeri. Fydden nhw ddim yn aros yma'n hir, ond roedd y syniad o gael coffi wedi'i daro ar ôl yr hwyl a gafwyd yn dewis y dillad yn Barnardo's.

Roedd Nina wedi chwerthin yn uchel, yn union fel y dylai dynes ifanc chwerthin o'i gweld ei hun mewn dilledyn a hongiai amdani fel pabell. Dyma'r tro cyntaf iddi chwerthin go iawn ers hydoedd, siŵr o fod, meddyliodd Keith. Ond yn syth ar ôl gwneud, roedd hi'n amlwg bod sŵn ei chwerthin ei hun wedi'i dychryn. Daeth braw mawr i'w llygaid a throdd y chwerthin yn ddagrau. Rhoddodd Keith ei freichiau amdani nes iddi oresgyn ei thristwch.

Ar ôl gadael y siop, taflodd Nina ei dillad hwrio i fin sbwriel mawr ger y pier dan chwerthin eto a'r tro hwn doedd dim sôn am ddagrau. O fan'no roedden nhw wedi cerdded ychydig ar hyd y ffordd i fyny'r Gogarth, yn cael eu denu gan harddwch yr olygfa. Gwelsant fod drysau'r caffi bach ar agor yno. Â gwên ar ei hwyneb, dywedodd Nina fod arni eisiau bwyd eto. Felly, i mewn â nhw gan ddychwelyd i eistedd ar y patio yn yr heulwen.

Pan gychwynnon nhw o'r diwedd ar eu ffordd yn ôl i Stryd Mostyn a'r bysys, sylweddolodd Keith nad oedd wedi teimlo mor fodlon ei fyd ers blynyddoedd.

47

Roedd Nina wedi oeri go iawn erbyn hyn a'i thraed yn gwingo. Hyd yn oed a hithau'n gwisgo'r menig newydd o'r siop, roedd ei bysedd yn cwyno ac roedd hi'n dechrau colli'r teimlad ynddynt. Ond diolch i'w chôt fawr ffyddlon a'r siwmper gnu borffor roedd Keith newydd ei phrynu iddi, roedd y rhan fwyaf ohoni'n dal i fod yn weddol gynnes.

Doedd yr oerfel ddim yn poeni dim arni mewn gwirionedd. Dyma'r math o oerni iachus roedd hi wedi dyheu amdano. Roedd hi'n eithaf hapus yn eistedd fan'na'n edrych dros gilgant y bae a'r heulwen welw'n llyfu'r dre i'w deffro. Os mai breuddwyd oedd y cwbl, fel roedd hi'n amau o hyd, roedd arni eisiau ei mwynhau cyn hired ag oedd yn bosib cyn iddi ddod i ben ac iddi ddeffro i fagddu ei bodolaeth arferol.

Ar ôl tynnu'r hen ddillad hyll 'na, roedd hi eisoes yn teimlo fel dynes newydd. Er na fu unrhyw gyffion dur am ei thraed dros y ddwy flynedd diwethaf, roedd hi wedi bod yn hollol gaeth, heb damaid o ryddid, ac roedd y gwisgoedd ffiaidd 'na fel rhwymau am ei chorff, yn union fel cadwyni'r hen gaethion gynt.

Blossom, dynes ifanc o Nigeria a gafodd ei thwyllo gan genhadwr Pabyddol i gredu bod gwell bywyd yn aros amdani yn yr Ynys Werdd, oedd wedi dweud wrth Nina ar y noson gyntaf y byddai'n rhaid iddi wisgo'r dillad uffernol.

'Dim dros fy nghrogi!' meddai'n ffrom.

'Rhaid i ti, *babe*, neu bydd hi'n ddrwg arnat ti... ac arnon ni am beidio â dy berswadio di.'

Roedd Nina wedi chwerthin yn ddilornus.

'Paid â siarad yn hurt, ddynas!'

Ond yn y pen draw, fe wnaethon nhw ei pherswadio.

Tair menyw arall oedd yn y stafell ar ben y grisiau y noson honno. Un o Groatia, un o Rwsia a Blossom o Affrica bell. Dywedon nhw wrthi fod sawl un arall wedi bod yno ac nad oedd neb yn cael aros yn hir yn yr un lle rhag ofn y byddai pobl yr ardal yn dechrau gofyn cwestiynau. O'r herwydd, byddai pawb yn cael eu symud o gwmpas yn rheolaidd.

Digon amheus oedd y merched eraill ohoni ar y dechrau. Yn nes ymlaen, daeth i ddeall pam, a hithau hefyd yn dod i ofni bod rhai merched yn cael eu rhoi yn eu plith i gadw llygad arnynt ac i hel straeon amdanynt wrth Damien a Moya. Ond ar ôl sbel, daeth y merched eraill i weld bod Nina yn yr un sefyllfa â nhw a chynnig pytiau bach o wybodaeth iddi, nes bod ofn mawr arni ynglŷn â'r hyn fyddai'n digwydd iddi yn y pen draw.

Roedd cymaint o gwestiynau'n troi yn ei phen. Pam? Pwy? Sut?

Mewn ffordd, gwyddai'r atebion yn barod. Roedd hi wedi clywed digon o sôn a sïon gartre am ferched eraill yn y ddinas a threfi'r wlad oedd yn cael eu hudo dros y môr a'u cipio, neu oedd wedi diflannu'n gyfan gwbl, ond doedd hi erioed wedi breuddwydio y gallai'r fath beth ddigwydd iddi hi. Doedd Nina erioed wedi dychmygu bod Richard Cunliffe ynghlwm â rhywbeth mor erchyll – heb sôn am ei brawd-yng-nghyfraith, Danko. Saith melltith ar ei groen. Yn ara deg, roedd y gwirionedd wedi gwawrio arni am y modd roedd Danko wedi'i thwyllo ac, o sylweddoli, dechreuodd Nina boeni'n arw am ei chwiorydd a'r hyn allai ddigwydd iddynt.

Eto i gyd, yn ei dryswch, roedd hi'n gyndyn o dderbyn enbydrwydd trosedd Cunliffe. Ceisiodd ei darbwyllo ei hun mai ffrindiau honedig y Capten oedd yn euog, a'u bod hwy rywsut wedi twyllo Richard i ymddiried ynddynt a'i throsglwyddo i'w gofal.

Roedd hi'n caru Cunliffe ac yntau'n ei charu hi. Byddai'n dechrau poeni amdani erbyn hyn siawns, yn poeni ei bod wedi diflannu. Pa stori roedd Damien a Moya wedi'i dweud wrtho fo? Deuai Cunliffe i chwilio amdani, wrth gwrs y deuai. Plismon oedd o, wedi'r cwbl.

Ar ôl dwy noson yn y tŷ mawr yn Nulyn, cafodd ei symud ganol nos gyda'r ferch o Groatia allan o'r ddinas i rywle yn y wlad – neu i rywle lle nad oedd llawer o oleuadau stryd beth bynnag. Rhoddwyd mygydau dros eu llygaid ac fe'u gwthiwyd reit i lawr yn y car nes eu bod nhw bron â mygu.

'Os bydd un ohonoch chi'n ceisio dianc,' cawsant eu rhybuddio gan Damien, 'un ai byddwch chi'n cael eich lladd neu bydd rhywbeth yn digwydd i'ch teuluoedd adra.'

Edrychodd ar Nina.

'Felly, paid ag anghofio am Lara fach, na wnei, Nina? Yn ôl be dw i wedi'i glywed, mi fasa hi'n berffaith i'r job 'ma ac mi fyddi di'n hen law arni cyn bo hir ac yn gallu ei rhoi hi ar ben ffordd i ni.'

'Mi ladda i chdi os gwnei di dwtsh ynddi hi,' sgrechiodd Nina, ei llais yn crynu.

Daeth Damien draw ati a chodi'i law. Caeodd Nina ei llygaid, yn barod am yr ergyd. Ond ddigwyddodd dim byd. Agorodd ei llygaid a gweld wyneb Damien fodfeddi o'i hwyneb hithau.

'Unrhyw draffarth gen ti a byddwn ni'n trefnu iddi gael ei chipio'n syth, ti'n dallt?'

Syllodd i'w hwyneb am sawl eiliad cyn camu'n ôl.

'Beth bynnag,' meddai yn ei acen feddal, 'heb bapurau, pasbort, arian na dim byd arall, hyd yn oed taset ti'n mynd at yr awdurdodau, bydden nhw'n dy daflu di i'r jêl ac yn y pen draw yn dy yrru di'n syth yn ôl o ble dest di. A chyn gynted ag y byddet ti'n cyrraedd yno, bydden ni'n dod i dy nôl di unwaith eto. Does neb isio'ch helpu chi ferched yn y byd 'ma. 'Dach chi'n sgymun ac yn ormod o strach. Byddech chi'n ôl fan hyn cyn pen cachiad a byddai rhywun yn gwneud yn siŵr wedyn y byddai eich teuluoedd yn talu. Gobeithio ein bod ni'n dallt ein gilydd, lêdis. Dw i ddim isio clywed am unrhyw *heroics*.'

Gwenodd yn hyll ar y ddwy ferch benisel, ei lygaid bach yn rhodio drostynt fel bysedd brwnt.

Dywedodd Jelena, y ferch o Groatia, wrth Nina mai dyna oedd wedi digwydd i ferch arall o'r un wlad y buodd yn ei chwmni am sbel. Roedd hi wedi llwyddo i ddianc y tro cyntaf ac wedi mynd at yr awdurdodau. Roedden nhw wedi'i thrin yn wael, fel pe bai'n droseddwraig, a'i rhoi ar awyren yn ôl i Zagreb. Yno, roedd hi wedi cael ei chodi'n syth gan yr heddlu yn y maes awyr a'i throsglwyddo yn y fan a'r lle yn y maes parcio – yn ôl i ddwylo'r dynion oedd wedi'i chipio y tro cyntaf.

Wrth iddynt gyrraedd eu cartre newydd, roedd sioc yn disgwyl Nina. Pwy oedd yn aros amdanynt ar garreg y drws? Neb llai na Cunliffe.

'Mi ga i air hefo honna ar wahân,' meddai o wrth Damien, gan gyfeirio at Nina.

Llonnodd ei chalon pan glywodd ei lais. Doedd hi ddim wedi'i nabod o'n syth yn y tywyllwch. Rhedodd draw ato. Roedd ei hunllef ar fin dod i ben...

'Richard!' gwichiodd gan gydio yn ei gôt a cheisio gwasgu ei hun yn ei erbyn.

Cadwodd yntau ei ddwylo yn ei bocedi.

'Dw i mor falch o dy weld di! Mae rhywbeth ofnadwy wedi digwydd. Troseddwyr ydi'r bobl yma. Maen nhw'n ein dal ni'n garcharorion ac maen nhw'n mynd i'n gorfodi ni i wneud pethau drwg.'

Gafaelodd Cunliffe yn ei braich a'i llusgo i mewn drwy ddrws yr adeilad – hen felin goed – ac yna ei gwthio i stafell fach oer a thywyll. Yn y fan honno y cafodd Nina ei threisio am y tro cyntaf ganddo.

Drwy'r holl amser y bu Cunliffe wrthi, roedd Nina yn dal i feddwl efallai y byddai'n dod at ei goed. Nid dyma'r Richard roedd hi'n ei nabod ac oedd wedi bod mor garedig wrthi yn Sarajevo – dyn y buodd yn ysu amdano ac yn ei annog yn y gwely gwta wythnos ynghynt.

Ond daliodd ati i bwnio, pwnio fel pe bai Nina'n hen sachaid o ddillad neu fel pe na bai hi'n bodoli hyd yn oed. Wnaeth Nina ddim ymladd na chicio na brathu, er iddi deimlo ar ryw adeg yn anterth y weithred mai dyna y dylai hi ei wneud efallai. Ond roedd y Gwyddel yn rhy gryf beth bynnag, a'r sefyllfa'n rhy afreal. Teimlai fel pe bai hi yng nghanol y môr mewn storom enbyd ac yn bell, bell o'r tir mawr – y tamaid bach lleiaf o froc ar drugaredd y tonnau a dim achubiaeth mewn golwg. Dim ond suddo i'r gwaelod y gallai hi ei wneud. I beth yr ymladdai? Waeth iddi foddi ddim.

Ar ôl gorffen, gadawodd Cunliffe ar ei union heb ddweud yr un gair a dyna'r tro olaf i Nina ei weld tan iddo gamu o'i gar ar fuarth yr hen ffermdy yn Ynys Môn.

Tra oedd hi'n dal i orwedd yn ddiymadferth ar lawr digarped y stafell, dechreuodd holi ei hun drwy niwloedd ei meddwl tybed a fyddai hi'n cael babi, fel oedd wedi digwydd i gynifer o ferched gartre ar ôl iddynt gael eu treisio yn ystod y rhyfel. Yna dyma ryw ddyn arall yn dod i mewn, dyn nad oedd hi wedi'i weld o'r blaen, dyn bychan yn ei bedwardegau a chanddo wallt eithaf hir a chalon wedi'i thatŵio ar ei wddf.

Gwaeddodd hwn arni i sefyll ar ei thraed ac wedyn ei hanner llusgo draw i stafell arall, lle rhoddodd yntau dro arni hefyd. Doedd y dyn yma ddim mor lân â Cunliffe. Drewgi o'r iawn ryw oedd o a gallai Nina deimlo'r cyfog yn llosgi yn ei gwddf wrth iddo fynd drwy'i bethau. Y tro yma, aeth hi'n hollol lipa ac wedyn chwipio ei hewinedd ar draws ei wyneb fel teigres jest wrth iddo ddechrau dod, gan ei ddal yn gas o dan ei lygaid. Rhuodd y dyn bach mewn poen a dechrau waldio wyneb Nina nes iddi syrthio'n anymwybodol.

Doedd dim syniad gan Nina am faint y bu hi yn y stafell ddiflas honno, ond aeth am ddiwrnod neu ddau heb fwyd na gweld neb.

Mewn un gornel roedd hen dap oedd yn rhwd i gyd ac yn sisial ddiferu drwy'r amser uwchben sinc fach fochynnaidd ei golwg. Doedd dim modd iddi droi'r tap ymlaen i gynyddu'r lli ac felly bu'n rhaid iddi sugno arno fel sugno ar ryw dethen haearn bob tro yr yfai ohono. Blasai'r dŵr yn briddlyd. Roedd y tap yn anodd ei gyrraedd a thrawai ei dannedd yn boenus yn ei erbyn bob tro. Mewn rhyw fath o gwpwrdd bach tywyll oddi ar y stafell roedd yna hefyd hen doiled nad oedd yn gweithio'n iawn ac a ddrewai ddigon i droi stumog y cryfaf.

Roedd ei hwyneb yn glytwaith o friwiau ar ôl y grasfa, cramen o waed wedi ceulo o gwmpas ei cheg a'i thrwyn, a'i gwallt yn ludiog.

Roedd ei thu mewn yn brifo'n arw hefyd, fel pe bai'r cwbl wedi'i rwygo'n rhacs. Achosai pob symudiad boen fawr iddi ac allai hi ddim atal ei hun rhag crio, hyd yn oed pan syrthiai i gysgu.

Doedd dim smic o unman yn yr adeilad, dim byd heblaw am sŵn rhai o'r distiau'n setlo ar eu baich eu hunain. Roedd hi fel petai pawb wedi gadael.

'Dw i'n mynd i farw yma,' meddai Nina'n uchel wrthi'i hun yn llwydolau ei chell. Roedd y waliau'n drwchus, y nenfwd yn isel a swniai ei llais yn dawel, fel pe bai'r geiriau wedi'u llefaru yn ei phen yn unig.

'Dw i'n mynd i farw yma,' meddai eilwaith, yn uwch y tro yma, gan glustfeinio am ryw adlais i brofi ei bod wedi llefaru'r geiriau hyn, ond sugnwyd unrhyw fywyd ohonynt gan y waliau mud.

Roedd yr unig ffenest yn uchel yn y wal a doedd dim dodrefn o unrhyw fath iddi fedru sefyll arnynt er mwyn gweld lle'r oedd hi. Roedd y drws hefyd yn rhy drwm ac yn solet, felly doedd dim modd yn y byd iddi roi cynnig ar ddianc.

Erbyn diwedd yr ail ddiwrnod roedd hi'n dechrau colli ei phwyll gan ubain dros y lle a gweiddi'n gras am help – gweiddi am ei mam; gweiddi am ei thad, am ei duw, am rywun i ddod i'w hachub a mynd â hi o'r carchar enbyd hwn.

Ac yna'n ddirybudd, dyma'r drws yn cael ei ddatgloi a'i hyrddio'n agored. Y drewgi bach oedd yno, yr un oedd wedi dod â hi i'r stafell. Safai yn y drws dan weiddi:

'Be ydi'r holl ffycin sŵn 'ma? Tisio i mi ddysgu gwers arall i ti?'

Gallai weld bod y fan lle'r oedd hi wedi llwyddo i gripian ei wyneb yn edrych yn llidiog iawn. Er gwaetha'i holl wendid, teimlodd Nina don fawr o ddicter yn codi y tu mewn iddi, a'r cwbl y medrai ei wneud oedd sgrechian. Sgrechiodd nerth esgyrn ei phen a chael slap nes ei bod yn disgyn i'r llawr. Doedd dim nerth ganddi i godi wedyn, er bod y drewgi'n gweiddi arni i wneud. Yn y diwedd, daeth hwnnw draw ati a'i thynnu ar ei thraed gerfydd gwallt ei phen.

'Rŵan 'ta, *sweet pea*, wyt ti'n mynd i fod yn hogan dda? Achos os wyt ti isio i bethau wella, rhaid i ti stopio swnian fatha ffycin *banshee*. Wyt ti'n dallt be dw i'n ddeud wrtha chdi?'

Tynnodd eto ar ei gwallt.

'Wyt ti'n dallt? Achos rwyt ti'n lwcus ar y naw bod Mr Cunliffe wedi cymyd ffansi atat ti neu mi faswn i'n dy ddarn-ladd di am y llanast wnest ti yma,' sgyrnygodd gan gyfeirio at y crafiadau septig ar ei wep.

Ac fe ildiodd Nina, ei hysbryd wedi'i sathru i'r baw, ei nerth wedi'i sbydu. Stopiodd ei sgrechian a'i sgegian a derbyn rhywbeth i'w yfed. A dyma'r drewgi'n dweud wrthi, os oedd hi eisiau rhywbeth i'w fwyta yn y dyfodol, y byddai'n rhaid iddi weithio amdano fo a pheidio â'i bechu.

'Wyt ti'n mynd i fihafio a g'neud popeth dw i'n 'i ofyn?' arthiodd, ei wyneb yn agos, agos ati a'i anadl yn codi pwys arni, fel chwa o wynt o feddrod agored.

A dyna sut y daeth Nina Puskar, merch gyffredin o Fosnia-Herzegovina, i fod yn weithwraig fach ufudd yn y diwydiant rhyw, ei meddwl a'i chorff yn hollol gaeth i'w meistri newydd.

Sesiynau dawnsio polyn oedd cam cyntaf ei phrentisiaeth, o flaen criwiau bach dethol mewn gwahanol dai preifat, lle, yn ddieithriad, mai cael rhyw gyda rhai o'r gynulleidfa fyddai diweddglo'r noson iddi.

Doedd dim syniad gan Nina beth oedd hanfodion dawnsio polyn, ond dangosodd rhai o'r merched eraill iddi y math o gampau oedd yn ddisgwyliedig er mwyn cadw pawb yn hapus a chadw eu meistri'n ddiddig fel na fyddent yn rhoi crasfa iddi. Roedd hi'n rhyfedd mor fuan y daeth yn gyfarwydd â rhywbeth mor atgas â hyn er mwyn sicrhau bod bwyd yn ei bol a bod ei chroen yn iach.

Parhaodd y sesiynau dawnsio am tua chwe mis cyn iddi gael ei symud o berfeddion cefn gwlad i ddinas arall – Limerick y tro hwn. Nid ei bod hi'n cael mynd allan yn aml i grwydro'r strydoedd chwaith. Ar unrhyw deithiau o'r llety, byddai'r merched yn cael eu cadw dan reolaeth lem eu meistri bob amser.

Doedd dim amser i ddweud hwyl wrth y merched eraill cyn symud i Limerick. Taith mewn car yn ystod y nos a dyna lle'r oedd hi yng nghanol criw arall o ferched ifainc tebyg iddi o bedwar ban – llawer ohonynt o ddwyrain Ewrop, yn enwedig o ardaloedd lle bu rhyfela, fel yr hen Iwgoslafia.

Cofiai am ddwsinau o wynebau, merched y bu yn eu cwmni dros dro yn unig, heb fawr o gyfle i ddod i'w nabod. Fu dim amser iddynt glosio, i wneud ffrindiau fel y cyfryw, ond daliai i gofio ambell un yn well na'i gilydd, yn disgleirio fel sêr ar noson dywyll. Cofiai hefyd yr ofn a'r anobaith a'u rhwymai un ac oll – yr ofn na ddeuent byth yn rhydd.

Yn Limerick, fel rhyw fath o 'ddyrchafiad' yn ei chrefft, tynnu lluniau oedd y gêm – lluniau ohoni'n cael rhyw gyda dynion gwahanol, weithiau hefo mwy nag un dyn ar y tro, weithiau hefo rhai o'r merched. Byddai'r lluniau hyn yn ymddangos wedyn yn yr oriel ddihysbydd honno o ddelweddau trist ar y we a gyrchir mor ddi-hid gan y rhai sy'n ymweld â hi.

Wedyn, ar ôl bod yn fodel ar y we fyd-eang, bu'n rhaid iddi weithio fel putain 'draddodiadol' fel petai, mewn fflat bach di-nod yn Athlone, gan groesawu hyd at ddeg o ddynion y dydd a hithau a'r merched eraill yn ddim byd gwell na charcharorion, heb hawliau, heb flewyn o ryddid a heb ben draw i'w dedfryd, a phob gweithred yn eu herbyn yn drosedd.

Trosedd a dalai ar ei chanfed i'w meistri, a lle'r oedd y risg y byddai'r rheini'n cael eu dal yn fach iawn.

48

Yn ôl ar lethrau'r penrhyn uwchben y bae a'i thraed yn rhydd (ac yn rhewi!) am y tro cyntaf ers dros ddwy flynedd, ochneidiodd Nina wrth i holl ofn, poen a ffieidd-dra'r hyn oedd wedi digwydd ruthro drosti yn llif o atgofion chwerw a drodd ei hymysgaroedd yn ddŵr, a'r boen yn seithgwaith gwaeth na brathiad yr hin aeafol.

Doedd hi ddim wedi bod yn gwrando ar air a ddywedai Keith druan. Roedd ei gofid yn dechrau mynd yn drech na hi a'r oerfel yn gafael o ddifri. Teimlai ei bod yn bryd iddynt symud, ond doedd ganddi ddim syniad i ble. Ar ben hynny, doedd hi ddim wedi gwneud penderfyniad drosti hi ei hun ers cymaint o amser, felly roedd ceisio ffurfio unrhyw fath o gynllun yn ormod iddi.

Hyd y gallai ddeall, roedd Keith wedi sôn am fynd â hi adre hefo fo. Ble roedd ei gartre? Pa mor bell? Allai hi ymddiried ynddo fo? Doedd ganddi ddim dewis. Doedd ganddi ddim byd i'w golli. Doedd ymddiriedaeth ddim yn rhywbeth y gallai gredu ynddo bellach, ond os oedd hi'n gorfod ymddiried yn rhywun, hwyrach mai'r dyn yma oedd yr un.

Roedd Keith newydd gymryd llymaid o goffi ac yn sydyn sylwodd Nina ei fod wedi ymdawelu ac yn edrych arni. Doedd yr olwg yn ei lygaid ddim byd tebyg i'r edrychiadau ofnadwy a gawsai gan lu diflas o ddynion yn ystod y ddwy flynedd diwethaf. Doedd dim byd bygythiol yn ei lygaid.

Yng ngolau cryf yr haul, gwelodd Nina fod gwe pry cop o rychau dyfnion wedi'i naddu i'w wyneb, yn enwedig o gwmpas ei lygaid. Dyma ddyn oedd wedi mynd yn hen yn gynt na'i amser, meddyliodd. Cofiai'r llinellau oedd wedi ymledu dros wyneb ei mam yn ystod y rhyfel. Ofnai Nina y byddai golwg ddigon tebyg arni hi pan fyddai hi tua chwe deg neu beth bynnag oedd oedran ei hachubwr – pe bai hi'n ddigon lwcus i fyw mor hir â hynny. Er, doedd byw bywyd hir ddim yn apelio yn yr un modd ag y gwnâi cyn iddi adael Bosnia.

O'r diwedd, dywedodd Keith, 'Mae'n bryd i ni symud dw i'n meddwl.'

Symud. Gair bach a godai ofn mawr arni. Roedd pob symud yn y gorffennol wedi golygu symud er gwaeth.

Roedd Nina wedi colli cyfrif faint o weithiau y cawsai ei symud yn ystod ei chaethiwed. Y tro olaf cyn i Cunliffe ddod â hi i Fangor, roedd hi wedi ei chludo ar fwrdd llong fechan ar draws y môr o Iwerddon. Tair ohonynt o dan ddec hen long bysgota rydlyd. Doedd hi erioed wedi bod ar fwrdd llong yn ei bywyd. Bu'r tywydd yn ofnadwy a buont oll yn sâl.

Gwelwodd wrth gofio am y fordaith.

Edrychodd Keith arni'n ofidus a chydio yn ei braich. Teimlodd Nina ei hun yn fferru drwyddi dan gyffyrddiad ei law. Cymaint o ddwylo garw, cymaint o ddyrnau… Ac yna sylweddolodd fod hwn yn rhywun oedd yn cyffwrdd ynddi oherwydd ei fod yn pryderu amdani – y cyffyrddiad cyntaf o'r fath iddi ei brofi ers y tro diwethaf iddi weld ei chwiorydd.

Ac yntau'n simsanu ar ei draed wrth geisio rhoi'r gadair yn ôl dan y bwrdd, gwelodd Nina yn sydyn fod golwg sobor o annwyl a charedig yn dod i'r fei o bryd i'w gilydd ar wyneb Keith. Llifodd ychydig bach yn rhagor o hyder ac ymddiriedaeth i'w gwythiennau, ac fe symudon nhw i ffwrdd o'r caffi fraich ym mraich, fel tad a merch – neu daid a'i wyres.

Yn lle mynd yn syth am y bysys, awgrymodd Keith ei fod am grwydro ychydig oherwydd ei fod wedi cyffio braidd wrth eistedd ar y gadair oer a'i fod eisiau ystwytho cyn mentro ar y bws. Felly gadawsant y ffordd a dilyn llwybr bach drwy'r coed.

Daeth yn amlwg bod y dringo'n anodd iddo a chyn bo hir bu'n rhaid iddynt stopio.

'Wyt ti ddim yn 'i chael hi'n serth?' gofynnodd Keith, gan anadlu'n llafurus.

Cododd hithau ei sgwyddau ac ysgwyd ei phen.

'Merch y brynia ydw i,' atebodd dan wenu.

'A finna'n meddwl mai yn y ddinas gest ti dy fagu. Wel, hogyn y brynia oeddwn innau 'stalwm, ond mae'r dyddia hynny drosodd.'

Arhoson nhw am funud neu ddwy iddo gael ei wynt ato.

'Iawn 'ta. Awn ni'n ôl i ddal y blwmin bys 'ma.'

Wrth iddynt droi ac ymbaratoi i fynd i lawr eto, daeth dyn mewn tracsiwt oren allan o wyrddni'r coed.

Cunliffe.

49

Roedd Richard Cunliffe yn hoffi cadw'n heini. Ers dyddiau gwersi chwaraeon yn yr ysgol, pêl-droed Gwyddelig, y tîm hyrli dros y rhanbarth gyda'r GAA a thîm ei uned yn y fyddin, roedd wedi llwyddo i gadw ei hun yn denau ac yn ffit. Roedd hefyd yn baffiwr o fri er pan oedd o yn yr ysgol ac wedi cipio sawl teitl ledled Iwerddon ers hynny.

Ers gadael y fyddin flwyddyn yn ôl i ddilyn gyrfa fwy proffidiol na phlismona lluoedd heddwch o Ddwyrain Timor i Kosovo, roedd wedi parhau i gadw'i hun mewn cyflwr digon tebol. Byddai hyn yn cynnwys rhedeg neu nofio pellter parchus bob bore o'r flwyddyn. Ac er gwaethaf ei or-hoffter o'r ddiod gadarn, roedd yn dal i fod yn ddyn peryg â'i ddyrnau.

Ar ôl noson rwyfus iawn yn dilyn galwadau ffôn anodd a gormod o wisgi, roedd wedi llwyddo i dynnu'r ewinedd o'r blew erbyn wyth o'r gloch y bore a baglu o westy'r St George ar Stryd Lloyd i chwilio am rywle i loncian.

Wrth ddringo llwybrau'r Gogarth, pwniai morthwyl Mr Jameson ar eingion ei benglog a chyn cyrraedd y brig bu'n rhaid iddo oedi i chwydu'n fustlaidd i'r glaswellt barugog. Doedd o ddim wedi bwyta'n iawn ers amser cinio ddoe, pan oedd Nina wedi gwneud bwyd iddo yn y tŷ ym Mangor.

Ers hynny, rhaid bod ei bwysedd gwaed wedi bod yn yr entrychion. Roedd o'n gandryll gynddeiriog. Sut ar wyneb y ddaear roedd o wedi gadael iddi lithro o'i afael fel'na? Onid fo oedd yr *amadán* – y ffŵl – yn mynd i gysgu heb wneud yn siŵr bod y jadan fach dan glo ac yn methu hedfan o'i chawell?

Ei flerwch oedd yn gyfrifol am ei dihangfa a'i diflaniad wrth gwrs, ond roedd hi'n ddirgelwch pur o hyd iddo sut ddiawl roedd y slywen fach wedi teithio ar y blydi bws 'na a diflannu i awyr y nos.

Tasa'r hen ddynes 'na heb gamu o flaen ei gar ar y groesfan wrth gyrraedd Llandudno...

Roedd Cunliffe wedi ffonio am help gan rywun lleol oherwydd ei fod ymhell dros y limit ar ôl yr holl win a gawsai amser cinio. Roedd y ddau wedi chwilio a holi amdani am dair awr a hanner ar hyd a lled strydoedd y dre glan môr yn yr oerfel, heb weld cymaint â'i chysgod hyd yn oed.

Doedd gan Cunliffe ddim affliw o syniad sut nad oedd hi i'w chanfod ar hyd y dre yn rhywle. Doedd ganddi ddim pres sterling, dim ond yr Ewros a ddygodd hi o'r tŷ; dim fisa, dim pasbort, dim byd i ddangos pwy oedd hi. Roedd ei Saesneg yn glapiog ar y gorau ac yn anodd ei ddeall. Allai hi byth fod wedi mynd at rywun diarth ar y stryd a gofyn am loches fel'na. Mi fyddai'r person hwnnw un ai wedi'i hanwybyddu neu wedi rhoi gwybod i'r heddlu, ac fe wyddai'n iawn na châi hi fawr o drugaredd gan y rhan fwyaf o heddluoedd – dim diddordeb, pethau gwell i'w gwneud.

Colled fawr oedd ei cholli hi hefyd. I Cunliffe, buddsoddiad oedd Nina, yr un fath â'i filgi a'i geffyl rasio yn ôl yn Iwerddon. Byddai hi wedi ennill ffortiwn iddo draw fan hyn. Roedd ei famwlad yn lle da i ddod â'r merched 'ma i mewn oherwydd diffygion y gyfundrefn gyfiawnder yno a'r gyfraith yn ymwneud â masnachu pobl, ond er bod yr Ynys Werdd yn gryf yn economaidd ar gefn yr hen deigr Celtaidd, a hwnnw ar garlam, doedd y math o bres y gallai rhywun fel Nina ei ennill yn Llundain ac ambell ddinas arall ddim ar gael yn Iwerddon.

Wrth droi a throsi yn ei wely y noson honno, a'r wisgi'n troi ei ofnau yn un gybolfa chwyslyd, dechreuodd boeni o ddifri.

Beth petasai'r heddlu'n dod ar ei thraws a rhyw *do-gooder* ymhlith y glas a chanddo ormod o amser ar ei ddwylo yn fodlon gwrando ar ei stori? Cynyddodd ei bryder wrth iddo sylweddoli mai dim ond cael clust un plismon oedd raid iddi ac y byddai'r rhwyd yn cau amdano. Roedd pethau'n iawn tra bu hi dan glo. Peth peryg a gwirion ar y naw oedd dod yn ôl ati fel y gwnaethai i ddangos ei hun, jest i weld y braw ar ei hwyneb ac i ymblesera yn ei hanfodlonrwydd a'i dychryn...

Cawsai Cunliffe dipyn o wefr wrth chwarae'r rhan yma – y

carwr cymwynasgar yn troi'n wrthrych hunllef. Roedd o wedi mwynhau ei chael hi wedyn, wedi mwynhau arfer ei rym, a'i dal hi, fel hela ewig...

Ar ôl cyrraedd brig y Gogarth roedd o'n diferu o chwys – cymysgedd o ofid cynyddol ac ymdrech y rhedeg. Cyrhaeddodd ryw fan gwastad a llonydd a phenderfynu mai digon oedd digon o ran ei ymarfer am heddiw. Oerodd y chwys yn sydyn ar ei gorff a wnaeth o ddim loetran yn hir. Cip bach sydyn ar lesni'r môr a gwynder copaon y Carneddau draw tua'r de, lle'r oedd rhagor o gymylau eira'n ymgasglu, ac i ffwrdd ag o wedyn gan lamu i lawr y llwybrau 'nôl i'r dre islaw.

Yn sicr, roedd yr ymdrech gorfforol wedi clirio'i ben ac roedd yn gallu cynllunio o'r newydd – cynllunio dihangfa iddo'i hun.

Roedd y deuddeg awr diwethaf wedi newid popeth iddo. Byddai'n rhaid iddo guddio am sbel go hir. Ac yntau'n blismon ei hun, fe wyddai pa mor amyneddgar y gallai'r heddlu fod – gwylio'n dawel bach am chwe mis, am flwyddyn gron neu'n hirach hyd yn oed, cyn cau'r trap. Byddent yn didoli pob sgrepyn o dystiolaeth ac yn rhoi sylw i bob manylyn am ei fywyd. Roedd hyn yn mynd i gostio – jest pan dybiai ei fod ar fin symud i ymuno â'r uwchgynghrair.

Roedd y llwybrau'n llithrig gyda haenen o rew du dros ambell garreg a bu bron iddo droi'i ffêr mewn un man. Rhegodd ac unioni'i gam, gan dynnu ei ffôn o'i boced. Byddai'n rhaid iddo roi rhyw fath o gynllun dihangol ar waith yn ddiymdroi, ond damia, doedd dim ffecin signal ffordd hyn. Stwffiodd y ffôn yn flêr yn ôl i'w boced a charlamu yn ei flaen.

Cyrhaeddodd lannerch yn y coed ag olion dail yr hydref yn dal i siffrwd dan draed. Arafodd ei gam. Roedd rhywun yno. Doedd dim modd ei osgoi neu fynd ffordd arall erbyn hyn. Byddai'n rhaid iddo ymddwyn yn glên ac yn naturiol, meddyliodd...

Ac wedyn, prin y gallai goelio'i lygaid. O'i flaen safai cwpwl – merch ifanc yn cario *holdall* glas a dyn canol oed, a hwnnw'n pwyso ar ei ffon a chanddo sach ar ei gefn. Roedd Cunliffe ar fin eu cyfarch pan nabyddodd y gôt a wisgai'r ferch a sylweddoli pwy oedd hi.

'Nina,' meddai'n syn, fel pe bai wedi taro ar hen ffrind neu berthynas goll. Gwelodd y braw'n llenwi'i hwyneb, y geg fach yn crynu a'i hanallu i symud blewyn yn ei ŵydd. Teimlai'r ysfa yn ei fol. Siawns na fedrai ei chipio'n ôl.

Ond pwy oedd hwn hefo hi? Rhyw hen siafflach digartre o'r stryd efallai? Meddwyn? Pwy bynnag oedd o, doedd neb arall o gwmpas.

'Nina,' meddai Cunliffe, yn fwy sinistr y tro hwn. 'Wel, wel, wel... Wyddost ti, Nina, dw i wedi bod yn chwilio amdanat ti drwy'r nos. Poeni amdanat ti'n wir mewn lle diarth fel hyn. Hen noson oer oedd hi hefyd. Lle ddiawl fuost ti, Nina? Wyt ti'n iawn?'

Roedd ei lais yn goeglyd – llais chwarae gemau arswyd.

Tuthiodd Cunliffe i lawr y llethr yn ysgafndroed tuag atynt, ei lygaid craff yn asesu'r dyn. Doedd o ddim yn edrych yn iach nac yn ffit iawn chwaith. Yn fol ac yn foelni i gyd. Roedd Cunliffe eisoes yn meddwl am ffyrdd o'i ladd neu, os na fedrai berswadio Nina i ddod hefo fo, ffyrdd o ladd y ddau.

'Sa draw,' crawciodd y dyn cloff.

Bron nad oedd Cunliffe yn edrych ymlaen at ddelio ag o – fel rhyw ymarfer bach ychwanegol i gau pen y mwdwl ar y sesiwn foreol.

'Dw i ddim yn meddwl ein bod ni wedi cwrdd â'n gilydd o'r blaen,' meddai'n dafod arian i gyd wrth Keith, gan swancio draw'n cŵl braf nes ei fod yn sefyll tua llathen oddi wrtho. 'Ond dw i'n ofni dy fod ti wedi bod yn ymhél â rhywbeth sydd ddim yn eiddo i ti, ac yn anffodus, yn yr oes sydd ohoni, bydd y gosb yn un lem, galla i addo i ti.'

Meiniodd ei lygaid, nes bod golwg debyg i gath ar fin neidio ar ei brae arno.

Cododd Keith ei ffon braff fel cleddyf a symud yn fwriadol rhwng Nina a'r Gwyddel.

'Boneddigaidd iawn,' gwawdiodd y cwrcath wrth sleifio'n nes.

'Falla medrwn ni ddod i ryw gytundeb,' meddai wedyn yn ffug ystyriol, gan gau'i ddyrnau a chodi'i freichiau o'i flaen, yn barod i ymosod ar Keith. 'Mae hon yn werth taro bargen drosti,' meddai gan amneidio'i ben tuag at Nina.

Roedd eisoes wedi penderfynu y byddai'n haws lladd Keith na tharo unrhyw fargen – dim ond siarad er mwyn ei swyno a thynnu ei sylw roedd o erbyn hyn.

Gan swingio'r ffon â'i holl nerth, ceisiodd Keith ei waldio ar draws ei wyneb, ond daliodd Cunliffe hi fel pe bai'n degan a'i rhwygo mor ffyrnig o'i afael nes i Keith, dan bwysau ei bac a chyfyngiadau ei anabledd, golli ei falans a disgyn i'r llawr ar ei gefn, ei sach fel cragen crwban, ei goesau'n chwilenna yn yr awyr.

'Rhed,' gwaeddodd Keith ar Nina yn ei hiaith ei hun. 'Rhed am dy fywyd, hogan.'

Iesu, meddyliodd Cunliffe, mae'r hen gono'n Fosniac bach. Lle cafodd hi hyd i hwn tybed? Gorau oll. Byddai 'na lai o bobl yn poeni am dynged rhywun estron.

Anelodd gic at ben Keith tra oedd hwnnw'n ceisio codi ar ei bedwar. Rywsut, gwelodd Keith y gic yn dod a llwyddo i wyro o'r ffordd mewn pryd a derbyn nerth ergyd y droed ar ei ysgwydd – cic gan ddyn mewn treinyrs yn erbyn haenau trwchus o ddillad gaeaf, yn hytrach na sgidiau blaen dur yn erbyn arlais ddiamddiffyn. Ond roedd Cunliffe yn anelu cic arall ac wedi codi carreg finiog maint hanner bricsen, yn debyg i arf un o fwynwyr cynhanesyddol y Gogarth, yn barod i falurio penglog Keith wedi iddo lwyddo i'w lorio'n llwyr.

Yn sydyn, dyma Nina yn llamu fel llewpard at Cunliffe gan ei daflu oddi ar ei echel ar y llethr anwastad nes iddo syrthio'n glep i'r llawr. O'r diwedd roedd hi wedi llwyddo i ymysgwyd o'r ofn a'i parlysodd pan welodd hi o gyntaf ac roedd hi wedi troi'n daflegryn diwyro, yn belen o dân yn bwrw'r holl ddicter a rhwystredigaeth oedd wedi crawni'n bwdr y tu mewn iddi dros fisoedd hir ei chaethiwed.

Pwniodd, crafodd, brathodd, ciciodd, ac er ei nerth a'i holl allu cynhenid fel ymladdwr, dros dro methodd Cunliffe ag ymddihatru'n llwyr o grafangau'r anifail cynddeiriog a naddai i'w gnawd â'i deg ewin a'i dannedd er mwyn iddo gael canolbwyntio ar roi'r farwol i Keith.

O'r diwedd, llwyddodd i ddadfachu crafangau ei ymosodwr a'i chicio a'i cholbio'n lled anymwybodol o'r neilltu, cyn troi'i sylw at y llall, oedd i'w weld heb lwyddo i godi eto ac yn dal i fod ar ei bennau gliniau.

Yna, brawychodd. Yn llaw Keith, yn anelu ato'n ddiwyro gadarn, roedd gwn.

Roedd tafod arian y Gwyddel yn fud am unwaith.

'Wel, Mr Cunliffe,' meddai Keith a'i wynt yn ei ddwrn. 'Hen dro, yntê?'

Anadlodd Cunliffe yn ddwfn gan geisio rheoli'i ddychryn. Iawn, roedd y sefyllfa'n beryglus ond siawns na châi gyfle i droi'r dafol ar hwn eto. Roedd yn amau a fyddai'r dyn yn gallu codi ar ei draed a dal annel y gwn yn iawn. A sut byddai'n gallu hebrwng ei garcharor i lawr y llwybr yn ôl i'r dre? Daw, meddyliodd, daw cyfle. Mynedd bia hi, boi bach...

Erbyn hyn roedd Nina'n dechrau dod ati'i hun ac yn graddol godi ar ei phennau gliniau. Diawl, byddai 'na ddau ohonynt... Efallai y dylai o...

'Gyda llaw, Mr Cunliffe, os wyt ti'n meddwl mai replica yw hwn neu 'mod i ddim yn gwbod sut i'w ddefnyddio – wel, waeth i ti heb.'

Bu saib a thynnodd Keith anadl ddofn cyn ei gollwng yn grynedig.

'Gad i mi ddangos i ti mor dda ydw i.'

Roedd yr ergyd fel sŵn chwip yn yr awyr farugog, fel brigyn yn torri.

Chlywodd Cunliffe mo'r ergyd, dim ond teimlo'i goes yn sigo

dano a'r cyhyrau'n llamu'n afreolus o'i afl i'w droed wrth i'r nerfau gael eu chwalu. Dim ond pan geisiodd godi oddi ar y llawr y daeth yn ymwybodol o'r boen wynias yn ei ben-glin a'i anallu i symud.

Erbyn hyn roedd Keith yn sefyll unwaith eto. Daliai i anelu'r pistol at Cunliffe; yn y llaw arall, daliai ffôn symudol Cunliffe, a oedd wedi syrthio o boced ei dracsiwt yn ystod y gwffas â Nina. Fe'i daliodd i fyny er mwyn i'r Gwyddel ei weld.

'Mae Nina a fi'n mynd rŵan, Mr Cunliffe. Mae'n siŵr y daw rhywun i dy helpu di yn y diwedd. Bydd hynny'n rhoi amser i ti feddwl am stori dda. Cofia fod hwn gynnon ni,' meddai gan chwifio'r ffôn, 'a phan fydd Nina'n barod i ddweud ei stori, mi awn ni ag o at yr heddlu, achos mae'n siŵr y bydd gynnon nhw ddiddordeb mawr yn yr hyn sydd arno fo.'

Ddywedodd Cunliffe yr un gair. Gorweddai ar y ddaear, gan duchan a chipial fel ci bach.

Edrychai Nina'n hollol ddigyffro, fel petasai hi mewn rhyw swyngwsg bron. Cerddodd draw yn hamddenol nes ei bod yn edrych i lawr ar Cunliffe. Roedd llygaid y Gwyddel yn ymbilgar ofnus. Yn araf ac yn fwriadus, cododd Nina ffon Keith a throi fel pe bai am gerdded yn ôl at ei chyfaill. Yna, stopiodd a throi drachefn i gyfeiriad Cunliffe a rhoi swadan nerthol â'r ffon i'r patshyn coch ymledol o gwmpas pen glin drylliedig ei phoenydiwr gynt.

Roedd sgrech Cunliffe yn hir ac yn uchel. Cododd Nina y ffon eto uwch ei phen i'w daro'r eildro.

'Paid, Nina,' meddai Keith. 'Neu mi fydd 'na dwr o bobl yn cyrraedd yma'n rhy fuan.'

Yn araf, gostyngodd Nina'r ffon gan syllu ar y dyn gwelw ar y llawr wrth ei thraed. Efo'i holl nerth, poerodd i'w wyneb,

'*Jebem ti život*!'

Ac yna'i fwrw eto â'r ffon, dros ei ben y tro hwn.

'Nina!' gwaeddodd Keith, ei floedd yn gymysg â brefiad Cunliffe. 'Gad o rŵan.'

Herciodd draw at y ddynes ifanc a chipio'r ffon oddi wrthi.

'Mae angen honna arna i.'

Poerodd Nina eto.

Yna cydiodd Keith yn gadarn yn ei braich a'i thywys o'r llannerch ac yn ôl at y llwybr i lawr i'r dre.

50

Wrth i mi wylio'r haul yn disgyn dros fynyddoedd Eryri drwy ffenest y bws, does gen i ddim syniad a oes rhywun wedi cael hyd i Cunliffe eto – a does gen i ddim ffadan o ots a dweud y gwir. 'Swn i'n meddwl bod rhywun wedi'i ffeindio achos mae'n siŵr bod yna dipyn o bobl yn cerdded y llwybrau 'na bob dydd ym mhob tywydd ac mae hi wedi gwneud diwrnod andros o braf heddiw.

Gwan a barus.

Dyna dw i wedi bod ar hyd fy oes. Gwirionedd syml a chwbl amlwg ac eto, dim ond heddiw dw i wedi'i gweld hi. A dyna oedd y mantra oedd yn mynd drwy 'mhen y bore 'ma wrth i mi ymlafnio i fyny'r Gogarth fraich ym mraich â Nina – hithau'n mesur ei cham yn ofalus i gyd-fynd â fy hercian anghyson innau, dipyn bach fel y gwnâi'r merched ar eu gwyliau erstalwm wrth ddilyn olion fy nhraed yn y tywod gwlyb.

Gwan a barus.

A oes modd gwneud iawn am fod felly erbyn hyn? Cael fy iacháu, fel petai, a cheisio prynedigaeth, chwedl yr hen do?

Dim gobaith, gyfaill. Heb os, dw i tu hwnt i bob achubiaeth ers blynyddoedd ond o leiaf falla y bydda i'n medru trefnu gwell bargen rhyngdda i a'r byd yn y dyfodol.

Am y tro, mae'n braf cael poeni am rywun arall heblaw amdana i fy hun. Dw i heb brofi peth felly er pan oedd y plant yn fach.

Wrth fy ochr, mae Nina'n chwyrnu'n dawel bach.

Ers i hon ddod i 'mywyd i, dw i'n cael fy atgoffa o hyd am y merched – gan sylweddoli tad mor wael fues i yn y bôn. Tybed fydd Emma, y radical bach ag ydi hi, yn edrych yn wahanol ar ei thad o glywed am yr antur ddiweddaraf 'ma? Sgwn i ga i gyfle i sôn wrthi amdani? Falla yr ateba i ei llythyr wedi'r cwbl.

Mae digwyddiadau'r bore yn dal i fflachio'n ôl yn amrwd ac yn llachar. Ond nid fel yr hen ddrychiolaethau o'r gorffennol. Mae rhyw gyffro arbennig yn perthyn i'r rhain. Rhywbeth adfywiol bron.

Dyma'r tro cyntaf i mi danio at neb byw, cofiwch, ond penderfyniad hawdd oedd saethu. Mi faswn i wrth 'y modd yn 'i ladd o. Baswn wir. O leiaf mi gaiff o chwysu am sbel rŵan nes i'r glas gael ei hanes gen i a Nina.

Mae'r daith yn dod i'w therfyn.

Dyma ni'n troi i mewn i orsaf reilffordd Rhiwabon, ac am y tro cyntaf mae'r lle wir yn teimlo fel adre rywsut. Yn fwy nag y mae o wedi'i wneud o'r blaen. Does neb wrth y safle bysys. Neb i'n gweld ni'n disgyn o'r bws felly. Pum munud o waith cerdded a bydda i'n ôl yn y tŷ 'cw a Nina hefo fi.

Mae hi wedi nosi'n llwyr erbyn hyn. Roedd 'na leuad fawr gynnau bach wrth inni ddod o Gorwen ond mae'r cymylau wedi hel eto rŵan.

Ar gyrraedd Llangollen, roedd Nina, a fu'n pendwmpian ers meitin, wedi agor ei llygaid a gweld amlinelliad Dinas Brân rhwng dau olau – yn debyg i gastell ger tŷ ei nain a'i thaid adre yn Hadžići, meddai hi.

'Bydd yn rhaid i ni fynd yno,' dywedais, er sut goblyn o'n i'n meddwl y byddwn i'n cyrraedd y copa, dyn a ŵyr.

Erbyn i ni groesi afon Dyfrdwy roedd Nina'n cysgu'n sownd unwaith eto, ei phen yn nythu'n ysgafn yn fy nghesail, ei braich yn gorwedd yn llac ar draws fy mol. Yn ei chwsg, symudai ei llygaid ychydig y tu ôl i'w hamrannau, ond roedd ei hwyneb wedi ymlacio a mwy o liw ar ei gruddiau erbyn hyn.

Hyd hynny, ro'n i wedi'i gweld hi fel plentyn, yn ddiniwed er gwaetha'r holl anlladrwydd a budreddi yn ei hanes. Erbyn hyn mi fedra i weld ei bod hi'n ddynes ifanc hardd a dw i'n teimlo'n drist. Sut ddaw hi i ben â byw bywyd normal, cwrdd â chariad, ymddiried mewn dynion, cael rhyw ystyrlon a falla dod â phlant i fyd mor ddreng a didostur?

Wrth ddynesu at yr orsaf, mi fwythais ei thalcen yn dyner i'w deffro.

'Helô, Nina fach, 'dan ni yma.'

Agorodd ei llygaid yn wyllt dan weiddi a ffustio'r awyr, ei dyrnau bach yn taro fy moch a 'nhrwyn. Trodd pen sawl un o'r teithwyr eraill wrth glywed y cythrwfl, a minnau'n ceisio ei thawelu. Yna, sylweddolodd lle'r oedd hi ac ymlonyddu, ond daliai i grynu wrth iddi fy helpu o'm sêt.

Rydan ni'n gwylio'r bws yn gadael buarth yr orsaf ac yn troi i gyfeiriad Wrecsam wrth y briffordd. Mae pob man yn dawel. Dim ceir, dim cŵn.

Dyma ni'n anelu am y grisiau serth sy'n mynd i lawr o'r safle bysys at y llwybr sy'n rhedeg o dan bont y rheilffordd ar lan yr afon. Wrth inni fynd o dan y bont, mae trên yn taranu drosti. Mae'r sŵn yn ofnadwy. Mae Nina'n pwyso yn fy erbyn ac mi fedra i glywed sut mae'r twrw'n aflonyddu arnon ni'n dau. Hithau'n claddu ei phen ym mhlygion fy nghôt a finnau bron â sgrechian isio i ru'r olwynion a gwichian y cerbydau fynd heibio ac i dawelwch y nos gael ei adfer.

O'r diwedd, mae cacoffoni'r trên yn ymbellhau ac unwaith eto 'dan ni'n gallu clywed sŵn yr afon yn atseinio yn erbyn waliau'r bont. Dw i'n crynu ac yn methu stopio.

'Be sy'n bod, Keith?' mae Nina'n gofyn, gan edrych i fyny

arna i'n ofidus yn y tywyllwch, a chwfl ei chôt fawr am ei hwyneb yn peri iddi edrych yn fach, fach, fel llygoden.

'Ysbrydion,' medda fi rhwng cellwair a difri, gan lwyddo'n raddol i reoli'r cryndod.

Mae hi'n agor ei llygaid led y pen.

'Ysbrydion? Lle?'

Ym mhobman, meddyliais i. Llond gwlad o sgerbydau a'r gwynt yn ubain drwy geudod eu llygaid – a phob un yn rhythu arna i.

'Ddim yn Rhiwabon, 'sti. Ty'd,' medda fi wedyn gan gynnig fy mraich iddi, a dyma ni'n dilyn y llwybr ymlaen a thros y bompren dywyll at ddrws fy nghartre.